凯拉三部曲 3

碎片

SHATTERED

[英] 特莉·特里 / 著
龚萍 马煜明 虞怡达 / 译

华中科技大学出版社
http://www.hustp.com

图书在版编目（CIP）数据

碎片 /［英］特里著，龚萍 马煜明 虞怡达译．—武汉：华中科技大学出版社，2014.5

（凯拉三部曲；3）

ISBN 978-7-5680-0112-0

Ⅰ．①碎… Ⅱ．①特… ②龚… ③马… ④虞… Ⅲ．①长篇小说—英国—现代 Ⅳ．①I561．45

中国版本图书馆 CIP 数据核字（2014）第 100116 号

湖北省版权局著作权合同登记图字：17-2013-252 号

碎片　［英］特莉·特里　著　龚萍　马煜明　虞怡达　译

策划编辑：罗雅琴
责任编辑：高越华
封面设计：肖　杰
责任校对：九万里文字工作室
责任监印：朱　霞
出版发行：华中科技大学出版社（中国·武汉）
武汉喻家山　邮编：430074　电话：（027）81321915
录　　排：北京楠竹文化发展有限公司
印　　刷：北京科信印刷有限公司
开　　本：880mm×1230mm　1/32
印　　张：9.5
字　　数：235 千字
版　　次：2015 年 6 月第 1 版第 2 次印刷
定　　价：29.00 元

献给我的母亲

第一章

从外面看不出多少东西。但你从表象看到的总是这样。尤其是人，你所看到的外在可能与他的内在截然不同，永远也猜不到他内心深处的隐秘世界是怎样的。他们能把东西藏在心里。而我，那些东西藏得太好，连我自己也不知道它们到底是什么。

艾登把车停在一幢破旧的大楼前。他看看我：“别怕，凯拉。”

“我不怕。”我抗议道，但是看了一眼马路，刹那间，真有一阵恐惧袭来。“法监！”我小声示意别做声，在座位上蜷缩起来，压低身体。一辆黑色面包车在后面停下来，挡住了我们的去路。深深的恐惧渗进我的血管，钳住我，让我不得动弹。我呆若木鸡，杵在那里一动不动，虽然这时内心所有的一切都在尖叫着**快逃**。恐惧将我拉回到另一个场景，另一个法监。库尔森。枪在他手上，对着我，接着——

砰！

黑刀的血。殷红温热的血浸湿了我们两个，我的朋友走了，再也不会回来。这一切，和多少年前父亲的死一样，剜出了我藏在内心最深处的记忆。他们都死了。都是我的错。

艾登握住我的手，一边焦急地观察后视镜里的面包车，一边注视着我。车门开了，有人走出来。没有穿法监黑衣？是个瘦瘦小小的身影，一个女人，帽檐压低了，遮住面孔。她朝大楼门口走去。门从里面开了，她走进去消失了。

“看着我，凯拉。”艾登说。他的声音平静，让人安心，我将目光从身后的面包车扯回。“没什么好担心的；不要引起他们注意就好。”他在驾驶员位置上扭动身体，用双臂揽住我，试图把我拉近，但我的身体因为恐惧而僵硬。“配合一下。”他说，我强迫自己的身体靠在他身上，好放松下来。他在我耳边低语，“不过找个借口，告诉他们我们为什么在这边游荡，免得他们好奇起来。”

我小心翼翼地呼吸。**他们不是来抓我的。**他们马上就走了。**他们不是来抓我的。**我依偎在艾登的怀里，他的手臂搂得更紧了。这时，听到后面传来汽车发动的声音；轮胎嘎吱嘎吱碾过石子路。愈来愈远。

“他们走了。”艾登说，但他并没有放开我。我如释重负，跌进他怀里，把脸埋进他的胸膛。他心跳很快，**怦怦，怦怦，**平安，温暖，还有些**别的**意味。但是不对啊。他不是本。

惊恐被尴尬替代，接着是愤怒：对自己愤怒。我一把推开他。我怎么这么懦弱，就任凭他们这样吓唬我？我怎么能因为害怕就投进艾登的怀抱呢？我想起之前他在路上跟我说的：法监是这里的常客。法监，政府官员和他们的家人。有钱有权的人，可以让人消失、闭嘴。那女人十有八九是法监太太。她出现在此地多半和我是同一个原因。我脸红了。

艾登的蓝眼睛盯着我，温存而关切目光的落在我身上：“你确定能搞定，凯拉？”

“嗯，当然，我行。但是你好像不该再叫我凯拉了吧？”

“如果你想好新名字，可能会容易些。”

我什么也没说，因为我差不多想好了，但还不想跟人说。我不敢保证他会喜欢我的新名字。

“大摇大摆进去，就好像你是这个地方的主人一样，没人会看你第二眼的。这里各项程序全是匿名操作。”

“好。”

“最好在有人来之前就去。”

“还会有更多法监出现?”

我推开车门，走了出去。外面很冷，灰色的一月天。天冷是用围巾裹头的好理由。围巾包裹下的身份很快就要改变了。我放平肩膀，走向大门。门开了，走进去。

眼前的景象让我目瞪口呆，脚下有些跌跌撞撞，这才想起：**要像我是这个地方的主人一样**。金碧辉煌的大厅，许许多多精致华美的椅子，轻柔的音乐，还有，面带微笑的护士?拐角处站着一个面容拘谨的守卫。之前看到的从法监专车上下来的女人，被引到一张椅子处坐下，她一只手端着酒杯。

护士走近前，笑容可掬：“欢迎。知道自己是多少号吗?”

“7162。”我报出艾登之前告诉我的号码。虽然这样可以不用暴露我的名字，但我也不喜欢别人用号码称呼我。经过记忆擦除手术之后，我对此相当反感——手腕上被扣上乐握，上面刻着号码，昭示所有人：看啊，这是个罪犯。现在乐握没有了，手腕上没有留下印记，可是心里的伤痕却依然存在。

那护士查看了移动屏幕，又冲我微笑：“先找个地方坐一会儿。你的整形咨询顾问很快过来。”

我坐下了，椅子挪动了一下，把我吓了一跳。整形：形象修整技术。我轻声默念。天价手术，完全非法。我出现在这里，是因为艾登的组织——觅踪——的好心帮助。觅踪，全称寻找失踪者行动。原来他们不仅寻找失踪者、揭露法监的真面目，他们还将需要藏匿的人偷渡到国外，同时将另一批人引渡进来，譬如整形咨询师，那些了解黑市的人。

坐在另一张椅子上的女人面朝向我。她面容姣好，年龄约莫五十岁上下。如果传说是真的，那她离开这地方的时候会看上去年轻二十岁。她眼中闪着好奇的光，仿佛在问，**你来这里做什么？**我没理会她。

门开了，脚步声渐渐靠近。她正要起身，脚步声从她身旁划过，一个男人在我面前站住。医生？但和我从前见过的所有医生都不同：他身穿外科手术服，但衣服却是闪闪发亮的紫色面料，和他那头挑染的发型与那双紫色的眼眸搭配得堪称完美，尽管微微发亮显得不那么自然。

他伸出双手把我从椅子上拉起来，隔空给我一个飞吻："哈罗，宝贝儿。我是德朱医生，你可以叫我德朱[①]。这边走。"他说话拖长了调子，抑扬顿挫，口音很陌生——难道是爱尔兰人？

我跟在他后面，朝旁边正愤愤不平的女人挤出一丝得意的笑。她肯定在想我到底是什么人，为什么会受到如此优待。她要是知道……

如果她真知道的话，会马上去找她的法监丈夫。

德朱医生对我有些失望："你就想改这么点？确定？就把头发染成**褐色**？"他说话的口气好像褐色头发是最大的平庸之罪一样。但是伪装混合头发的颜色正是我想要的。

"没错，褐色。"

他叹了口气："这么漂亮的头发，很难搭配。像阳光照在早春水仙上的样子，十二号色，九号亮彩。"他的手指划过我的头发，细细打量着，好像要把它复制到下个患者身上。接着他细细打量我的脸。

---

① 即德朱，法语，暗含"时代医生"之意。——译者注

“那眼睛想要什么颜色?”

“不用。我就喜欢绿眼睛。”

“与众不同的绿眼睛,有风险的。”他说。我的眼睛瞪大了。他知道些什么?

他冲我眨眼:“你眼睛的阴影部分的确很有意思。差不多是26号苹果绿,还要更深一些。”说完,他转动我坐的椅子,上上下下打量我一番。我颇有些尴尬。“个头想再高一点吗?”

我扬扬眉毛:“这个你也能做到?”

“当然。不过要花点时间。”

我有点不快:“我的个头有什么问题吗?”

“没问题,如果你不介意跳起来看东西的话。”

“只改头发。”

“褐色。整形是改良基因技术:一次改变,永久改变,这你清楚吗?你以后永远是褐色头发。只会长褐色头发;再也长不出金发,除非你再来找我。”

他递过一面镜子。想到下次照镜子的时候,再也看不到自己的一头金发,就感觉相当怪异。现在,头发颜色还行,就是太稀疏——我总是想要再浓密一些的头发,像埃米的一头黑发——几个月前,我做完记忆擦除手术出院后被分配到新家时,新姐姐埃米的一头乌发是我首先注意的。“等等,我想……”

他把我转过来,那双紫色眼睛直视我,让我很难移开目光。“怎么?”

“你能让我的头发再长一些吗?还要再厚一些。或许可以……里面再挑染几绺。看起来不要太奇怪,要自然。”

他拍拍手:“包在我身上。”

接着,我按照要求躺在一张桌子上,桌子的样式和候诊大厅的椅子类似,桌子被浇铸成模具,正好卡进我的身体。心中开始恐慌。

我接受记忆擦除手术时也是这样的场景吗？那时候，我别无选择。

我看过资料照片，那时我被绑在桌上，活像个罪犯。法监和他们的手术偷走了我的记忆，在我的脑袋里植入芯片，只要我的乐握一天不拿掉，那玩意儿就可以要我的命。不过，这次不一样，不过换个头发。而且是我自愿的——当然不是**非做不可**。

耳畔的音乐声变得模糊。所有东西若隐若现，模模糊糊，我的眼睛要闭上了。只改头发……不过这可是本吻我时他的手指划过的**那些**头发。

自从法监把他带走、擦除了他的记忆，他就再也不认识我了。但是，要是他拼命抵抗呢？要是他抗拒法监在他身上做的一切，开始想起一些事呢？要是他开始明白为什么我是他的**梦中女孩**呢？到时该如何是好？如果我的容貌改变，他会再也找不到我。

我咽下一口口水，挣扎着想说话，想告诉他们快停下，我改变主意了。

本……

各样面孔模糊地在我脑海中闪现，接着消失了。

我们在跑步。夜里，肩并肩，但本的长腿迈出的步伐节奏比我略慢。雨哗哗下着，但我们毫不介意。我们在爬一座黑山，他领头往前冲，乱石间的狭窄山路上水流湍急。我们很快就浑身湿透，上上下下全是泥。到了山顶，他酣畅地大笑，张开双臂拥抱噼噼啪啪砸下来的雨点。雨更大了。

“本!”我伸手揽过他，把他拉到树下，钻进他温暖的怀中。

“本?”我略微推开他，直视那双熟悉的眼睛：褐色的眼睛，如融化的巧克力，闪着温暖的光。一双满是困惑的眼睛。“怎么了?”

他摇摇头，推开我。“我不懂。”

“什么?”

“我以为自己认识你，但是却不认识。我认识你吗?”

“是我啊！我是……”我的声音小到自己也听不清。内心一片慌乱，我想从脑海中翻出一个名字，不是随随便便的一个名字，而是我的名字。我到底是谁?

他摇摇头，离开了。沿着山路跑下去，再也看不见了。

我无力地倚着树。现在呢？我该追上他吗？追上他让他再否认我一次？或者从另一条路回去，独自一人?

天空被照亮，一道炫目的亮光刺痛了眼睛，照亮了树丛和滂沱大雨。黑暗尚未降临，一阵轰隆声让我的骨头也瑟瑟发抖。

我一边在为本的离开痛苦不已，一边大脑还在运转——雷雨时站在树下很危险。

但是我到底是谁？在我找到这个问题的答案之前，我不知道往哪条路走。

第二章

几天后，德朱第一次在术后递给我一面镜子。我盯着镜子，小心翼翼用手指拨弄头发。头发——我的头发——甚至**摸上去**也不同了。我看上去再也不像我了。当然，这是做手术的关键。头发是浓郁的褐色，闪着金光，反衬出我显眼的绿眼睛。我不禁怀疑地盯着它们许久，在想是不是德朱还是没忍住，把我的眼睛颜色也改了改。不过最后还是发现它们就是我生就的碧眼。而头发已经不是原来的了，怎么看也和原来不一样——现在的头发丝滑，浓密，顺肩垂下，我回头的时候疼得禁不住龇牙：头发太重了，竟然有些痛。看来要适应还需要些时间。

“你的头皮暂时还有些软，过一阵子才能恢复。”德朱拿出一个小瓶，“这是止痛药，一周内每天不要超过两粒。那么……”

我把目光从镜子上移开，抬头看他：“那么什么？”

“满意吗？”

我露出大大的笑容：“满意。”

“我觉得最后还需要加一笔。”德朱用两根手指稍稍抬起我的下巴，盯着我的眼睛。看得太久了，换做别人这么看我，肯定会不自在。不过跟他在一起，却没有这种感觉。他在估测打量着什么？皮肤、支撑皮肤的骨骼、各种组织，似乎他看得足够久就能看到里面的每个细胞和基因。接着，他点点头，走到一个满是抽屉的橱柜前，打开一个抽屉，又一个抽屉，拿出什么东西递给我。

“眼镜？我不戴眼镜。”

“相信我。戴上看看。”他说道。我照做了，朝镜子里看去。倒抽了一口气，我再看看他，又看看镜子。

眼镜框是精致的银灰色金属，正配我的脸型，就像定制的，但让我惊讶的还不是这个，而是自己的眼睛。镜片完全透明，但是我却变了。我的眼睛不再是绿色了，更偏向于蓝灰色。我来回转脑袋，眼镜取了又戴，像看陌生人一样上下打量自己。镜子里，深色头发的女孩，**完全是另一个人**，年龄看上去更大。没人会认出她来。不仅本认不出，就是在街上从妈妈和埃米身旁走过，他们也绝不会认出。

“太厉害了。你太厉害了。”

“哎呀！没错，我是挺厉害。”他笑道，“这项技术——”他碰碰眼镜，“——英国还没有，至少暂时还没有。所以戴上它不会引起任何怀疑。”

他把我的椅子转过来，我们又面对面了。“好了。金发碧眼的女孩子不见了，换成一个更成熟的版本，可以冒充十八岁以上的人办身份证，如果需要的话还可以旅行。你接下来要做什么？”我迟疑了，他哈哈大笑。“守住秘密吧。我希望——不，我肯定——我们还会再见的。”

“谢谢你。”

他扬起头，眼里还在揣摩打量着。

“怎么了？”

他摇摇头：“没什么。你该走了。”他拉开门。我出门的时候，他加了一句：“告诉艾登我要见他。”

那天晚些时候，我去了藏在工厂后面的一个小屋。这个小屋是伪造新身份的地方。是新生活开始的地方。

“姓名?”一个辨不出身份的男子问道。

此时此刻，我不叫露西，那是我出生时的名字；我不叫雨儿，那是被尼科和他所谓的反政府恐怖组织——自由英国带走时我自己起的名字，我被他们当作反抗法监的人肉炸弹；我也不叫凯拉，那是成为反抗组织一员、被擦除记忆后出院时有人给我起的名字。

我叫什么完全在于我自己。

“姓名?”那人又问了一遍。

我不是上述所有身份中的任何一个，但上面的所有却都是我。

“雨拉。雨拉·凯恩。”我回答道——一个将所有身份结合在一起的名字。

很快，我手里捏着新造的身份证，上路了。一个深发、灰眼的十八岁女孩，可以自由旅行、开始自己新生活的女孩：雨拉·凯恩。

我该选择什么样的生活?

第三章

大巴隆隆地碾过城区道路。进了乡村，新身份、新容貌，再也不用躲躲藏藏了。我坚持独自一人坐车回伦敦。但谁会料到今天反抗组织的炸弹会在去伦敦的一趟火车上被发现呢？他们挨个查火车，整个系统都瘫痪了。头痛得厉害，每一次颠簸都让我头痛欲裂，我不得不用手托着头发，好让头皮支撑起头发的重量。田野、农场、村庄从我眼前迅速闪过，路边的风景熟悉起来。快到我和妈妈、埃米同住的村子了。那天，尼科和他的远程遥控炸弹差点儿把我炸死，我逃跑了，就此离开妈妈和埃米，藏到马克家里。马克是我的朋友，没错，是我信任的朋友，他认识我还没多久，就冒如此大的风险。他是埃米男朋友的堂兄，跟艾登和觅踪组织有关。马克和艾登并不知道我到底做了什么、为什么发生这些，他们也没有坚持寻根究底弄清楚来龙去脉。就算什么都不知道，他们依然帮助我。马克家是个安全的藏身之处，是开始新生活的好机会。和妈妈与埃米共度的日子不久前才刚刚结束，不过感觉已经像很久之前了，仿佛又一次生命悄悄溜走了。

长长的黑色轿车从另一方向驶来，后面放着灵柩，道路两边的车流慢下来，车辆缓缓蠕动。灵车后面跟着一辆黑色轿车。车里有两个人，手挽着手。年纪轻的，一头乌黑浓密的头发，皮肤黝黑；另一个年龄较大，面色苍白。他们的车一闪而过。我睁大了眼睛。

是妈妈和埃米。

大巴在马克家那条路的尽头停了下来，我迫不及待想跑下去。我的一部分心智在和刚刚看到的景象斗争——他们在参加谁的葬礼？我内心充满恐惧；而另一部分思想还在开小差，想着空气和天空弥漫着阴冷的气息，他们称飘落的东西为雪，我还没见过雪，但为什么我会有要下雪的感觉？当我还是露西时，一定经常下雪；露西成长在湖区，她的记忆被擦除了。

又一个弯道过后，看到了马克的房子，一座独自矗立在人烟稀少的车道旁的房屋。从这个角度可以看到高高的后门上方有一片白色，是一辆面包车——艾登的车？

有人在等我。窗帘动了动，我伸手去推门时，门开了，马克站在门口。

“哇。真的是你吗，凯拉？”

“现在是雨拉了。”我答道。走进屋子，摘下帽子、围巾，扔到椅子上。艾登也在，正盯着我的脸看。“我说过可以去接你的。你还好吗？”

我耸耸肩，径直走到大厅那头的电脑前。蓝天，本的宠物狗，想跳起来舔我的脸。我拍拍它，把它打发走了。马克的电脑是不合法的，没有政府监控。我想查查当地的新闻，虽然机会渺茫，但可能会有关于葬礼的消息，但是有东西促使我先上了觅踪的网站。

露西·康纳，十岁在凯西克的家失踪。最近已经找到——我自己点击了屏幕上的按键，希望通过报告我失踪的人，找到解开我身份之谜的钥匙。

现在那里明明白白地标记着“死亡”。我盯着屏幕，没办法应对这个词。

一只手碰了碰我的肩膀。“对一个死了的人而言，你气色也太好了吧。我喜欢你的新头发。”马克说。

我转过身去；艾登也跟过来，站在马克旁边。他的脸上写着什么。“你**已经知道了**。”我小声说。

他什么也没回答，这就说明一切了。

“为什么死了？”

“你是死了。官方宣布的。”艾登说，“根据官方档案，一个炸弹在你的新家爆炸，你当场死亡。法监对外宣布你死了。”

“但是没有尸体啊！法监也不是傻子。我过来时乘的大巴经过一个葬礼队伍，妈妈和埃米跟着灵车。那是**我的**葬礼吗？”

“抱歉。我不知道葬礼在今天。”

“但你**知道**。你知道他们以为我死了。”我怒火中烧，但又困惑不解，“为什么法监对外宣称我死了？”

“或者他们不想承认他们不知道你的去向？”马克猜道。

“我不明白法监为什么这么做。”

艾登歪着脑袋。他也不明白，他的眼里写着困惑。“或许他们不想承认自己失败了。”他说。艾登以为在我家爆炸的炸弹是法监放的，以为法监要我为帮助本剪掉乐握付出代价，我也从没有纠正他。他不知道我扮演的双重身份，不了解我参与的危险游戏——法监和尼科的反抗组织的游戏。因为我心里藏着秘密，对于他们的帮助，我的回报只有沉默，自责感纠缠着我的内心。但他，也守着他的秘密。

泪水爬上眼眶：“我不能让妈妈和埃米以为我死了。我不能。”

艾登在我旁边坐下，把我的手握在手心。“你必须这样。这样更好——别人不会逼她们说出她们不知道的事情。”

我抽出手。“不。不。我不能就这样离开。我不想让他们以为我失踪了，现在情况比失踪还糟！我不能让他们以为我死了，而我自己一走了之。”

“你不能见他们。可能有人在监视她们，守株待兔等你和她们联系。这太危险。”艾登说。

“没人会认出我的，”

艾登摇摇头。“好好想想吧。你在凯西克的新生活正向你招手呢。不要现在就白白放弃。”

“但是妈妈她——”

“她也不会愿意你冒这个险，”他说。

我陷入沉默。我明白，他是对的。如果我可以把她拉到一边，将事情的来龙去脉和盘托出，问她该怎么办，她肯定也会说，保证安全。我在手里拨弄着头发，拉一下，我就哆嗦一下，只好用手托住它。谁知道浓密的头发会这么痛？太痛了，不得不躺下，但是现在还有这么多问题要解决。为什么觅踪因为法监说我死了，也将我定性为死亡呢？

“你还好吗？”马克问。

我耸耸肩，想到那个问题又禁不住打了寒颤。

“我包里有止痛药。”我说道。马克把药拿给我，递给我一杯水。我送下一片药。

“你该休息了。”艾登说。

“不急。你得先为我解释几个问题。为什么你在觅踪上把我定性为死亡？法监也在监视觅踪吗——你是做给他们看的吗？”

艾登和马克交换了眼色。马克回答：“我不知道他们在不在监视；链接是隐蔽的，隔段时间就变更一次。但是我们也不能藏得太深，免得那些需要的人使用起来不方便。但我们猜法监应该在监视网站，而且可能还定期查看。”

“那我上报自己已被找到呢？他们不会发现吗？”

艾登摇摇头："那不会在屏幕上显示的；只会提醒觅踪。我以前告诉过你，最终只有失踪案涉及的相关人员才会知道，也只有他们需要知道的时候才告诉他们。我们会列出清单，来判断泄露秘密是否对所有相关人员都安全。"

我已经在这些问题上不依不挠地纠缠艾登很久了，我试图找到谁知道我现在在那里以及我将要去哪。我相信艾登，相信他说的按需知密——他甚至还没有告诉我谁报告我失踪的。虽然我猜是我的生母。他是不会告诉我的，除非他觉得我**需要知道**。他一定认为我特别偏执；他不知道我问这些背后是有原因的。他对尼科在觅踪安插的间谍一无所知——我在反抗组织营地看到了觅踪的一个司机。我要确保他不知道我报告自己已找到，确保他不会把这消息告诉尼科。我该提醒艾登注意他，但怎么才能提醒他而不用什么都说?

"但是一般发现那些人以后会怎样?"我问。"如果他们是我这样的孩子，被擦除记忆的孩子，那么让他们回到原来的生活中显然是不安全的。这是违法的。"

"一般那种情况不会发生。"艾登承认，"虽然有时会有人暗中联系，但他们仍然过着双重生活。"

"有时？那多数情况是什么?"

艾登和马克交换眼色。艾登回答："通常发现的时候……都太晚了。"

"你是说，他们是真的死了。"他点点头。"但我却不一样。"总是回到**凯拉与众不同**的问题上。

"但你是官方宣布死亡，"艾登说。"你不能回到这里的生活。你有几个选择：一个是你已经选的。用另一个身份，回到过去，找回过去的生活。"

"我只能这样。"我叹口气。我们以前说过这个话题，但是我从来没有告诉艾登真正的原因。我从未告诉过他我父亲的死，也没告诉他父亲对我的遗言。**不要忘记你是谁**！而我，真的忘记了。我要找到自己是谁，为了他。

“再说一下你的新名字?”马克问。我从口袋里掏出身份证递给他。“雨拉·凯恩，”他念道。“有点与众不同，但我喜欢。”

艾登皱皱眉。“听起来有点像凯拉，对吧?”

“也没那么像。”我反驳说。我知道他会这么认为。如果他知道我在反抗组织的名字是雨儿，他肯定会大为光火，不过知道我“雨儿”名字的人，还活着的已经没有几个了。**只剩尼科了**，一个声音对我耳语。我奋力抵挡它。除非他无意中发现我的新名字，不过那怎么可能呢?我会离反抗组织远远的。这个名字把我过去的每个部分拼接在一起，如果连这些名字也没了，我还能剩下什么?

我的脑袋晕乎乎的。我让马克把我扶起来，扶我走到起居室，在沙发上躺下，盖上毯子。他和艾登在门口低语。

我坚持着，一定要找回自己原来的身份。到底会发现什么呢?

“有几个选择?”我说，我漏掉了艾登之前说的一些话，“还有什么选择?”

艾登进屋在我旁边跪了下来，轻轻拨开挡在我脸上的头发。

“你知道吗，凯拉。你可以为觅踪把你的故事告诉他人，你可以做我们的证人。”

“然后接着逃跑。”

“我不想这么说。我们会把你安置在安全的地方，或者你可以彻底离开，等我们收集好证据，直到我们完全准备好。”

“在世界面前揭露法监的罪行。让众人推翻政府。”

“没错。”

他真是个梦想家。法监绝对不会默默地下台，就算有下台的那天。也不过是个美梦。我冲艾登笑笑。他的嘴角动了动。

“吃了止痛药，你还挺友善的。”

"闭嘴。"

"还有新头发也很美。"

"很痛的。"

"再来一片止痛药？"

我摇摇头："最好不要。艾登，有些事我还没有告诉你。"

"我知道。等你准备好了再告诉我。"

艾登的目光柔和、温暖。如果他知道我的全部、我所做的一切，他还会这样冲我微笑吗？他太信任这个世界。他需要知道。我需要告诉他。我叹一口气："不管有没有准备好，有一件事我现在就必须告诉你。"

"什么？"

"你的司机。那天我们看到本在操场上跑步时一起来的司机。不要相信他。"艾登的表情严肃起来，他沉默了，思考着。

"这就解释了一些事。"他终于发话了。

"我们会调查清楚的。不过我好奇的是，你怎么会知道这些？"

要是能将一切都告诉艾登那该多好啊。不用一人承受重担。但不等我开口，艾登就摇摇头："不，不用回答这个问题。在你服用止痛药头脑不清的时候不用回答。等你真正决定想说的时候，再告诉我。"他准备起身，但我的心里正想着他之前说的。

"等等。你说我可以**彻底离开**，是什么意思？"

"你可以离开英国。"

"真的？"

"你知道如果留下太过危险，觅踪会帮助一些人离开。偷渡到国外，越过大洋。去爱尔兰联合王国①，或更远的地方。"

爱尔兰联合王国——一个言论自由的国度，但不现实。自从多

① 爱尔兰联合王国，原文"United Ireland"。

年前，爱尔兰从英国分离出去后，官方从来就没有承认他们的存在。那里会比这里好吗？

我能做到吗？放下所有，彻底离开？我合上双眼。有那么多艾登不知道的，我没有告诉他的。我安慰自己，知道得越多越危险，他最好不知道。但是，难道这就是所有原因？我的内脏绞动，告诉我原因不止这些：我不希望失去他看我时的温暖目光。我的朋友屈指可数，我不能冒险再失去一个。

不管最初是自愿的还是被迫的，我**到底还是**反抗组织的一员。我**到底还是**个反抗分子。虽然我最终选择背叛他们、反抗他们的做法。我怎么能做觅踪的见证人、对抗法监呢？我是一个支持记忆擦除手术理所应当的正面教材。

越过大海……

去做什么？去哪儿？去到未知之地。

去逃离。

我跌跌撞撞沿着小道向上跑。跑啊，跑啊。竭尽我的小短腿所能跑的最快速度。

很快，街道、房屋都从视线中消失了。一切静止了，寂静无声。终于只剩我一个人了。我的心紧张得咚咚直跳。虽然我以前没有一个人来过，我还是记得这条路。这路一个人走显得尤其漫长，终于到了大门，我松了口气。

有一圈诡异的低低的雾霭环抱着石块。石块显得笨重，仿佛睡着了，半掩在白雾之中。石头上方阳光明媚，群山是活泼的哨兵，环绕着他们睡着的宝贝。我穿过田地，踏入迷雾之中，将手放在一块石头上。阳光无法穿破雾霭；靠近看，石头冰冷、巨大。但退后几步，注视群山，那些石头又显得十分渺小。

大山的孩子，爸爸这么称呼他们，我也这么叫。虽然我在学校里学过，这些是石圈，这是千百年前，一些人和德鲁伊教徒[1]立在卡塞里格[2]的石圈，不是立在大山上的。我从一边开始，边摸石头边数数。

数到快一半的时候，一个声音响起："就知道会在这儿找到你。"是爸爸。

我一言不发，接着数石头。大山有好多孩子，我却是独生女。

爸爸向我走来。"数到几了？"他问。

"二十四。"我答道。他跟着我一起走，我们边走边数，我的声音更大了。

"二十五。"

"她真的很担心。"

"二十六。"

"她担心看不到你你就会出什么事。"

我叹口气。"二十七。"

"我知道她有时候是很偏执。"

"二十八。"

"但她爱你。"

"二十九。"

"你不该跑掉。"

"但你有时不也这样？三十。"我们停下脚步。"她快把我逼疯了。"

爸爸哈哈大笑："我要告诉你个秘密。"他朝两边看看。"有时

---

① 德鲁伊教徒，Druids，德鲁伊教是公元前5世纪至公元前1世纪，散居在不列颠、爱尔兰等地的凯尔特人信仰的一种宗教，据传分散在现今英格兰、爱尔兰各地的石圈遗迹便是德鲁伊进行太阳祭祀的场所。——译者注

② 卡塞里格，Castlerigg。卡塞里格石圈，又称大湖区巨石阵，是位于卡塞里格的凯尔特人的巨石遗迹，临近德文特湖和瑟尔米尔湖。——译者注

候，她也会把我逼疯。我们回家吧，一起做疯子。”

“数完了。从一开始?”我说。

“没问题。”

我们两人接着数，一起大声数下去，一口气数到四十。

“数完了。”我说，我们走过大门。我回头望去。雾气渐散。石头孩子在阳光中醒来，会很开心的；我们走了以后，他们可以自己玩。

之后，我向他保证再也不会逃跑了。如果我运气好的话。

第四章

我一大早就醒了，发现自己似乎浑身僵直，好像动弹不了，不禁害怕起来。然后我意识到蓝天爬到沙发上，惬意地卧在我的腿上：一条厚重的金色猎狗毛毯，不愿起来，赶也赶不走。我走到厨房泡了杯茶，朝窗外望去。世界笼罩在茫茫白霜中，我的手痒痒的，想去拿铅笔和速写本。复杂的白色线条勾勒出篱笆和树丛，装饰了马克不像花园而像工作坊的后院里的汽车和汽车零部件。没有下雪，至少现在还没下，看来我感觉错了。看到的最好的画面是白色面包车不见了，看来艾登走了。这样我今天的计划实施起来容易多了。一旦我弄清楚到底是什么，我就要行动了。

我找到速写本，陷进沙发里，旁边放着茶杯，蓝天卧在身边。我本想画白霜的复杂精致的图案，笔下却不知不觉画出石圈。还有一个金发女孩——那是我，可能八岁？——手放在一块石头上。梦里出现的是真实的地方吗？内中所有声音在说，是的。我如果回凯西克，可能会找到这个地方；我可能会触碰每块石头，再数数大山的孩子。但他不会在那儿找到我，这次不会。他走了，永远地离开了。爸爸是在试图把我从尼科和反抗组织手中救出来的时候死的，那是在五年前，但记忆是最近才有的。它藏得太深，太久，等这些记忆都回想起来的时候，我感觉它们仿佛是最近才发生的。我为什么要回去？爸爸已经不在那儿了。除了他，那段生活中，我已想不起来其他任何人。梦里，我逃避的对象是妈妈吗？

她爱你，他这么说。不管我运气好不好，我已经保证再也不跑走了。以前回不回家由不得我，但现在，是我的选择——我必须要回去。但我现在还不能走，不告别我不能走。这次我要道别。我要告诉妈妈和埃米到底发生了什么。

我正穿鞋的时候，马克终于出现了，睡眼惺忪，哈欠连天。他扬扬眉毛。“嗯，我猜猜看：你要遛遛蓝天，在附近走走，一会儿就回来。”

“没错，是的。”蓝天听到“遛”这个词，尾巴啪啪地拍地。

“去哪儿?”

“我以为你知道。”

“艾登会很恼火的。”

“但你不会。因为你知道我必须这么做。”

他平静地看着我：“我越来越意识到，有时，不管要冒多大风险，有些事必须得做，有些话必须要说。这次就是这种情况吗?”

“是的。我必须要告诉妈妈。她生命中已经失去太多亲人了。”在所有人中，马克应该最能理解——六年前，他乘坐的校车爆炸。至今他还在深深自责，自责自己活了下来，没错，更自责没有说出其他幸存者，譬如妈妈的儿子，罗伯特。而罗伯特之后失踪了，被擦除记忆。他失踪了。就像妈妈的父母——第一代法监首相和首相夫人——一样，消失得无影无踪。妈妈的父母被反抗组织的炸弹偷袭身亡，当时妈妈的年龄比我现在还小。我不能就此离开，让她以为我也同样被炸死。

蓝天在我和马克中间趴下，显然它已经察觉到出去遛弯儿是不可能了；至少，我不带她出去。

“等下我带你出去，”马克向她保证道，然后又转向我，“有一天我碰巧开车经过你的村子。”

“哦？是吗？”

“你家的房子在爆炸后还是不能住人。现在那里没人住。他们会去哪儿？”

“哦，这我倒是没想过。他们可能搬去斯泰茜姑姑那里了吧。”我冲自己皱眉。斯泰茜姑姑和妈妈关系密切，她似乎还行。但她的兄弟是妈妈的前夫——是个法监。如果斯泰茜看到我的话，她能保证不说出去吗？“我知道了——我试试妈妈工作的地方。她说过她差不多每天吃完午饭都会出去走走。我要藏在附近，看看能否在她往返的路上碰到她。”

“听起来挺悬的。”

“这是我能想到的上上策了。”

“要我开车送你吗？”

“不用。我一个人看起来没那么可疑。”我大声说出这话，但是这确实是我必须要单枪匹马面对的。虽然我换了一头新发，改了身份，但是去那儿还是非常危险的。要是真有人在守株待兔，他们会被糊弄过去吗？

“骑上我的自行车吧。”

“好。”我笑笑，“谢谢。”

“那就这样吧。不过千万小心。还有，先吃点早饭吧。”

我到的太早了，妈妈的午休时间还没到，但有什么东西让我在墓地停下。我把自行车靠着破败的石墙。白霜勾勒出空落落的枝干，墓碑白花花的一片像鬼影。我蹑手蹑脚穿过大门，沿着小路往里走。呼出的气体像在冰冷空气中笼罩我的会动的寿衣。这是个很小的乡村教堂，最新的坟墓不难找到。坟墓上还没有立墓碑，如果最终还会有墓碑的话，但墓地上的土有翻动过的痕迹——一块黄土地，夹杂着灰色的霜打过的草根，上面覆着一层散落的花朵。另一个身份不明的女孩埋在这儿？或者，坟墓是空的？或是填满了石头，没人察觉？

我跪下来，摘下手套，犹犹豫豫地伸出手指去够一只被冻住的百合。这易碎的美正被寒冷保护吗？不。一片花瓣一碰即碎。

“嗨!”一个声音响起，划破宁静，我吃了一惊。一个熟悉的声音。

我站起来，转过身去，盯着她说不出话来。

“你是凯拉的朋友吗?”妈妈问。

“你不认识我吗?”

她的眉头锁住了。她看起来更苍老了，虽然从上次见她也没隔多久。她眼神看起来很疲惫，眼里布满红血丝。“抱歉，我们见过吗?”

泪水充满了我的眼眶。我摘下眼镜，把深色头发拨到一边，略微哆嗦了一下——头发的重量让我还是有点痛。“是我啊，是凯拉啊。”我低语道。

她的脸色刷一下白了，摇摇头。

“妈妈?”我伸出一只手拉她，但她退后一步，回头四处张望，察看教堂周围和尽头的小路。

“快把眼镜戴上。”她说。等我戴好眼镜，她挽住我的一只胳膊，迅速把我拉到教堂后面的一条小路上，我们穿过大门走到后面的树林中。她步伐很快，小路弯过一个弯，分了岔，我们上了一条少有人走的路。终于停下脚步。她一边呼哧呼哧地喘着粗气，一边转身打量我。

“真的是你。你真的还安好。”

我的眼泪又落了下来，接着她也流泪了，一把将我拉进她的怀中。我们在那儿站了许久，一言不发，一动不动。

她终于放开我。“你的头发?”她伸手摸摸我的头发。“整形?”

我点点头。

“怎么做到的？不，不要回答！是——”她迟疑片刻——“是法监干的吗?”

我摇摇头。“他们不知道我在哪儿。想杀掉我的也不是他们，但是出于他们自己的某种目的，他们对外宣称我死了。我也不知道为什么。”

“那么炸弹就不是他们放的了。大卫说不是法监，但是……”她耸耸肩，没必要再说了。她不信任他了。在他害我们遭受这么多伤痛之后，为什么还要相信这个出卖亲人的丈夫呢？

“不是法监。是反抗组织。”

她脸色煞白：“他们在追踪你?”

我耸耸肩：“他们以为我背叛了他们，以为是我把他们交给法监。”

“你真这么做了?”

我摇摇头：“不是故意的。法监跟踪我找到他们的。”其余的我没有多说——我背叛了尼科的计划。我当时没有和她还有其他家人在一起，没有站在法监首相格雷戈里旁边，这样尼科就没办法引爆在我不知情的情况下安在我身上的炸弹。而我反而离开现场去救被他监禁的莱桑德医生，也就是我的主治医生，发明记忆擦除手术的人。如果尼科发现我还活着，他的复仇欲望可丝毫没有逻辑可循——对他来说，这些都是针对他的。

“或许法监对外宣称你死了算是件好事。或许反抗组织会相信他们。”她伸出手摸摸我的脸颊。“看到你没事我真高兴，但你不该到这儿来。太危险了。还有你怎么知道到哪儿找我呢？我本来想出去走走，但双脚却把我带到这里来了。”

“我也不知道。我以为你在工作，我就想去你工作的地方看看。我不能在你还以为我死了的时候离开。”

她一把抓住我，给我一个紧紧的拥抱。“你有安全的地方可去吗?”

“嗯。我以后会试着给你捎信的。”

“不用了。那样更安全。”

“埃米呢?她怎么样?”

“她伤心欲绝。不过我不能把你的事情告诉她。至少现在不行。”

我的眼泪又要流下来。埃米是我被擦除记忆以后分配的新家中的姐姐。虽然相处不过几个月，但埃米从来没有做过任何伤害我的事。但她能保守秘密不告诉任何人吗?

“她什么都不知道更安全。”妈妈说，“我会照顾好她的。”

“嗯，我知道了。好吧。”

“莱桑德医生来过电话，送来了鲜花。看起来她真的很为你心痛。”

我的心里又隐隐作痛。她应该知道真相，但是告诉她要冒太大风险。

妈妈盯着我看了许久许久，似乎要记住我的面容，然后她吻了我的面颊。“我该走了。我先走，你等会再跟上。”她最后一次紧紧握了一下我的肩膀，然后转过身，沿着小路一路小跑离开了。我靠着树，用手环抱住自己。

这么多痛苦——她的痛苦，埃米的痛苦，我的痛苦。还有整个象征性的葬礼。为什么呢?为什么法监装作以为我已经死了?

过了一会儿，我深一脚浅一脚穿过树林。到了教堂，在门口徘徊了几步，周围没人。我取了自行车，开始往马克家赶。

没过多久，厚重的白色雪花从天空落下，打着旋温柔地飘落在我身上。我伸出手想接住掉下来的雪花。它们落在我的帽子上、头发上，把棕色变成白色，遮住我的装扮，严严实实把我裹住。雪落在地上，越堆越厚，骑行越来越困难。过了一会儿，我就不得不下车推行了。

等我回到马克家，我已经浑身湿透，几乎冻僵了。马克看到我长舒一口气，把我安顿在火炉旁。

蓝天像被胶水黏在窗口，目光射向每一片跌落的雪花。“这天气把她吓住了。”我说。

“这还不算什么。暴风雨的时候，她浑身发抖，躲在床底下。说到躲，你出去以后艾登来过电话。”

“怎么?”

“我跟他说你出去散步了。”

马克的表情已经说明问题了。“我猜他根本不相信，而且不太高兴。”

“你怎么知道？那，一切顺利吗？你说了必须要说的话吗?”

“嗯。”

“现在准备好继续了?”

“我可以先暖暖身子吗?”

“可以暖和到明天早上。艾登九点到。铁路系统恢复了，票也已经买好了；有一堆电子文件是你今晚的作业，关于你新生活的细节。”

*

还需要跟另外一物道别。那天夜里，马克睡着后，我站在厨房的椅子上，从冰箱顶端取下猫头鹰雕像，放在桌上，手指轻柔地抚摸它的喙和它张开的双翅。它是由金属屑制成的，但是各部分拼在一起相当完美，不管看上去还是摸起来都像真的一样。这是本的母亲雕刻的，是在本的要求下，以我画的一幅画为样本，专门为我做的。这些仿佛发生在很久以前了。现在她已经死了，和她的丈夫一同被法监杀害。仅仅是因为问了太多关于本的去向的问题。

我手指划过猫头鹰的背部，隐约摸到一张纸片，用两个指甲尖夹住它，拉出来。

打开纸片，纸上是本留给我的最后的话。当他还是我的本时说的最后的话。

亲爱的凯拉：

如果你发现这个，就意味着事态非常严重。我很抱歉让你感到痛苦。不过要知道这是我的决定，我个人的决定。没有其他人该受到责备。

爱你的，

本

虽然他这么说，那时我还是认为这些都是我的错。本想切掉自己的乐握，之后——他休克了，他妈妈叫我快走，法监把他带走，是死是活无从知晓。接着他被觅踪发现；某些地方被法监改变，他连我是谁都不知道。我最后一次见到他时，我努力了，试着让他明白，告诉他要抵抗法监。有那么一会儿，我在他眼里看到些什么。我以为他相信我了，以为他懂了。都是我的错。现在我能为本做的，只剩下期望了。

这些事以后，我还发现，本想割掉乐握的背后，其实是尼科在煽风点火，他试图利用伤痛勾起我和尼科还有反抗组织在一起的回忆。但即便这样，还是我的错。

要不是我，尼科不会无缘无故接近本，是吗？

我盯着手中的纸片。我该带着它走吗？我动心了。但它到底还是属于我第一次找到它的地方，它一直隐藏的地方。我把纸片折好，小心翼翼地塞进猫头鹰背后，把猫头鹰重新放回马克冰箱的顶部。他会替我保管好的。

或许有一天，我和本会回来找它。一起回来。

第五章

第二天，地上的雪已经积得很厚了。马路不能行车。接到艾登电话以后，马克说他会陪我沿着马路走到大路上，在那里和艾登汇合。

我走到门口的时候，犹豫不决，极不情愿离开我熟悉的地方，去到我一无所知的地方。在这里我感到很安全，因为……什么？马克的目光和我相遇。“你还会回来的。”

“会吗?”

“会。你要是再也不来了，蓝天会很失落的。”他把门打开，蓝天蹦跶着冲出门。它跑下台阶，可马上一个急刹，吓了一跳，雪堆得足有她鼻子那么高。

我走出门，抓一把雪握在戴着手套的手里，凑到她鼻子前面让她嗅嗅。“这是雪。”我跟它解释，然后把雪团成球，朝前扔出去。它蹦蹦跳跳去追，没有越过雪堆，而是在雪里跳来跳去。可是看到雪球落地、和周围的雪混在一起分辨不出的时候，它看上去又困惑不已。

马克哈哈大笑，一定要替我拎行李。我们深一脚浅一脚上了马路，雪没到膝盖处。

“呃，”我开口了，“艾登现在听上去还在生我气吗?”

“他在生我的气。”

“哦，对不起。”

马克耸耸肩：“他会消气的。看到你平平安安他气就消了。”

我们终于上了大路。谢天谢地，大路上的雪已经清扫过。艾登的面包车已经等在那儿了。

“谢谢你包容我。谢谢所有一切。”我说。如果没有马克的家可以避难，我现在还不知道会在哪儿呢!

马克给我一个拥抱，打开车门，蓝天也想在我后面跳进来，马克拉住它。我透过窗户向他们招招手，拼命眨眼，想在他们离开之前控制住情绪。

我跟艾登打招呼，他点了点头，又将注意力集中在湿滑的路上。沉默，就像冬天的早晨一样，带来丝丝寒气。直到车子在火车站停下。

“艾登，对不起。我走之前必须得见妈妈。不要怪马克，他没能拦住我。不要让我们以这种方式道别。”

他把我的手放进他的手心，神色凝重，深邃的蓝眼睛锁住我的目光。“凯拉，以后务必处处小心。不要泄露了任何消息。你的生命，还有别人的生命，就在于你不要被抓住。

“不要泄露消息——譬如不要叫错我的名字?”

“没错。”

“不要像你刚刚那样?我现在是雨拉了，记得吗?”

一丝笑意划过他的脸庞。他拿出一个文件夹，交给我一张塑料卡。“这是你的火车票。别丢了。”

我翻翻眼睛，把票塞进口袋。“我尽量不丢。”

“带好身份证了吗?”

我瞥他一眼，但他还是坚持。我叹口气，从包里掏出新身份证给他看，然后又塞回去。

“还有你的身份和经历，在我给你的文件夹里，彻底搞清楚了吗？给我讲一遍。”

“我是雨拉·凯恩。十八岁，生于二〇三六年九月十七日。来自切尔姆斯福德，是家里的独生女。我的父母都是老师。我要去凯西克，住在德文特湖边专供二十一岁以下青年居住的地方，叫女子瀑布山庄，我已经报名了职训：坎布里亚学徒式职业培训。也不知道那是什么。另外，我还真得参加这个培训吗？”

“你不是去那儿旅游的，你得找个理由待在那儿。”他这次笑得很自然，我内心紧张的心结解开了。“我确实想过让你做接待方面的工作，主要是洗盘子——我们在那边的酒店里有线人。不过情况也可能变得很糟糕。”

“谢谢。但有一个非常重要的信息你还没告诉我。”

“什么？”

“我怎么找到报告我失踪的人？”

他咧咧嘴：“我之前跟你说过：按需知密。”

我望着他，愤愤不平：“现在还有比我更需要知道的吗！你难道不告诉我了吗？”

“我就不能给你个惊喜？”

我瞪他。

“开个玩笑。找到你母亲很容易，斯特拉·康纳，女子瀑布山庄是她经营的。她知道你要去，也知道你是她失踪的女儿。”

我的母亲。我真正的生母——那个生我的人，不是被法监安排的。我想的没错，就是她上报我失踪的。我的母亲……我没有一点印象的那个人。

艾登捏捏我的手，仿佛看透了我的心思。“去吧。不要让安检觉得你在担心什么，否则会引起他们注意。你就轻快地走过大门，就像你在这世上没什么担心的一样。”

“好。”我勉强回应，但仍坐在面包车里不动。艾登仍握着我的手。

“凯拉——我是说，雨拉——多保重。万一出了什么问题，需要帮助的时候该怎么做，你懂的?”

我点头。艾登的文件中还提到某个社区告示板。在上面留个加密的口信，他的联系人会看到的。

“希望这些能帮到你。希望你找到想找的东西。但，万一没找到……”他的声音变小了。“不管怎样，最好还是上路吧。”但他仍然握着我的手，一些强烈的特别的感情从他的目光中流露出来，但我无法扭过头去不看他。时间变慢，变长，最后他终于松开了手。

我带着包，从面包车爬出来，关上门，转过身，挥手道别。手心空了，凉了。言语卡在喉咙里，喉头紧紧的。又一个可能再也不会见面的朋友。我隔着窗户望着他，回想他从前的点滴，他歪过头去认真地注视我的样子——就和现在一样，他晨光中闪耀的红头发。艾登为我做了这么多，而我，只是让他担心，给他惹麻烦。这些事一样样操办起来，没有一件是容易的，而我，连个正式的谢谢也没有说。

然而，艾登好像能看透我的心事一样，他冲我点点头。**没事的。去吧**，他的口型告诉我。

我转过身，端平肩膀，离开他的面包车，走向车站。靠近车站大门时，障碍关卡打开了——艾登的文件上说它们可以感应到放在身上任何部位的车票和身份证，然后自动识别；当然也能搜到武器。穿着皮靴的门卫朝我这边望了两眼就把目光移回安检屏幕。成功通过了。一个箭头识别了我的车票，在我脚下亮了，指明我要走的方向。我离开关卡，朝箭头指向的电梯走去，满脑子都在想我本该说出的话……

糟了，德朱！刚开始在为所谓的葬礼伤心，接着我去找妈妈艾登生气了，我完全把整形医生要我捎的口信抛在脑后了。忘了他想见艾登。我回过头，透过关卡的玻璃望去，艾登的车已经看不见了。

太晚了。希望不是什么要紧的事。

第六章

电梯很快停下，梯门开了，面前是地下站台。火车已经停在那儿，一个箭头再次识别了我的车票，给我指明要去的车厢和要坐的位子。别的乘客在我身边走来走去，跟着他们自己的箭头。

我以前乘过火车吗？就算以前乘过，我也不记得了。

我把包放在头顶的行李架上，接着想起身份证，又把包拿下来取出身份证，和票一起塞进口袋，接着又把包推回行李架。身份证我可不能丢。跟别人不一样，我的身份证补办起来可麻烦了。

火车只坐满了一半，我旁边的位子空着。我坐在靠窗的位置，几分钟后，窗户玻璃上开始播放视频——绚丽多彩的乡村风光、南极冰川、雾气弥漫的热带丛林。开关轻点就能翻页，我禁不住一个一个试过去。真好，艾登的文件里说明了这点，否则我肯定又恐慌又困惑。过一会儿，我发现周围没人看窗口视频，于是我也关掉了，开始观察周围的乘客。

一些乘客很年轻，像我一样穿着牛仔裤，可能是学生，或者是休假去参加学徒培训的人。更多的乘客像商人，男男女女都穿着西服，很像在我被分配的新家、那个据说是安装维修政府电脑系统的爸爸下班时穿的那种。谁知道他到底是在帮法监做什么？他在全国各地到处跑，反正他自己这么说。我警觉地扫了几眼其他乘客，确保他不在这儿。他确实开车去一些地方出差，短途也会乘大巴，譬如去伦敦时，但现在大部分长途驾车旅行已经禁止了，出行必须乘坐环保高铁。

滴答滴答，几分钟过去了，一小时过去了，火车在其他地下车站停了好几次。在其中一个车站，上来了一位神色慌张的母亲，带着大约四岁的男孩，男孩的小手紧紧地攥着他妈妈的手。他们坐在我前面几排。没过多久，那小男孩朝后面座位探过头，黑眼睛盯着我。我笑笑，他低下头来。几秒钟后，他的脑袋又从座位上冒出来，这回他咧嘴笑着，直到他妈妈让他坐下。他爬到妈妈腿上，她的胳膊搂着他。

一个母亲紧紧地搂着自己的孩子。我和我的母亲从前也是这样吗？我用劲眨眨眼，然后盯着窗口视频的屏幕，空白死寂的屏幕，就像我关于她的记忆一样。我闭上眼。或许见面后，回忆会恢复的，就像十岁的时候一样。或许我们会朝彼此跑去，她抱住我，我就**回到家的港湾。**我就知道自己曾经是谁，现在是谁。

或许，不会。

内心恐慌，有声音说**快跑**，说不知道可能比知道更好。事情会改变，但改变不总是好的。从前，我不顾一切地想知道自己曾经是谁、来自哪里、为什么被强制执行记忆擦除手术。然而，发现尼科的反抗组织和他们的计划并没有带来半点益处，难道不是吗？

我内心深处某个地方注意到，在我满腹心思想事情的时候，车已经停下了。这回比之前任何一站停的时间都长。我睁开眼，车门仍然关着。没有靠站？

我环顾其他乘客，显然，不安的气氛在蔓延滋长。怎么回事？那女人和男孩离开座位，走到前面连接另一节车厢的门那里。我看到过有人从那里进进出出，回来的时候手里拿着热气腾腾的水杯。

但这次，门紧锁着。他们回到自己的座位上。一会儿，锁住的门开了，不安变成恐惧。法监。两个法监，冷酷无神的目光。身着黑色防弹背心。一人手上拿着枪，另一人拿着小型仪器。跟着他们的还有一名乘警，额上挂着汗珠。

“大家把车票和身份证拿出来。”乘警说道，他的音调不太平稳。乘客们动起来，从包里、口袋里掏出证件。我也拿出我的证件，手瑟瑟发抖。**保持镇定**。艾登的记录上说查票、检验身份证是很寻常的。我会顺利通过的。如果要查验票据，要保持镇静。不过他可没说法监会参与其中啊。

拿枪的法监守在门口，另一个法监跟着乘警。走到第一个乘客面前，乘警检查车票、身份证，法监举起手中的设备，命令乘客朝里面看，直到设备“哔”地响一下。先查一只眼，然后再查另外一只。

便携视网膜扫描仪？

这不是一般的检查。恐惧变成了惊慌。要检查视网膜必须摘下眼镜，他们会发现我的眼睛颜色变了。要是我让德朱把眼睛颜色永久性**改变为**灰色该多好啊，而不是用眼镜暂时遮挡——要留住绿眼睛的虚荣心会害死我的。我可以在他们过来之前把眼镜摘了，但愿他们不会发现，但我又想到新的问题，更加慌乱了：谁知道我的视网膜编号会不会显示出一个错误的名字——凯拉·戴维斯——一个死人的名字？从前我在学校扫描过视网膜，在医院也扫描过。我回头望望，后门也有一些法监挡住了去路。

无路可逃。彻底困住了。作为被擦除记忆的人，去探寻自己的过去完全是违法的。更不要说整形，还有用假身份证出行。经历了这么多事情，我的脚步最终就要停在这里了吗？要不了几分钟就可以到凯西克。是我的假身份引发了警报吗？他们是在找我吗？

法监越来越近了，一排接一排。乘警查验每张车票、每个身份证；法监操作视网膜扫描仪。

什么东西碰了我的脚，我差点惊叫起来。低头看看：那个小男孩？蜷在我的座位下。法监他们已经查到他妈妈那里。她面色惨白，白得发灰了，一只手哆哆嗦嗦掏出身份证和车票。乘警检查：通过。但法监的嘴角露出满意的微笑。他知道了。确信已经找到要找的人。**不是我**。他把扫描仪举到她眼睛前。仪器没有发出“哔”声，而是“嗡嗡”直响。他笑得更开心了。

他两手一把钳住她的肩，把她从座位上拎起来，推到过道。“走！”他吼道。他们朝车厢前部走去。身后传来微弱的呼喊。我不敢回头，但她却回头了，她的脸变了形。不一会儿，守在后门的一个法监走过去，拖起小男孩。

他们一同消失在连接车厢的前门。无人言语。无人抬头。我惊恐万分，但又**松了口气**。他们不是来找我的。这次不是。但要是我的座位在她之前，要是他们扫描了我的视网膜……我的心在颤抖。

接着，我感到阵阵羞愧。他们现在会怎么样？我不知道她到底做错了什么会让法监以如此方式将她拖走；我不知道她会怎样，她的儿子会怎样。如果车厢里所有人，异口同声说：**不，不能把他们带走**，结局又会怎样？我们能阻止他们吗？

答案或许是“是的”，几分钟内可能是的。但他们在下一站还有武力增援；我们被逮捕，一道被拖走。我们会面对和她相同的命运。这难道是沉默不语的很好的理由吗？

如果这个国家所有人一同说不呢？同时反抗，就像艾登想的——如果他们知道到底发生了什么，他们会一同反抗。他们不可能逮捕每一个人。

第七章

我走出昏暗的车站里的电梯，一脚踏入光明，明晃晃的阳光刺得我睁不开眼。凯西克的阳光。空气冷冷的，脆脆的；风吹得凉飕飕的，吸一口进去差点让我咳嗽。今天这里的地面没有落雪，上面呢？被白色覆盖的山峰。一股刺痛感从我的脖子后面蔓延到脊椎。不是因为冷，而是一种生理反应——因为来到这里，呼吸这里的空气。我还站着一动不动，盯着远处的群山目瞪口呆，直到理智将我拉回现实。**不要引起注意**。我强迫自己把目光从远处收回，只关注身边。

在这站下车的乘客没有几个，他们很快就走了。车站旁边停着一辆法监面包车，挡住了其中一个电梯：他们把新的囚犯从火车上带走了吗？我离开所有警惕的目光，调了调肩上的背包。我找到艾登备忘中所说的指向镇中心的标识，跟着它走。我不觉得自己曾经来过这个车站，也不觉得自己知道该往哪里走。匆匆回头一瞥，对面带有电梯和售票室的拱门上刻着“二〇五〇”。看来我还在这里的时候这个车站还不存在。它是新的。

十分钟后，我到了镇中心。那种好奇的刺痛感——仿佛似曾相识的感觉，又回来了。一片拥挤的步行区立着信息牌，通往古老的大会堂。鹅卵石被踩在脚下，我隐约觉得它们比应有的尺寸要小。难道是因为我现在长大了？

我又摇摇头。我是在胡思乱想吗？没有确信无疑的记忆，只有模模糊糊的梦影，一旦仔细回味就马上消失得无影无踪。或许只是我**太想**了解这个地方。

到了凯西克以后，我该去瀑布山庄。在那里，我的**母亲**。我咽了口口水——这词儿怎么都觉得不大对劲儿。山庄在德文特湖岸边，在从凯西克发源的大湖对岸。地图已经刻在我脑中：步行三英里的路程即可。或者乘摩托艇穿过大湖，或者乘大巴。

走路时间最长。走路吧。先是马路，接着是小道，渐渐离镇中心越来越远，经过一个废弃的剧院，来到湖边；小道蜿蜒穿过树林，透过树林可以看到德文特湖。蔚蓝的湖水边缘结了冰；脚下的地面已被冻得硬邦邦的。小道上还有很多人，走向不同的方向，他们中的一些人带着狗。呼出的气体形成了一层白雾，笼罩着他们的脸。离凯西克越远，人越少，很快，只剩我一个人了。

我的步伐越来越慢，脑袋里冒出各种古怪的想法。我想哈哈大笑，又想放声痛哭；想碰碰沿路的每棵树、每块石头；想认识它们，把它们带进我的生命中，好滤出一些旧时的在我耳边低语的记忆。我的脑子里像塞了棉花，乱蓬蓬一团，一直**想**努力刨出从前在这里的丁点回忆，却没有翻出任何清晰的印记。可能是因为欲望太强，所以感觉这么强烈，双脚也想在同一地方来来回回徘徊，想让自己记住这里，似乎即使没有想起从前的记忆，也要从现在开始记住它们。

我摇摇头。艾登说她知道我要来，她会想到底发生了什么事……又要担心了。我开始以正常的步速前进。过去的往事对她来说是什么样呢？对**我的母亲**来说。我的母亲，我一遍遍在脑中重复这个词，咀嚼着，品味着，但感觉不大对，听起来也不对。我是**她**

的女儿——感觉也很奇怪。十岁时，我失踪了。那是在七年前。这样的遭遇，该如何应对？接着，在我失踪几年后，她的丈夫又死了，死在试图营救我的时候。我的错。她或许会怪我。

随着各种想法在我脑中打架，我的步伐一会儿快一会儿慢，一会儿又快。等我终于看到远处的山庄，我的脚步彻底停住了。根据艾登的文件，我知道这地方以前是洛多尔瀑布酒店，现在叫女子瀑布山庄。湖区外部的灰色板岩、面前的湖水、远处耸立的树林还有更远处白雪覆盖的丘陵。远处望去暖暖的，模糊不清，像梦幻中的城堡，虽然我也知道，几十年前建筑的大部分已经在一次暴乱中被毁，重修的时候用了更多混凝土，更少板岩。我继续走。离那里越近，那地方看上去越突兀。

终于走到山庄门口，站在那里，我犹豫了。就是这里了。她会认出我吗？我认识她吗？内心跃跃欲试又惶恐不安，小心翼翼。艾登的备忘录上说，很多女孩子住在这里。没人会发现我们真正的关系。

敲门，还是直接进去？

仿佛是回答我的问题，门开了，一个女孩走出来。她冲我点点头，继续朝前走。我赶紧在门关上之前走进去。

入口处还有别的女孩子。两个女孩儿坐在椅子上聊天。一个妇女站在大桌子旁。她个头挺高；长长的金发披在肩上，可以看到发根露出黑色；身形较瘦，或许四十岁左右。装扮整洁，相当大方，连纽扣都闪闪发亮。是她吗？关于她的一切都很陌生。我朝桌子走去。

“你好？”她打招呼。

“呃，你好。我是雨拉·凯恩。我应该是住在这儿。”

“你来晚了。我差点儿就打发几个女孩子出去找你了，担心你在树林里迷路。”就是她吗？我的母亲？她撅着嘴，语气平静，吐词清晰，但两只眼睛上上下下打量着我，既渴望又困惑。她在期待一个金发碧眼的我。她不知道整形吗？

我背对着其他女孩儿，把眼镜摘下来，装作揉眼睛。绿色的眼睛。她两眼微微睁大。我重新戴上眼镜。

“身份证？”她说道，我拿出身份证。她把信息扫描进上网本，手略微有些颤抖。“你确实住这里，雨拉。我是斯特拉·康纳。你可以叫我斯特拉。”

我望着她。**斯特拉·康纳**——露西·康纳的母亲。但是，关于她的一切，包括她的名字，没有一样是我熟悉的。失落，什么都想不起来的失落感，在我心里苦涩地蔓延。

“午饭恐怕你是错过了。四点在暖房有下午茶，七点在大厅吃晚饭。这是你要遵守的一系列守则。”她递给我一大堆钉在一起的纸质文件，一边碰碰我的手。“我们今晚再聊。”她又补充一句，声音像是耳语，我甚至不确定是我听到的还是我自己凭空想出来的。

“麦蒂逊？”她叫道，一个女孩儿抬起头。“你可以带雨拉去她房间吗？在塔楼。”

那女孩从座位上跳起来。她披着一头深色卷发，长得挺可爱，个头没比我高多少，眼里闪烁着淘气的光。她不紧不慢地走过来，“没问题，康夫人。”斯特拉的眼睛眯了起来，对康夫人这一称呼不太高兴。

“这边走！”麦蒂逊说道，小手夸张地一挥。我跟着她穿过一道门，走过几个厅，上了台阶。她往后看看。“带她去塔楼！”她边模仿斯特拉说话，一边用一只手指夸张地指向楼梯。那声音那腔调和斯特拉太像了，我忍俊不禁。

楼梯尽头，麦蒂逊猛地推开门。“我真不敢相信她会把你安排到塔楼住。这地方好多年没人住。她只在去年让一个人在这儿呆了几天，那时还是因为有不少屋子被洪水淹了，而且其他房子都住满了。

但一有空房她就把那人调出去了。”

“这儿有多少人住？”我走进屋子，把包放到床上。

“现在没多少人了。加你，我想想，有十七个。大家一旦找到其他落脚处，就马上离开这个山庄奇葩[①]。”

“为什么叫她山庄奇葩？”

“你不是在楼下见过奇葩女王了吗？还没注意吗？等你读了守则就懂了。”她从我手上拿过守则，在把它放在床边书桌之前，拿在手里挥了挥：“违背条例，后果自负。”她模仿斯特拉的声音说道，我努力忍住笑——她正嘲笑的对象可是我的母亲。“然后就是她的家庭。”她翻翻眼睛。

家庭？我还有别的家人？“什么？她家人是谁？”我问道，并尽力不要表现得过度好奇。

“她母亲是全英国未管部的部长。不是你想和她共处一室的人。还好，她几乎不来这里。”

未管部部长？我目瞪口呆地望着她。我有个外祖母，我的外祖母不仅是个法监，还是未成年管制部部长，不仅如此，还是全英国的部长？我惊异地合不拢嘴。

麦蒂逊似乎并没注意到我的反应。“不管怎样，你来凯西克做什么呢？”

“我是来参加学徒课堂的。”

“职训吗？明天开始，对吧？”

我点头。艾登备忘录上写了关于职业训练的大致日程，职训也是我匆匆忙忙赶到这里的原因：希望赶上职训第一天。“那你做什么？”

“我在可拉咖啡屋工作。正好今天休息。我迫不及待等着今年暑

---

① 指斯特拉。

假满二十一岁，到时我就可以离开这里了。都怪两年前他们颁布的什么青年法，我和另外三个女孩子这才搬到这里的，而且不得不搬过来。”我茫然地望着她。

“你难道不知道自己为什么得住这儿吗？未管部青年法第 29 条第 2 款。”她腾地站起来，挺直腰板。“你必须与家人同住，或住在官方认证、协办并监管的住宿单位，直至二十一周岁。”她带着浓重的鼻音说道，接着假装要勒死自己。“他们以为我会要什么花样吗？不过就算没有被关在这地方，在凯西克也没什么可**做的**。”

麦蒂逊打开门，给我看我的套房。

“你可能得一个人待在塔楼了，不过至少还不用与别人共用浴室。不要忘了守则第九条：每次淋浴不得超过五分钟。你要是违规了，她会把整个山庄的热水关上一天。不知道为什么，她总是知道谁超时。她也会随机抽查，偶尔深更半夜在厅里巡查，看你有没有触犯第六条或者第十一条。”

“谢谢。”我笑了笑，盯着她。**你该走了**。我需要一个人静一静。

她一定在我的脸上看出来了。“你希望我走了，对吧。”

“呃……”

“没事儿。下午茶时间，四点楼下见。**不要**迟到哦：守则第二条。”

终于就剩我一个人了，我环顾房间：双人床，空衣柜，书桌，椅子。房间另一头，还有更多的衣柜——锁着的。这房间很大。这以前是露西的房间吗——我的房间？因为这样斯特拉一直空着这屋子不让人住吗？我耸耸肩。不知道。对屋里的所有东西丝毫没有熟悉的感觉。

我把窗帘拉开。两面都是窗户：房子一面是湖，一面是树林。风景太美了，我闭上眼，试着想象年龄很小的我住在这个屋子里，和爸爸一起从窗口向外望的场景，但是什么也记不起来。

门口传来奇怪的声音。刮门声？一只灰色的爪子从门缝下面探出来。我打开门。

一只灰猫望着我，推开半掩的门，纵身一跃跳上床，坐下来摆了个优雅的姿势，一边舔爪子，一边用绿眼睛盯着我。

露西的灰猫，露西十岁时的生日礼物——这是我被擦除记忆后，为数不多能想起来的在我还是露西时的记忆。它……就是眼前的这只灰猫吗？

我走到床边，坐在另一头，翘起腿。“是你吗？”我低语道。她从床那头爬过来，绕圈踱步，好像在从头到脚打量我。我伸出一只手，她把下巴放上来蹭来蹭去。很快我就把她引诱到我腿上坐下。我抚摸她，她蜷起身子，发出咕噜声。

麦蒂逊留下的住宿守则放在旁边，我拿起来，翻看第一页。**第一条：务必对抓抓（Pounce，山庄中的猫）友善。**

“抓抓？”我念道，她眯起眼望着我，然后用爪子紧紧抱着头，好像在说，**安静——没看到我在睡觉吗？**抓抓听起来挺像是十岁的孩子给小猫起的名字。

嗯。斯特拉可能是有点怪，但是既然她把这一条放在守则第一位，或许我俩今后相处会还不错。

第八章

我刚好四点差一分到了喝下午茶的地方，肚子咕咕直叫。麦蒂逊以及之前我看到和麦蒂逊在一起的那个女孩都在，还有另外两个女孩子；但还不见斯特拉的影儿，有人告诉过我其他人现在正在凯西克不同地方工作。桌上放着一个茶壶，还有一盘热气腾腾的烤饼，我们用烤饼蘸着果酱吃得津津有味。麦蒂逊告诉我，通常她们的下午茶不过是一些干的小点心而已，我又浮想联翩：难道这是给我的特殊待遇？

她们带我参观了一下山庄。山庄里有个带电视、沙发、壁炉的客厅，还有个图书室，一个已经摆好晚饭的饭厅。

我逛回自己房间整理行李。七点吃饭碰面时，麦蒂逊把我拉到她旁边的座位坐下。很快，桌边座位除了两个空位都坐满了。一双双友好又好奇的眼睛，一个个报出的名字，一下子要记住的太多了。这些看上去似乎都……挺好的。很舒适惬意。不是我想要试着从中逃离的地方。当钟敲了七响，斯特拉走了进来，闲聊声渐渐止息。她在桌子一端的空位上坐了下来。她望望另一个空位，眉头皱了起来。“有人知道埃莉去哪里了吗？”一片**不知道**的低语声，伴随着摇头。

“可能她不饿吧，可能不舒服，或者她觉得该做更重要的事。”麦蒂逊说道，整个屋子安静下来。

斯特拉皱皱眉：“那她也该托人带个口信啊。有谁去查看一下她的房间？”

另一个女孩自告奋勇，几分钟后回来说：“她在自己屋里。睡着了。”我很诧异，为什么埃莉现在不下来呢？

斯特拉脸上的紧张神情缓和了下来，其他人也是。上桌的饭菜被轮流传递。我松了口气——跟斯特拉隔了好几个位子，这样就不用在众人面前和她聊天了，但仍然忍不住时不时瞟她一眼，当碰上她的目光，又马上移开视线。感觉太不真实了——七年来，第一次，和我的生母坐在同一张桌子前吃饭，虽然我们没有坐在一起，而且也没有任何对话。一部分我很想跳起来说，已经够了！另一部分很高兴表面上还能保持陌生人的关系，暂且默不作声，观察。

吃完饭，大家都起身离开，留下两个值日的女孩子，把碟子摞在一处。其他人三三两两往别的地方走去，有的去客厅，有的去别的地方。我站在那里，不知道往哪里走。斯特拉希望现在和我聊聊吗？但麦蒂逊挽着我的胳膊，拖着我一起走，其他几个女孩跟在后面。穿过大厅，上了几级台阶，敲开一扇门。“进来。”一个声音从里面传来。

“帮我带什么吃的了吗？”一个女孩问道，别人已经告诉我，她就是睡觉的埃莉。“快饿死了！”

麦蒂逊和另几个人掏出面包卷和其他从桌上偷来的东西。

“我不明白——你为什么不下来和我们一起吃饭呢？”我问。“为什么要等别人来查房呢？”

麦蒂逊翻翻眼睛。“如果迟到，是不能吃饭的。违背奇葩守则第三条。”

“不要这么尖刻。她还挺好的。”埃莉说，听到有人为她说话，我松了口气。但似乎这样想的人为数不多。

“让我们解释每分每秒所做的事情，这也太荒唐了。我们又不是婴儿。”另一个女孩说。

“不过你知道她为什么这样啊。”埃莉回应，我暗自感觉这样的对话之前大家都听到过。

麦蒂逊怒目而视。“没错，但那都是多少年前的事情了？现在她还没迈过那道坎儿吗？”

“迈过什么坎儿？”我问道，但是有种不舒服的感觉——我其实已经知道答案，但我不应该知道。我这么问是因为人们通常都这么问，还是我自己需要听到答案？听到别人谈论我知道是事实却想不起来的事情。

“那样的事情哪有那么容易过去。”埃莉冲麦蒂逊摇头，接着转向我。“她女儿失踪了。没人知道发生了什么。我想斯特拉是害怕这样的事也发生在我们当中；她不过是好好看护我们而已。

那天晚上，我听到微弱的敲门声，接着门开了。我坐起身，心咚咚直跳。

厅里的灯光勾勒出她的身影：斯特拉。

她看上去不大一样，头发披了下来，一条法兰绒长袍紧紧地裹着身子，看上去更柔和、更难以揣测。抓抓绕过她，跑过屋子，跳到我床上。

斯特拉拉过一把椅子，坐在床边。她紧紧地握住我的手，甚至把我弄疼了。

“露西？是你吗？”她低语道，伸出另一只手，抖抖索索地抚摸我的头发，“你漂亮的头发怎么了？”

“变了，而且是永久性的：整形。”

“我想，我们还可以再染回来。”

“不行。我要保护自己不被人认出来。”

“哦，没错。”她叹口气，“我随时都可以不再染自己的头发。”

“为什么？我们需要相像吗？”

她一惊，抽回手。“也不一定。只是你进来的时候我都没认出你来。我甚至没认出自己的女儿。你也没认出我来，对吗？”

我犹豫了一下，摇摇头。她看上去一副受伤的样子。“抱歉。你知道我被擦除记忆了，是吧？”

她点点头：“她告诉过我。”

“谁？”

她移开目光，“我也不知道，那个告诉我你终于要回家的人。”

觅踪组织的人吗？

“跟我说说你的故事，露西。说说你这七年都怎么过的。”

我坐着不动好一会儿。我来这里的目的是想找回我消失的过去，我在这里的时光；当然，反过来，她也想知道我的情况，了解我失踪以后的生活。这是公平交易吗？但是最近几年的生活，我多半是不想说出来的。一些魔鬼最好永远锁在自己心里，藏起来。

“露西？”

“你可以不要叫我露西吗？安全起见。不要让人知道我的真实身份。”

“现在没人会听到的。”

“但你也可能在其他人在场的时候说漏嘴。”

她似笑非笑：“我会尝试的，露——”她猛地一惊，一脸歉疚。

“——雨拉，”她说道。“那你叫我什么呢？”她的眼里露出渴望，我也知道她想听的是什么，但就是没法勉强自己。

“还是保险起见，别的女孩怎么叫你，我也怎么叫：斯特拉。”

她皱皱眉，叹了口气。“哦，好吧。跟我说说你是怎么过的，雨拉。”

我也盯着她。我该告诉她所有一切吗，不管自己愿意与否？知道这些会带来危险吗？“我不是什么都知道。我很多记忆都没有了。”

“那你知道什么呢？”

“我想十岁时我被绑架了。很长一段时间我弄不清楚为什么。”

她撅起嘴：“反抗组织。”

我的眼睛瞪圆了。她知道，还是猜到的？“没错，就是他们。他们有某种计划，要分裂我的人格。这样等我执行记忆手术后，一部分记忆会保留下来。”

斯特拉的表情既悲痛又震惊。“你一定吓坏了。”

那时候的事情基本都想不起来，但想起来的也不是什么好的回忆：深夜里一次次听到医生的声音：**你没有家人；他们不要你了；他们把你送给我们**。我眼睛有些刺痛，眨眨眼：“你确定想知道？”我问。“所有一切？说出来很不容易。听起来可能更难。”

斯特拉犹豫了一下：“嗯，告诉我吧，”她说，用胳膊搂住我的肩膀。我犹豫不定，但内心的抗拒感已经融化了许多。我在她肩膀靠了一会儿，接着开始讲述最黑暗的记忆。

我举起左手。“他们让我——露西——做右撇子。他们把我的左手指头砸断，我就没办法用左手。”她捧起我的手，放在自己手中，沉默不语，点了一下头，示意我**继续**，但并未催促。然而我暂时还难以张口告诉她最终造成我人格分裂的悲剧——爸爸把我从反抗组织手中夺了回来，我们差点就逃出去了。但是，尼科抓住了我们。尼科手中的枪。她知道爸爸——她的丈夫——死了吗？我坐直身子。“之后，他们成功了：我的人格分裂了。我使用左手时，被训练成反抗组织的一员；有时用右手，我又变成露西。”等我落到法监手上、被擦除记忆的时候，我的另一部分藏了起来，露西占主导，所以我是作为右撇子被擦除记忆的，被擦除的是露西的记忆。另一部分和反抗组织相关的记忆留了下来。露西以前的记忆都没有了。

“他们为什么这么做?”

“据我所知，这些都是一个大阴谋的一部分，要给法监看，他们的记忆擦除方法会失败：任何被擦除记忆的罪犯都可能很暴力，即使这本不可能。他们要说明没有一个记忆被擦除的人是安全可靠的。”

我并没有说清楚尼科的阴谋最终的结果可能是什么。如果不知道被擦除记忆的人会变成什么样，那法监会如何处置他们？我在心里打个冷战。

“但如果你是被擦除了记忆，你怎么没有戴乐握呢?”

她已经涉入了不可踏入的领域——她要是知道我同时处在尼科的反抗组织和法监的胁迫之下，会很危险的。法监跟踪我找到反抗组织，我以为库尔森特工会杀了我，但黑刀——一个恐怖分子，没错，一个真正关心我的老朋友——跑来救我，库尔森，就在我眼前，一枪打死了黑刀。抱着死去的黑刀，我终于想起爸爸的死。多亏莱桑德医生，法监们以为我照他们的要求做了；于是把我放走，移去了我的乐握。

“露西？不好意思，我是说，雨拉。你的乐握是怎么回事?”斯特拉叫我，我不知道自己到底发呆发了多久。

“被切掉了。”我说道。一个小小的谎言。法监挪去乐握的方法很温和——在一台机器上按几个按钮，然后乐握就自己弹开了，不痛不痒。

“我以为那不可能。”她说。

“可能的。”我说，这回我说的是实话。我用电锯把本的乐握切掉了，不是吗？他还活着。差点就没命，可是他还是活过来了，接着法监把他带走了。

“有些事情我还不明白。如果你被擦除记忆的时候是右撇子，那你在这里的记忆怎么会没有了呢？你直到十岁一直是左撇子。你一定记得!”她说话的感觉，就好像如果期望足够大，期望就真能变成现实。

“我也不明白这其中的所有神经学原理。好像哪只手占主导是可塑的一样；好像可以被人调整、改变。我想这也是我人格裂变的原因吧。”

“这么小。”她摇摇头。“但一些记忆在你手术后留下来了?”

“也不完全是。刚开始，我和其他被擦除记忆的人一样。我有了一个新家，而且——”

“他们好吗?”

“多半挺好的。妈妈和姐姐很好，虽然妈妈刚开始挺难相处。”

她一动不动：“你称呼另一个女人**妈妈**。”

“我被擦除了记忆。他们让我们这么做的。”

“抱歉，没关系。然后呢?”

“我渐渐开始找回一些记忆。”我没有说是怎么找回记忆的。她不需要知道。我被人袭击，恐惧和愤怒冲破界限，导致雨儿出现了——雨儿，是另一个我，她完全属于反抗组织，完全是恐怖分子，在尼科的管辖之下，时刻准备奉尼科之命行事。

“那你都记得什么呢?”

我摇摇头：“对不起。我想起来的都是我离开这里，和反抗组织在一起的时候。在那之前是被擦除记忆的那部分。”

她回头看看，眼神绝望而殷切。“但，你记得什么和我有关的事吗？你记得任何这里的、之前的那些事吗?”

到底是什么，我也不知道，它驱使我回答不。虽然能想起一些破碎的片段，譬如这只猫：正蜷身卧在我们中间的这只猫；和爸爸下棋，还有那个棋子——车。这难道跟她说的一样，是因为小时候我是左撇子？如果真是这样，那更多的记忆应该会涌现。或许，难道是因为这些是雨儿才知道的事情？最糟糕的回忆——爸爸的死——被深深地埋起来，直到黑刀死的时候才浮现。

“露西？我是说，雨拉。怎么了？”

我摇摇头。她知道他怎么死的吗？她知道是我的过错吗？我无法大声说出来。至少今晚不行。

我的目光越过她，落在我们所在的卧室里。“这屋子以前是我的吗？”我问。

她摇头否认，我长舒一口气。似乎**确实**不是我的屋子，至少我感觉对了。“把你安排在这儿，好离别的女孩儿远一点，方便我过来看你。”她迟疑了一会儿，说：“这以前是我的房间。很久很久以前了。”

“跟我说说所有我想不起来的事吧，”我说，“拜托了。所有的都想知道。”

她似乎有些犹豫，接着再次伸出一只手。拉手，本是件小事，但是对我来说却好像很难伸手拉住她，拉住一个陌生人的手。但她的眼里泛着**渴望的**目光，我还是伸出手，她再次紧紧地握住我的手，露出笑容：“你想知道些什么呢？”

“所有的，从头开始。告诉我什么时候出生，在哪里出生？是在……”我犹豫了一下，提到他相当勉强，但现在却忍不住说出来，斯特拉也没有提到他。“当时我父亲在场吗？”

她摇摇头，嘴唇抿成一条缝。“他不在。他关键时刻基本都不在。”

我的眼睛瞪大了，想反驳，却硬生生地吞了回去。

“但你啊，露西，你是所有宝贝中最漂亮的一个。”她嘴角扬起笑容，“我给你看。”她站起身来，从长袍口袋里掏出一串钥匙，走到一个锁住的橱柜前。“我在这儿存了你的相册，里面有照片，还有其他以前的物件。总共七本相册，一年一本。我们现在可以开始做第八本啦，对吧？”

她抽出其中一本相册，拿过来放在我手上，我迫不及待地翻开。嗯，好吧，我**确实是**个可爱的宝贝。一张接一张，全是我的胖嘟嘟的可爱照：在婴儿床上伸出手哈哈大笑；洗澡的时候呵呵直笑；烂糊状的食物洒在身上。我脸上总是挂着笑容。我就从来没有嚎啕大哭过吗？一些照片里有斯特拉：深色头发，眼中洋溢着幸福的笑意。然而，偶尔有些空荡的位置：缺了一个人。被刻意拿掉的？“为什么没有一张爸爸的照片呢？”

她啪地合上相册。“今晚就到此为止吧。该睡觉了。明早还要早起，对吧？”她把相册塞回去，锁上橱柜。

“可以给我一把钥匙吗？”

她犹豫片刻，摇摇头。“不行。你需要休息。我们还会一起看的，好吗？晚安，露西。”

她走出门。

好吧。

山庄奇葩。麦蒂逊的话在我脑中回响，接着心里感觉很糟糕。不公平。她确实经历了太多不幸，不是吗？独生女十岁时失踪了，七年以后再次出现在她面前的时候，已经被擦除了记忆，根本不记得她。显然，她跟爸爸之间也有一些问题。我要弄清楚到底什么问题，关于爸爸的事，什么该说，什么不该说。我叹了口气。心里有一种迫切的渴望，渴望了解关于爸爸的所有事，了解我遗忘的、更多的事情。我在想，哪里会有他的照片吗？

我把抓抓从膝头赶下去，走到屋子那头装着相册的橱柜前面，仔细观察着门锁。把发夹塞进去捣鼓几下，锁啪的一声开了！芝麻开门！跟尼科学的一招。

橱柜一边挂着衣服——夏天的裙装，冬天收起来存放的？另一边是隔层。前几个隔层放着编了号的相册，从一到七，和她说的一样。但如果她把爸爸的照片从第一本中拿走，很有可能其他几本也是这样。下面的隔层上放着薄纸包装的东西。我抑制不住好奇，抱出一堆在床上摊开来，小心翼翼地打开包装。里面是叠得整整齐齐的童装。女孩子的。是我的？

我犹豫了。我擅自闯入了斯特拉的回忆，包裹起来被封锁的记忆，多久以前了？感觉不大对。

但是她的回忆也应该是我的回忆吧。我拿起一件小裙子，照尺码看可能是给九到十岁的孩子穿的。粉粉的，带着褶边，非常可爱；过分可爱了，实际上——

我讨厌裙子，尤其是粉色的裙子。

我两腿发抖，赶紧把裙子放在床上。

是她一定要让我穿裙子。

我的脑袋开始眩晕，感到有些恶心。再也不想看到了。我用哆哆嗦嗦的手尽可能仔细地把衣服用薄纸包好。这不是我要找的。

爸爸。我要爸爸的照片。

我把这堆衣服放回原处。下面一层，放着更多的薄纸包裹的东西，感觉像衣服。更多的记忆被保存在这里，锁了起来。我往后挪了几步。最顶上还有一层，太高了我够不到，我拖过一张椅子站在上面。里面有个塑料盒子，被推到最里面，怪不得我站在下面看不到。

我把它拖下来，放在桌子上，翻开盖子：**好嘞**。装裱起来的照片，她曾经收起来的照片，免得看到。里面肯定会有一张爸爸的照片。

然而，里面却是一个女人的照片，一个我不认识的女人。放在最上面的几张照片里，女人年龄挺大，从穿着和发型可以看出。最下面的照片里是同一个女人，带着一个小女孩，那女人把手放在女孩肩上，还有一张是女孩略大时的合影。我倒吸一口气：那女孩，是深色头发的年轻版的斯特拉。那女人一定是她母亲，我的外祖母。

就是那个未管部法监部长？我仔细端详她的面孔，在她的眼中没有发现法监特有的目光。还有一些最近的照片。她更显老了，一头银灰色头发打理得很清爽，不管年龄如何，看上去都不错。至少六十几岁了吧？她身形显瘦，穿着高档的衣服却不显华丽。脸上挂着善意的微笑。我举起一张她的画像，直视她的眼睛。不知为何，我禁不住哆嗦了一下，赶紧把它放回去。

我继续往下翻，摸出放在箱底的最后一个画框。一张婚礼集体照：站在中央的是幸福的一对儿夫妇，站在新郎旁边的夫妇可能是他的父母，站在新娘旁的，是我的外祖母。

很难认出那个新娘就是斯特拉。不在于年岁的变化，也不在于一袭白婚纱，而在于她脸上热情洋溢的微笑。站在斯特拉旁边穿着西服的，是爸爸。比在我的梦中、记忆里的他更年轻。但是毫无疑问，就是他。我伸出一只颤抖的手，碰碰他。他没有看镜头。他盯着斯特拉，脸上满是爱意，含情脉脉的眼神甚至让人无法直视。

他们之间发生了什么？

我把照片重新放回去，把盒子放回隔层，锁上橱柜，关上电灯。顶上还有更多的盒子，第一个橱柜旁边还有一个上了锁的柜子，不过今晚还是到此为止吧。

躺在床上，才意识到自己身体冰冷。盖上毯子，搂着抓抓。她乖乖地呆在我身旁，身体暖暖的，喉里发出咕噜声，我禁不住想起塞巴斯蒂安。突然很想家，想埃米，想妈妈。

斯特拉，我没法把她当做**妈妈**，甚至没法把她看做**母亲**。至少，现在还不行。

到目前为止，我在第一个橱柜里找到的唯一一张爸爸的照片就是那张结婚照。难道斯特拉把其他的都销毁了，但却不忍心毁掉这张？

而且斯特拉把跟她母亲有关的东西都藏在上锁的塑料盒里。为什么？

我想，她是个法监这一项就足以解释了。

我们溜到后门。

爸爸咧嘴一笑，把一只指头放在唇边。“安静啦，露西；我们是间谍。”

“执行秘密任务的吗？”我低声细语，穿上他递过来的大衣。

他点头，挤挤眼，接着我们顺着房屋后面的窗户溜出去。

他回头看看紧跟在后面的我。“嗯……在这儿等一下。”他说完，照原路折返回，一会儿又出现了，一只手上拎着我的长筒雨鞋。

我翻翻眼睛。

“穿上这个，露西。少一件挨骂的事。”他又冲我挤挤眼。我从讨厌的粉鞋子中挣脱出来，经过刚刚的花园大逃亡，鞋上已经沾上了不少泥，我正要把它们扔到灌木丛里去，爸爸立马接过来，小心翼翼地摆在窗台上。

“他们会跟踪我们的，”我提醒道。

他耸耸肩，“我敢肯定，她总归会知道我们去哪儿的。”

“那为什么还要偷偷摸摸的？”

“我们是间谍呀，忘了？”

“可是我穿的才不像间谍呢。”我皱皱眉，扯扯大衣下可笑的粉色裙子，脚蹬着迷彩色的雨鞋，转了个圈。

他哈哈大笑，弯下腰。“你这是癫狂的公主间谍最完美的装扮，尊敬的陛下。来吧。你的生日特派间谍战车正等着你呢。”我们朝湖和皮船走去。

突然，上面传来砰砰的敲门声。一个声音传来：“赶快回来，你外祖母到了。”

“完蛋了。”我说。

“最好还是回去吧，露西。”

“为什么?”

“她不过是想跟你说生日快乐呢。走吧。”

我叹了口气，拖着沉重的脚步，往房里走。等我走到放鞋子的窗台边，回头一看，爸爸不见了。远处传来的水花飞溅的声音告诉我，我的间谍战车出发了，可是没带我。

走到后门，我脱下雨鞋，把脚塞进粉色缎面的鞋。反正，穿着这鞋执行侦察任务更好。游戏还没结束呢。我蹑手蹑脚向前爬行。不去大厅，不去。间谍行事小心谨慎。悄悄地走秘密通道。溜过妈妈的书房，穿过藏在窗帘后的房门，走过一个小走廊，拐个弯就是客厅，我知道他们会在那儿。

向前一步，再迈一步……

他们的声音由窃窃私语声变成了可以听清的句子，但我宁愿自己什么都没有听到。

第九章

喵？喵……喵。

嗯啊？我睁开一只眼。四周还是黑黢黢一片，抓抓正挠卧室门。我下床给她开了门。她下了台阶消失不见了。

我眯眼看了一下表：五点二十分。谢谢早晨叫醒我，猫儿。我打个哈欠，伸个懒腰，打了一记寒颤，赶紧披上袍子，裹严实了。现在没办法继续睡了。

那个梦真奇怪，但是不知怎地，我心里知道这梦是真的。真实发生的。是那件可怕的粉裙子让我想起什么吗？

刚开始挺开心，和爸爸一起开始探险；接着呢……是什么？我无意中听到斯特拉和她母亲说的一些话。一些让人不舒服的东西。到底是什么？

我准备走下楼去，想穿过走廊，去取些水喝。移动的时候，感应灯亮了，照亮了周围一片黑暗，灯光刺得我的眼睛一下子什么也看不见了。我接着往前走，又一盏灯亮了。我走错了路，不确定往哪里走，快步走回来，看到昨天的接待处，还有一些茶点之类。

水还在烧着，我关了灯，踱到可以看到湖的窗口，但现在湖被浓墨般的黑暗笼罩着。间谍皮船：它们还在那儿吗？我对自己笑了，然后皱皱眉。爸爸自己走了，没有带我，让我回去，独自面对他们。**关键时候都不在**。斯特拉不是这样评价的吗？不。不对。试着把我从尼科手上救出来算的上是**非常**关键的时刻。失败，是所有关键时刻中最难闯的一关。

屋子忽然被灯光照亮。一个女孩站在门口打哈欠，她看到我吓了一跳——是麦蒂逊。

“你给我的印象可不是早起类型的。”我说。

“谁，我吗？老实说，确实不是。不过我得七点到咖啡屋，招待凯西克早早爬起来吃早饭的人。你呢？”她问道，我们两个都来拿水壶。

“那个职训八点开始。”

“真幸运。睡不着吗？”我摇摇头。“太紧张？”

我迅速扫她一眼，才意识她说的是我对外宣称的到这里来的目的：职训。我满脑子都在想斯特拉、想我的过去，至于职训，完全没有想过。又是新环境、新的人，更多的是不知道该做什么，不知道该说什么，同时，还要努力及时回应**雨拉·凯恩**的称呼，更不要说她不知道的那些事了。突然，感觉自己要担心的太多了。我叹了口气。

“跟你说哦，六点三十分跟我一起上公交，我告诉你该怎么走，然后我带你到咖啡店尝尝超级棒的早餐。我请客。”

“真的？”

“当然。”她举起手上的茶杯。“为你的第一次干杯——我的意思是工作。”她说道，眨眨眼，示意她其实在想另一些事。她跟我碰了杯，然后又挤挤眼。“声音真大。一小时后这里见。”

淋浴，更衣，一个小时后，我们走向大门。麦蒂逊在一张桌子前停了下来，打开放着不同栏纸张的文件夹，在出门一栏记下她的名字和时间，在描述栏写下“工作”。然后把笔递给我。

“这是什么？”

“你还没读守则吗？可能你差点就要触犯其中一条了。”她咧嘴笑了。“守则第十二条：离开及返回山庄时务必签名。”

我弯下身，写下正楷体的**雨拉——职训**，突然意识到这是我第一次写下自己的新名字。

我们踏进清晨的黑暗之中。

“我特别讨厌一年中这个时候。就像深夜一样。”麦蒂逊说。

“我喜欢黑暗。”我回应。我喜欢黑暗，可以覆盖、隐藏，也喜欢这丝丝寒意。地面被冻住了，踩上去嘎吱嘎吱直响。我们从山庄后的小道插过去，走过无声的树林，踏上大路。

“没有车站吗？”我问。

“没有，你要招呼他们停车。差不多隔三十分钟来一辆。”

很快，远处出现大巴的影子。麦蒂逊招招手，车靠边停了下来。

我们刷身份证上车，朝车厢里面走去。麦蒂逊看上了靠后排的一个座位。

“哦，天啊。我有没有看错？”边上传来声音。男声。

麦蒂逊停下脚步，转身看。“什么有没有看错？”她问。

“先别坐下，我要确认一下。”他说道，大巴转弯了，麦蒂逊紧紧抓住他的椅子。他笑了，两人之间冰冷的空气中有些不一样的气息回荡。他是她男朋友？就算是坐着，他个子也还是比她高；他属于粗犷的爱运动的类型。虽然还是一月，他的皮肤也被晒得黝黑。

他的目光在我和麦蒂逊之间来回晃荡，然后停留在坐在前排的几个朋友身上。“哇。真没看错。”其中一人说道。

“什么呀？”麦蒂逊急切地问道。

那个冲她微笑的人回答：“终于有了，矮个儿。总算有人比你还矮了。”他的朋友开怀大笑，她一拳打在他胳膊上。麦蒂逊挺起胸来，想看上去更高，然后坐在他对面的位子上。我在她旁边坐下。

“他是谁?”我压低声音问。

“那个六尺臭小子是芬利。”她提高了声音。

“他和他的一群朋友全都是大糊涂。”

他靠过来。“没错，说的对。你不过嫉妒而已。”我看看他，又看看她，锁紧眉头，困惑不解。“我们都是护徒：护林学徒，”他解释道。

“人称大糊涂，”麦蒂逊补充道。

“这么说的人，只有矮个儿你我可以放过，”他说道，然后挤挤眼。“你叫什么?”他问道，冲我微笑。

“雨拉。”我努力把自己的名字说对。“我是来参加职训课堂的。”

“呵，你也可能成为一个混混哦!”麦蒂逊说。他摇摇头哈哈大笑，“我肯定至少有些最低身高要求。”正说着，大巴停了：我们到凯西克了。

“女士优先。”芬利说道，我们下了车。麦蒂逊冲男孩子们挥手道别，挽起我的胳膊，把我八点要去的大楼指给我看，然后就带我去她工作的地方：可拉咖啡屋。我们从后门进去，灯还没亮。

“早啊!”麦蒂逊打开后门，大声打招呼。

一个戴着厨师帽在拥挤的厨房里忙碌的妇女抬起头望望我们，吼了一声“很高兴你决定出现了。”麦蒂逊吐吐舌头。“这是谁，又来了一个要我喂饱肚子的帮工?”

“哦，对不起。”我边说边往门口退去。

她哈哈大笑。“开玩笑的，孩子。我叫可拉。进来吧。”他们把我安置在咖啡屋前的一张桌子前，两个人还一直在斗嘴。几分钟后，灯亮了，门开了。最早一批客人涌进来，很快我们就忙着享用量大味美的早餐了。

吃完早饭，我朝麦蒂逊所指的政府大楼走去。一路上，过于丰盛的早餐在我胃里翻动，胃里有些不适。大楼门口的标识写着："坎布里亚学徒职业训练：新人课堂"。看上去相当**正式**，而对我来说，正式，就意味着和法监有关。艾登知道他在做什么吗？把我打发到这里来？通常他是知道的。我犹豫了一下，看着其他人走过我，走进大门。

"呵，是特矮啊。"一个声音在我背后响起。我回过头去，芬利。

"特矮？什么意思？"

"特矮个儿。你应该走进门去，不是光盯着它看吧？"

"你怎么在这儿？"

"我可是模范学徒之一啊。吃惊吧，我懂。去吧。"

他拉开门。"去那儿签名，"他边说边指着排着长队的一张桌子。"待会儿见。"他朝屋子另一头一个人挥挥手，就走开了。

我排在队伍中。

"姓名？"一个脸上挂着过分灿烂的笑容、眼神却相当犀利冷酷的女人问我。

"凯——"我咳嗽一声。假装咳嗽以掩饰几乎要脱口而出的"凯拉"。**保持镇定**。"抱歉，我叫雨拉·凯恩。"

她扫描一下上网本。"名单上没有。下一个？"

一个男孩上前一步站到我旁边。

"不对，等一下。应该有我啊。可以再查一下吗？凯恩，字母K开头的。"

她叹一口气。又看了一眼，笑着说："名单上还是没有。"她转向那个男孩。

我开始慌了。艾登会不会搞砸了？不会的。"我可能是快截止前报名的。"

她又叹口气。"后加的——你怎么不早说？"她碰碰屏幕。

“在这儿。把这个填好，我们好把你排进注册名单。”她递给我一个移动设备，我的名字显示在屏幕上方，下面留着很多空。从出生日期开始。是什么时候来着？

“别杵在那儿。挡着道了。”她指指队伍旁边，我匆忙让路，面孔涨得通红。

我轻触屏幕，努力在脑中搜索艾登所给文件里的内容。终于想起来新的出生日期：二〇三六年九月十七日。我填好剩下的信息——地址、头发、眼睛、身高——唯一真实的信息只有这最后一个了。下一栏，我怔住了。紧急联系人？艾登并没有给我在切尔姆斯福德的假想出的父母的地址。最后，实在想不出别的人，我写下“斯特拉，瀑布山庄”，最后点了确定。

我靠近接待台。她完全无视我，继续帮其他人注册。“打扰了。”我终于不得不开口。

“好了。”她接过设备，更新自己的上网本。“现在注册好了，给你。”她递给我一个文件夹。“找个位子坐，雨拉。”

我找到后排的位子坐下。这里像我这样的大概有五十人左右，大家都就坐后，还剩下不少空位。其他人都在闲聊，好像互相都认识。他们都是当地人吗？有些人的目光和我相遇，我试着微笑，但他们的目光并不是太友好；过了一会儿，我放弃了，也无视那些目光。芬利和一些人站在屋子另一边。我捕捉到他的目光，他冲我眨眨眼。

有一些人慢悠悠走进来，接着——突然全部安静下来。

一个身穿皱巴巴的褐色西服的男人走上前。他扫视了在座的各位，目光在每个人身上停留，和每个人目光相遇。当他目光移到我身上时，略微停顿了片刻。

“大家早上好，”他终于开口了，“很高兴看到这么多熟悉的面孔出现在今天上午的坎布里亚学徒职业训练中，当然也包括一些不熟悉的面孔。”他的目光又落在我身上，接着转到另一个人身上：一个靠近前排的男孩。“至于还不认识我的，我是华生委员。我谨代表中央联盟欢迎诸位，这次机会将为各位打开未来发展的大门。大联盟成功实施人人有工作政策，已步入第十二年。其中学徒训练是其成功的重要组成部分。我会将一些材料交到你们当地的学徒督导手中。”

屋里响起礼貌性的零零散散的掌声，又一个讲员走到前台。我用眼角余光看到华生从后门走出大厅，所有人都明显放松下来。

详细说明训练安排大概花了一个小时。今天这里的代表和学员来自各个部门，我们可以跟他们聊天并问问题。还在招收新学徒的部门有：行政部、酒店管理部、国家公园部、交通部、教育部、执法部、信息部和卫生部。明天我们还得出席会议、在协议上签字、和职训签约五年。我们可以问问题，选我们感兴趣的岗位，然后参加水平测试。

周一我们会知道自己入选试训的四个岗位。接下来按照顺序轮流参加这四个试训，最终每个申请人选一个部门。讲员没有说谁来确定最后一轮的选择，不过我想，肯定不是我们自己。

所以，在不知道最后自己被分配到哪个岗位的时候，就要先签**五年**的协议？听上去像是很久很久。

等他介绍完，通向隔壁房间的门全部打开了，每个部门分别占用一块区域。

大家分散开来，不过与找部门代表和学徒了解信息相比，大家似乎对喝茶更感兴趣。接着我发现到处有人在挥手打招呼。他们已经知道自己想选什么了吗？或者更有可能，他们觉得这不过是走官方流程而已：他们已经知道谁会去哪儿？

离我最近的桌子——教育部——旁边的一个女人吸引了我的目光，她冲我微笑。她里面有种东西吸引我，让我也回她一个微笑。

我走过去。

“你好，”她说，“有没有考虑过去学校工作啊?”

“没有。”我诚实地回答。

“真诚实。非常好的品质。”她有些诧异地望着我，“我从来不会忘记人的长相，你看上去有些面熟，但我又想不起来。你是当地人吗?”

我摇摇头，小心翼翼地掩饰自己的警觉。过去这么多年，我改了头发、变了眼睛，难道她还能从我身上找到露西的影子?

“我来自切尔姆斯福德。”

“恐怕我不认识你。每个凯西克的孩子都在我学校就读。不过我不介意，任何人也不该介意，因为出生地不纳入入选标准。”

“是吗？我本来想去卫生部的展台呢，真的。”

她哈哈大笑。“好吧，不过万一你也要考虑别的呢。我们需要三个学徒，安排在凯西克小学。你刚进去时要做教师助理，如果做得好的话，一年以后可以继续参加教师培训。”她开始相当热心地介绍鼓励青少年有多么好，我想起火车上那个会笑的、被法监抓走的男孩儿。

“你还好吗?”她问。

我一惊。难道我的想法都暴露在外吗?“我不太了解教育；没怎么接触过小孩子，而且——”

“哈，那就是这种培训的目的所在啊。如果你选择教育部，你会和我们在学校呆一周，很快我们双方都会知道这个岗位适不适合你了。”

“谢谢。”我说道，不仅是谢谢她告诉我这些，也感谢她热心的交流方式。

她似乎知道我的意思，又笑了。

“再往前看看，跟别人也聊聊。我们都不咬人!”她贴近我，声音压低了，“可能除了执法部之外。”

我端平了肩膀，开始从屋子一端开始，一个展台一个展台走过去，但是跳过了执法部门。执法部不等同于法监部，他们不过是处理当地停车之类的小事。但是一切和当局有关的都提醒我**离远点**，更何况，他们是为法监服务的，不是吗？

没多久，通过人流就看出来哪两个部门竞争最激烈：酒店管理和国家公园。

国家公园处等候的队伍已经聚集了一小撮。一小撮不大友好的人，我正踌躇着向那边走的时候才发现。

“呵，这不是特矮嘛！”芬利说道，他个子很高，视线越过所有人，看到我站在这儿不往前走。

芬利把我拖到前面，我和他的上司面对面了。他的上司看着我，扬扬眉毛：“想在国家公园找工作？”

“当然。”

他叹口气。“这工作可是跟假日阳光下的山路不一样哦。”

我对他说话的语气很恼火。“当然不一样。这是保护区、公共享有的资源、教育和安全。”我在一旁躲了许久，已经听到不少这样的套话。

“有相关技能吗？”

“我可以读地图，知道如何使用指南针。擅长跑步，是有经验的登山者，所以我很适合。”

“真的？”他的语气仍然带着怀疑，虽然我在五分钟前还不知道国家公园是干什么的，他说话的语气支持我说出来。

我抬起头，直视他的眼睛。“你试试我，就知道了。”抛出一个挑战。

“好，好。谁知道呢。”

我在一群充满希望的候选人敌意的目光中走开了；芬利跟了

上来。

“你对付他很成功嘛。”

“是嘛?”

“但我也不能让你抱太大希望。他们会试训十人，今年最终录取五人。但其他大多数人在校时就一直参加国家公园的志愿活动，争先恐后报名了；就算你有幸成为十个候选人之一，之后的竞争依然激烈。”出生地不作为入选标准的说法也不过如此。

第十章

下午没有任何安排。要不要回山庄呢？很可能大家都在工作，我可以再和斯特拉单独聊聊，这不就是我到这里来的目的吗？

但是阳光格外明媚。正是午饭时间，我早上吃了巨无霸早餐，到现在还不饿。阳光洒在白雪覆盖的丘陵上，那地正呼唤着我，我的脚痒痒的。

我先在凯西克漫步，不在意自己往哪里走。过了一会儿，我发现自己站在了凯西克小学门外。那个老师说，每个凯西克的孩子都在这所学校就读，那它曾经也是我的学校。现在一定是午饭时间，孩子们在操场上跑啊闹啊。看上去是个快乐洋溢的地方，跟我最近上的初中不一样，那里平静的表面下暗藏风浪。

这里也会有法监出现吗？法监会在学校开大会的时候站在一旁，把捣蛋鬼拎出来，然后让他们就此失踪吗？不会。那样的话就很荒唐了。这是个**小学**，并没有潜在的危险少年。我盯着白楼看了一会儿，感觉并不熟悉。然而，自始自终，丘陵都在召唤着我。我想往上爬，直爬到天上，触碰太阳。我开始沿着小径向镇外走，不管走哪条路，只要出镇子就行。接着，路上出现另一个路标，指向卡塞里格石圈。看到上面的文字，我几乎窒息了：这就是梦里的石圈吗？

和爸爸在一起时的石圈？一起数石头。大山的孩子。

我加快脚步，可还是觉得不够快，于是迈开腿跑起来。上坡，崎岖不平的山路，冷风灌进我的喉咙。但是跑起来感觉真不错。我告诉国家公园的代表我擅长跑步，但我最近跑了多少？我甚至连慢跑都没有——跑步总是让我想起本，一想起他，我的心就痛。但是现在，我满脑子都在想卡塞里格，在期待飞快的脚步尽快把我带到那里去。终于远远地望见一扇大门，我放慢步子走起来。就是这扇门，我确定。我用大衣紧紧裹住自己。虽然跑步活动了身子，阳光也很灿烂，但温度似乎降了下来。见到它，我心里又出现阵阵刺痛。下雪了？远处的白云飘得更近了。

靠着大门，终于可以看到了。中间是一片石圈，大山护庇在四围，形成一个露天剧场。我推开门，走进去，站在那儿，盯着周围看，什么东西在内心搅动翻腾着。不只是个梦。我肯定。我记得，回忆的喜悦让我禁不住笑出声来。我来过这儿，来过许多次，在这儿经历过各种天气：经历过夏日骄阳里的惊惶，在秋日暴风骤雨中漫步，见过大地被白雪覆盖的魔法，也曾在这里寻找春天绽放的美艳野花。这是我们的小天地，我的，也是爸爸的。这是我们一次又一次来过的特殊的天地。我走到石头那里，暂时先不开始数石头。我得从正确的地方开始，在一些石头接上石圈的地方开始，这样就不会数岔了。靠近来看，很多石块体积巨大，但也并不像记忆中的那样大；现在，有些石块甚至比我还矮。我找到第一块石头，用手碰碰它，然后靠着冰冷的石块，伸开手，转过脸，面颊也一并贴上去。闭上眼。第一块。

这些年，所有去过的地方，所有经历的事情，似乎都渐渐消逝，只剩下露西。一个和爸爸在一起的小女孩。我再次睁开眼。是这里吗？是这些古老的石块吗？矗立在这里几千年之久，他们是否设法扭转了时空，抹去了七年时光的印记？我感觉自己似乎又回到了十岁的时候，在石块间跑来跑去，用小手给每块石头做标记，边走边数。

天黑了，周围变得阴冷，一刹那间，雾霭之手环抱着石块。阳光散去了。**湖区的天气，变幻转瞬间**。这些词就在我的脑海中，不请自来。这话谁说过？我再次合上双眼，倚着另一块石头，感觉自己陷入其中了。周围越来越来冷，我却丝毫不在乎，**回到**脑中搜索着别的信息，却不知道到底在找什么。

一种不安感爬上心头：这并不一直是个好地方。我把这个想法推走，还想继续做露西，但她正一点点悄悄溜掉。

我在这儿呆了多久了？身子已经开始瑟瑟发抖，光线也渐渐暗下来。该回去了，要赶在咖啡屋五点关门前，和麦蒂逊一起赶上大巴。我瞄了一眼手表：快四点了。应该有足够时间赶回去，但我现在分不清东南西北了。我要爬上哪块石头？门在哪儿？不知道。我盯着雾霭，但它保守着秘密。几米开外的冻得板结的地面也看不出。一阵战栗爬上脊背。要是跟着直觉走，一直向上爬呢？我不敢想象自己站在山顶看不清路的情景。

我会成为一个优秀的园林管理员的。

凭直觉选出最正确的方向，迈出脚步，踏在冻得坚硬的路上。真希望雾气能退去。走了不知道几步，碰到了围栏。不是门。没问题，沿着围栏走。我出发了，紧跟围栏，跟紧了，但怎么走了这么久？看来走反了。回头吗？不。接着走，这是保证自己不来回走的唯一方法。终于摸到了大门，但却和我来时的门不一样。啊，我走到对面的门了，这扇门的门口是停车场。现在离我要找的大门反而更远了，在另一头。

终于到了。穿过大门，沿着山路往下走。镇上的灯光渐渐穿透雾霭，待我看到房屋时，雾霭已经腾起，我以全速沿着街道狂奔，跑回镇中心。终于到了最后一个拐角处，大巴已经要启动离开了。

我招招手，它停了下来。我爬上车，气喘吁吁地。慌慌张张，狼狈不堪，有那么一会儿，我以为身份证不见了，惊慌失措，手一摸却发现它在另一个口袋里。刷卡，向车厢里面走。一只手冲我挥动：麦蒂逊。她匆匆占了两个位子，好让我坐在她旁边靠过道的座位上。

“雨拉？我以为几个小时前职训就结束了呢！感觉怎么样？”

早上发生的事仿佛已经在很久很久以前了。“我想，还可以吧。我正考虑去国家公园部。或者教育部。”

她好奇地望着我：“那你下午干什么去了？”

我耸耸肩。“也没什么。出去走了走。”

“等我们回去了你就要倒霉了。”

“为什么？”

她耸耸肩。“别担心，会没事的。我们走的时候你就该把要做的事写在那本愚蠢的登记簿上。斯特拉可能会很恼火，因为她不知道你每天每秒钟在做什么。”

“真的吗？”

“没事儿，你不知道，对吧？”

因为我没看守则。

斯特拉站在接待处的桌子旁边，两手交叉，一副剑拔弩张的势头。我们进来时，她的头转过来，目光定在我身上。当我们目光相遇时，她变了，脸上神情轻松下来，我想试着说**抱歉**，却还是什么都没有说。她微微一笑，接着看到了我旁边的麦蒂逊，脸上的笑容又消失了。

“嗨，康夫人，”麦蒂逊打招呼。她的胳膊挽着我，想赶紧把我拉到房间里去。

“别急，”斯特拉说，“雨拉？我要找你谈谈。过来。”

她转身走进身后的另一扇门。

“哎呀，”麦蒂逊说，“私人书房的谈话。祝好运。”

我跟在斯特拉后面，穿过房门，那扇门在我后面啪的一声关上了。

“登记簿的事很抱歉，我不知道……”我刚开口，斯特拉就走上前，一把把我拉进她的怀里，动作有些僵硬，但却抱得那样紧。她浑身上下瘦得只剩一把骨头，内心却迸发出不顾一切的渴望。

终于，她松开我。“我太担心了。不要再这样对我了！”她厉声说道，接着在桌子旁坐下，又盯着我看。

“你为什么要让每个人把一天的事都汇报给你？否则，就算有人忘记写了，你也不至于这么担心。你该信任我们。大白天的，我们就不能出去吗？我们都是十八岁的人了，至少应该是十八岁。”我又补充一句，因为我自己还不到十八，但我确定其他人都满了十八岁。

她摇摇头，“我需要对住在这里的每个孩子负责，我是相当严肃看待这份责任的。”

“哦。官方认证的二十一岁以下人群的住宿场所必需这样？”

她犹豫了一下。

“不是的，对吧。是你一定要他们这么做，让**我们**这么做。”

她摇摇头，“你才是违反规定的人，不用争辩了。”她语气缓和下来，“我不能将你和其他人区别对待。”

“当然不能。”

她叹口气，又摇摇头，“我太害怕你再出什么事了，我担心他们发现你不是雨拉·凯恩，然后再次把你从我这里夺去。”

我有些后悔了，“真的，很抱歉。我还没有看完守则，”我承认道，“我不知道要把下午要做的事写下来。”

她打开一个抽屉，递给我另一份守则。“那你现在就要坐下来，在晚饭前看完，免得不知情时又违反什么规定。”

看来也没那么糟糕。我在书房一角的扶手椅上坐下，感觉有点冷，但没多久，抓抓就找到我，蜷在我的膝头，暖暖的，就像我自己的热水瓶。斯特拉给我倒了杯茶，我从头开始看。第一条，已经看过了：务必对抓抓友善。我挠挠她的耳根，她发出咕噜声。剩下的条款大部分都很简单，是合乎常理的东西，譬如不要用外面穿的鞋踩踏地板，晚上锁好门之类。

看到一半，我停了下来，四处望望。这个书房是我梦中出现的那个吗？长长的窗帘挡住窗户，弯过来挡住部分旁边的墙。我轻轻地放下抓抓，走到窗口，把窗帘拉到一边——还有一扇门！和我梦里的一样。我抑制不住，伸手推开门，突然听到屋外传来说话声。

我匆忙坐回椅子，拿起守则，斯特拉推门进来了。她在桌上拿了些东西，又离开了。

我最好还是在晚饭前全部看完。**集中精力**。上面说，有时会有宵禁，查房，了解我们在哪里、做什么。“她真有点像控制狂，对吧？”我对抓抓低语道。

一种不舒服的感觉爬上心头。她一直都是这样吗？还是在我失踪之后她才变成这样？

那天夜里，熄灯后——现在我知道十一点熄灯——门口传来轻微的敲门声，接着门开了。斯特拉探进头来。“你还没睡吗？”她问。

“还没。”我回答，她似乎在犹豫。“进来吧。”

她走过来，像前一天晚上一样，拉一张椅子放在我床边，坐下来。

“你是知道现在已经熄灯了吧，”我说，“我本来要睡觉的。”

“别这么厚脸皮。我知道你明天一早要起来，所以我也不会呆太久。”

“没事。我也不那么嗜睡。”刚刚我脑子里全想着大山和在高地上漫步的情景。

“你从来都不嗜睡。以前你半夜也不让我睡觉，到了四岁才稍好些。可是之后又常做噩梦。”

“什么噩梦？”

“什么都有。床下有怪兽啊，出了什么事啊——”她打住了。“都是通常小孩子想的那些。”

看来我一直都如此。栩栩如生的梦境，可怕的噩梦？我以为只是记忆的碎片搅扰着我呢。

“今晚可以接着看照片吗？”我问。

“今晚不行。我想跟你聊点别的。今天职训怎么样？”

我耸耸肩。“还行。”

“你现在应该已经明白，明天如果签协议的话，一签就是五年，而且你不一定会得到你想要的岗位。”

“他们解释过，我知道。但是……”

“我还有另一个主意。你索性就在这里工作，怎么样？”

“什么意思？”

“这里，就是在山庄工作。我一般都安排两个女孩协助我，但其中一个几个月前满了二十一岁，走掉了。”

“这里？做些什么？”

“譬如看管房子。夏天打理花园。帮忙做饭。”她看着我的脸。“我知道听起来没什么意思。但我们有更多时间在一起，再次了解彼此啊。更何况，这样更安全。被人识破身份的几率也相应小一些。”

“不知道。我对国家公园的岗位感兴趣。”

“可能很难选上哦。”

“我以前很喜欢登山吗？”

“你还喜欢跑步：一分钟也停不下来。”

“不是，我是说在山里、丘陵中，高地上。”

她迟疑片刻。“我觉得你生来就是山里的野山羊。你很喜欢。”

我读懂了她脸上的表情。“但你不喜欢。”

她叹口气。“是的。我对高地没什么兴趣。而且我还担心你滑倒、伤着自己。”

“如果你不喜欢，那是谁陪我出去的？是我爸爸吗？”

她点点头，终于承认他的存在。“那也是我不喜欢的一个原因。”

“什么意思？”她又迟疑了，我直接插话，“我有种感觉，你们俩关系不好。但是，他是我过去的一部分，是我记忆的一部分。我也需要知道关于他的事情。”

她盯着我好一会儿，终于点点头。“当然。抱歉。是，是你爸爸带你去爬山。”她顿了顿，我一言不发，看着她，用眼神说，再多告诉我一些。我可以看到她的眼里透出一丝柔和，她抓住我的手。“好吧。你爸爸：我能告诉你点什么呢？他一直是个梦想家，脑子里总是在想着别的什么。他总是有办法带你进入一些假想出的、万事皆有可能的地方，让你去相信。这也是他吸引我的地方，但不仅这样。等你来了以后，就不是这样。丹尼并不是这世上可以信赖的人，他常常一会儿怒，一会儿乐，很容易分神。我总是担心他带你出去会把你忘在路上。”

“但他没忘，所以你的担心是多余的。”

她突然愣住了。眼里的什么东西关上了。我真想收回刚才的话。她松开我的手：“今晚就到此为止吧。”

她站起来，走到门口。回过头来，脸上的表情又变柔和了。“拜托了，好好考虑一下职训——你真的想签五年吗？这五年，你被安排做任何事情都有可能，甚至做你不想做的。在这里工作不是比去卫生部更好吗？而且你可以现在退出，如果你还愿意的话，可以再等六个月参加下一轮职训。”

“好的，”我说，“我会考虑的。”

“晚安，露西。我是说，雨拉。”

我迷迷糊糊地睡去，脑子里确实在想职训。想象着二十四小时呆在这幢房子里，想到只有挖出好的理由写在那个本子上，才能逃离片刻。等那个理由用掉了，最后还是得乖乖地回来。

我还在想那些大山：爬到高地上，一直爬到天空。和爸爸在一起：梦想家丹尼。现在，我知道了他的名字，我把它抱得紧紧地。

那晚的梦模糊不清，光辉炫目。

第十一章

听到第二次说教是在第二天一大早的大巴上，而教训我的竟然是麦蒂逊。

“你确定要报名职训?”

我惊讶地望着她。

“五年呢。五年里几乎没什么报酬。而且你可能会被安排到糟糕的岗位，你甚至还可能——”她露出惊恐状——“要和芬利一起工作。”

他从我们前排座位转过身，眨眼。“那她可走运了。”他说。

“你怎么看？签约的事?”我问他。

“这可是我做过的最正确的事，”他很认真地回答，“我很喜欢。”

“可是——”麦蒂逊打断道。

“没什么可是。不过你要是指望着去公园部，趁早打消这想法。要留有第二套方案。”

*

没多久，我就坐在昨天早上开会的房间里，面前摆着一张协议。

上一次签协议，是我刚做完记忆擦除手术、准备出院的时候。仿佛已经很久很久以前了。那时候，我别无选择——想象一下，如果我拒绝签字会怎样？那份协议全是关于遵守规矩的保证——新家的规矩，新学校的规矩，社区的规矩。关于如何尽最大努力适应新环境，不惹麻烦。我签字的时候，确实想好好遵守规矩，但实际没坚持多久，不是吗？如果法监现在找到我，他们一定会把我作为违规破戒者拖出去。被擦除记忆的人，回去找寻记忆，这已经是头号的**不可为**之事了。另外，使用整形技术改头换面，取新名字，使用伪造身份证，这些更是让我罪加一等。

但今天的协议，签或不签全在于我。我来做决定。我咬着笔头，想集中注意力好好读一读条款。

我旁边的椅子被拖来拖去。没人提问；大家都不看协议就签字上交了。很快我的踌躇不定就会引起注意的。

什么意思呢？五年，学徒岗位。不管是什么岗位——不管是我的选择还是他们的选择，都将成为我未来的职业，我要为此受训。

一种生活，一种我自己的生活。作为被擦除记忆的人，我要等到二十一岁才有选择的权利。

如果七年前，没有被反抗组织劫持，没有做恐怖分子，没有被擦除记忆，那么我的生活会变成什么样？我还会在此时此刻试着要做出选择吗？或许，**露西**会很高兴很激动。签好协议以后和朋友一起在周末大大庆祝一番。或许她会确信自己会入选第一志愿岗位，因为这是她的家乡，这里人人都认识她。

斯特拉会不会不支持露西的想法，她会不会坚决反对，为了保证她的安全，把她带在身边，关在家里？

我签下名字：**雨拉·凯恩。**

接着是一张表格，选择岗位志愿。我把国家公园列为第一志愿；犹豫了一下，写下教育部门作为第二志愿。我瞟了一眼周围的人，这才发现自己是为数不多的还对着纸犹豫不决的人。我草草写下其他几个部门，把卫生和执法部门放在了最后，上交了表格。

紧接着，是好几个小时的水平测试：阅读理解，数学，奇怪的逻辑题还有排序。终于结束了，他们让我们周一早上八点来查看成绩，到时我们就知道自己要去哪几个部门参加四周的试训了，当天我们就要去第一个试训部门报到。

走出大门，昨天的阳光仿佛是遥远的回忆。今天的天空灰蒙蒙一片，大山躲在云后藏了起来。这样也好，我就直接坐大巴回山庄了。是该面对斯特拉的时候了，告诉她我在协议上签了名。

回到山庄，我们通常走的侧门锁上了。还好我昨晚读了守则，知道进门密码。输入数字，门开了，我走进去。屋里静悄悄的。

我翻开登记簿签名，突然惊讶地看到外出一栏写着“斯特拉·康纳”的名字，描述栏写着“购物”，返回时间“约下午四点”。难道她也要遵守住宿守则？她名字下面还记着另外一个名字“斯蒂芬”，描述“购物”；斯蒂芬就是为她工作的女孩吧？我扫了一眼今天的记录——看上去没人在家，几个小时内不会有人回来。

探险时刻到了。

我心里涌起一阵兴奋感。我先是不紧不慢地在周围走走，不发出半点声响，随时准备着有人跳出来质问我在做什么。

我从连接门厅、楼梯间的公共部分开始，游荡着，试着发现些熟悉的东西，任何东西，可是一无所获。在一个拐角处，抓抓突然从厅里桌上跳下来，我差点失声尖叫。

这房子可真大。抓抓跟着我走进宽敞明亮的厨房、杂物间、大壁橱。没什么熟悉的东西；没什么触动我回忆的东西。但是厨房看起来很新，或许在我出生后被改造过？接着，我走到昨天谈话的斯特拉的书房门口，试试门锁：锁住了。

斯特拉说过，我现在住的塔楼不是我以前的房间。哪个才是？我试着做回露西，停止理性的思考，只跟着自己的脚步凭直觉走，但也没什么用。曾经梦中出现过这个地方，可是当我合上眼睛想仔细看时，所有的场景又变得模糊不定。脑中只有家具摆放的格局，一些漆着白漆的衣橱，一张褶边过多的床。或许相册里面会有些照片？

我回到屋里，关上门，拿出发夹，撬开锁，打开衣橱，拖着一堆相册爬到床上，一本一本翻开看，从第一本到第十一本。

我打开一本，接着又一本。快速地翻看，想找一张我在卧室里的照片，但很快被别的东西吸引。我意识到，除了第一本相册第一张照片是我还是婴儿的时候照的，其他的相册的第一张照片都是生日照。从第一个生日脸上被涂上蛋糕开始，直到蹒跚学步，接着是更大一点时。生日似乎算件大事。每年都有精心设置的主题、特别装饰的蛋糕；一年是小仙女装扮，又一年是马尾辫，另外一年是小鬼头扮相。

妈妈给我打扮的。

一阵战栗爬上脊椎。妈妈？斯特拉？有很多她满面微笑的照片，她的胳膊搂着我，我搂着她。她把深色头发染成像我一样的浅金色时，我不过几岁大。等我再长大一点，头发颜色更深一些时，她的头发也怪异地变成和我一样的颜色。就好像她想努力使我俩搭配起来一样。

还是没有爸爸的照片。相册中有一些地方很奇怪地空在那里，就好像有照片被特意取走了。但是空着的地方不多，而且相隔都很远——他本来就没有多少照片。

大部分照片是他照的。

他躲在相机后面的样子跳进我的脑海中，马上又消失了。我必须问问斯特拉她拿走的这些照片是怎么回事。她是不是放在别的地方了，还是全部销毁了？

心里某种东西敦促我把其他相册都放一边，去够最后一本：第十一号相册。

第一页：露西冲着镜头微笑。是我。鸡皮疙瘩顺着脊柱爬上胳膊：我身上穿着粉色裙子。橱柜里的那条裙子，在我梦中出现过的那条裙子。我正翻着相册，抓抓突然跳出来，走过来盯着相册。“看，这是你。”我低声道，不确定自己为什么要低声耳语。一张又一张抓抓还是小猫时的照片：追着线绳跑、在我膝头坐着、在我怀抱里睡觉。她是我十岁时的生日礼物。接着是我和一张巨大的桃红色生日蛋糕的合影：这一年是小公主主题。十只蜡烛，看来我没弄错。

几页翻过去后，有些东西变了。

我仍然面露微笑，可是不大对劲。脸上表情清清楚楚，我在压抑着什么。现在我几乎就要感受到当时的情景，可是它又转瞬即逝。

是什么呢？

我又翻过一页，有一张我在户外拍摄的独照，阳光明媚，背后是猫铃山的山脊。抓抓在我怀里，我咧嘴笑着，露出牙缝，这次是发自内心的微笑。

再翻过一页：什么也没有。接着往后翻，一直翻到最后一页，剩下几页也全是空白。某种冰冷的东西钳住我。

我合上相册。肋骨后的心脏砰砰直跳。我的最后一张照片就是觅踪网上显示的照片。那是我失踪前斯特拉手上的最后一张我的照片。她将照片给了觅踪，带着渺茫的希望，期待我有一天回到她身边。

也不知道自己在那儿坐了多久，盯着墙，发呆，思索。我也不知道为什么我和斯特拉的关系很疏远。是她眼里渴望的目光让我想要逃离吗？我们从前的过往全部记录在这些相册中。对她来说，我们的关系是真实可触的；对我来说，不过只能勉强回应，就好像一首歌，从前听过一次，却怎么也想不起来。

而如今，我选择和职训签了协议，放弃了和她在一起。

远处传来的声音划破宁静。是车吗？我看看表。已经快四点了，一定是她们回来了。我站起身，匆匆把相册按顺序放回原处，锁上橱柜，下了楼。

斯特拉正在厨房里打开一盒盒日用品。我在门口站了一会儿，她抬头时看到我，冲我笑了。

“我能帮忙吗？”我问。

“当然。”我们把一堆东西塞进两个巨型冰箱里，接着她告诉我什么东西应该放在什么橱柜。

“现在可以坐下来喝杯茶、聊聊天了，”她边说边把水壶放在炉上。“斯蒂芬在镇上没回来，我们可以单独呆一会儿了。”她倒好茶，我们在凳子上坐定。

“有些事我要跟你说。”我开口道，接着又有些犹豫。

“什么事，雨拉？”

“很抱歉，我和职训签了协议。”

我勉强打起精神等着她的反应，但她平静地看看我，抿了一口茶。“我想到你会这么做。但你知道我对国家公园没什么兴趣。他们做的一些事情也可能很危险。还有，如果他们把你排进执法部门就更糟了，那里安检力度更大。不过，我们先等等，看他们把你排到哪里。现在还不用担心，对吧？”

我也盯着她，由惊讶转为震惊。这可不是我想象中的反应。“谢谢，妈妈。”我小声说道。

她的表情一下子变得很滑稽。她伸出胳膊，没有像昨天一样一把把我拉进怀里，而是碰了碰我的面颊，激动地眨眨眼，站起来，走到我们身后的柜子，掏出一个盒子。

“我有东西给你。”她打开盒子，拿出一个小小的黑色矩形物体。

“这是什么?”

“你看，这是相机。这些新式相机很高级。”她碰了一个小按钮，相机马上开机了，跳出镜头，还有一些操控按钮。相机真小啊，只有几根手指那么宽。她给我展示了使用方法。“我想，如果你哪天着急出去，你可以拍些照片告诉我你在做什么。还有，我们可以一起开始做下一个相册。怎么样?”

“谢谢。”我说，然后拍了几张脚边的抓抓、斯特拉还有厨房的照片。然后我站在她旁边，伸长胳膊，自拍了一张我俩的合照。她又教我怎样浏览照片，她按下一个按钮，把图像投在平面上，然后又按了几个键，我们的照片就出现了，肩并肩，对着镜头微笑，背景是厨房的墙壁。

“哦，我有东西给你。”她把手放进口袋。“我另外配了一把放相册的橱柜的钥匙，你要是想看照片就可以自己拿。不过每次要锁好橱柜，藏好钥匙。我不希望别人看到，好吗?”

她递给我一把钥匙，我握住钥匙，塞进了自己的口袋。心里满是内疚：我在她不知道的时候就已经看过相册了。我想起来要问她爸爸的照片去哪儿了，但却开不了口，今天是不行了。我们正相处融洽的时候，还是不要问这样的问题好。

“好了，今天就说这么多。我也有事要忙了。”斯特拉说道，“今天是埃莉的生日，你愿意和我一起装饰蛋糕吗?”

埃莉的生日蛋糕没有我小时候的蛋糕那么精致。三层巧克力蛋糕，浇了一层巧克力酥皮，最上层涂着复杂的花朵图案，插着二十根蜡烛。蛋糕很好吃，每个人心情都很好，即使是麦蒂逊也没有什么负面评论。她宣称自己心情好是因为她这个月终于有一个周末的假期了，并且明早我会和她还有芬利一起由人领路爬猫铃山。

即使听到这些，斯特拉仍保持着我迄今为止见过的最放松的神情，在桌子另一头微笑，看着每一个孩子。我看出，对她来说，所有的孩子都是她的女儿。她是在弥补她所失去的吗？有些女孩已经在这儿呆了很多年了。

后来我才知道，埃莉尤其喜欢园艺，蛋糕上的那些花样是仿造她去年夏天种在花园里的花儿浇上去的，她可高兴了。嫉妒稍稍搅乱了我的心绪。

第十二章

第二天早上，我和麦蒂逊出去等去凯西克的大巴。啊，外面正下着雪——这一天终于来了。

我一路上蹦蹦跳跳，伸出臂膀拥抱蓝天。

“你疯了。”麦蒂逊说。

“我就是特别喜欢雪。也不知道为什么。”

她耸耸肩。“大多时候，我还可以忍受。不过如果今天雪下得特别特别大，就相当好了，这样他们就会取消这次愚蠢的活动。”

“我以为你想去呢！”

她没有回答，我回头看她。“哦，懂了——对爬山没兴趣；对芬利更有兴趣。”

她沉下脸来。然后哈哈大笑。“可能吧。”

“那你们俩现在怎样?”

她耸耸肩。“很难说。他可是芬利。”好像这句话就解释了一切。

“还有呢?”

“据说他的女朋友可是五分钟一换。他是花花公子芬利。”

我们终于到了大路上，停下来等车。

“你错了，”我说，“可能他以前确实这样，但他真的很喜欢你。

从他看你的眼神就能看出来。”

她脸上泛起的红晕更深了，但她什么也没说，伸出一只手去招呼开过来的大巴。

进了镇子，我们先去了大会堂。会堂里有一小群打扮和我们相仿的人，身着暖和的登山服。芬利也在那儿。还有一个叫约翰的人手拿写字板管理签到。

芬利看到我们以后冲我们招手。他帮我们把名字记在约翰的签到簿上，然后走过来。“啊哈，看呀：矮个儿和特矮个儿。你们俩最好都跟紧我。”

“为什么？”麦蒂逊问道。

“要是下雪的话，你们可能就陷进雪堆不见喽。我们可不想在那里失去你们。”

雪越下越大，大片大片的雪花落下来。带队的人讨论了一下恶劣的天气和天气预报的信息，最后决定先等在这里，等山林观察员回来后再说。

“山林观察员是什么？”我问芬利。他转过身，扬扬眉毛：“你如果要为公园服务的话，这种事情你应该知道。就是字面上的意思。”

“我猜猜——他观察山林？”麦蒂逊说。

“答对了，爱因斯坦。伦恩每天都上赫尔韦林山，察看阔步崖的状况，在山顶照些照片。他的观察报告会被张贴出来，供登山者决策参考。”芬利说完，手指着会堂前部的一个橱窗。我凑过去看。橱窗里是昨天的赫尔韦林山山况以及天气情况的观察报告。**道路湿滑，仅限有经验的配有冬季救生设备的登山者攀爬。必备冰爪鞋**。另有一张配图，图上是一条山脊上结了冰的狭窄山路，相当陡峭。

“不适合头脑发昏的人。”芬利说。

“就是不适合我！”麦蒂逊补充道。

“没错！”芬利回应，麦蒂逊打了他一拳。不过我无视他俩的亲昵动作，目不转睛地盯着橱窗里的图片，呆住了。那座山，我爬过无数次。我百分之百确信！和**梦想家丹尼**一起。

“从你脸上的笑容看，你不是头脑发昏的那类人。”另一个声音说道，我转过身。是约翰。他什么时候走过来，听到我们的对话，我完全没有注意。

“确实不是。我们今天可以改计划去那里吗？”

约翰哈哈大笑。“不可能的。这里太多新手了。”

“我真不明白，”麦蒂逊说，“为什么他们每天派人上去考察？为什么就不能在那里安一个监控探头，或者其他天气感应仪之类的？”

芬利冲她摇摇头。还不等有人回答，我就插话了：“这是保护区。国家公园不能安放任何仪器，这和他们恪守的信条相悖。”约翰点点头。

山林观察员伦恩出现了。他比我想象的还要年长，灰色长发束在脑后，下巴上留着杂乱的灰色胡须，眼里闪烁着兴奋的光。他和约翰聊了几句，最终做出决定，我们仍然出发去猫铃山。伦恩离开的时候，我充满渴望地盯着他的背影，脚痒痒的，真想追上他，问问是否能跟他一起上赫尔韦林山。

“你来吗？”芬利叫我。我们的队伍已经要出发了。约翰带队，芬利殿后。

我们走过凯西克，走到河边，然后沿着河岸山径进了树林，接着再往里走就上猫铃山了。山路越来越陡，脚下的积雪也越来越厚。麦蒂逊大口大口喘着粗气，脚步慢了下来，芬利一边笑一边从后面推了她一把，然后拉起她的手。他俩在一起的样子，总是触动我内心深处的伤痛。

想象着，如果本在这里，拉着我的手一起爬山。想象着，只有我们两人，而不是跟着这只拖拖沓沓的队伍。

我加快脚步，不管后面的芬利和麦蒂逊了。给他们独处的时间吧，我对自己说，或许也是因为自己实在看不下去了？我甩开步子向前跑去，超过了前面一个又一个因为山路变陡放慢脚步的人。没过多久，我就追上了队伍最前面的约翰。

"在这里慢点跑吧，"他高兴地说，"我既不能让你消失在前面，又不能为了赶上你把其他人甩在后面呢。"

"那我跑在前面、你的视线范围内，怎么样？"我问道，迫不及待想见到前面的路。

"那行。但不要跑太远了，"他说，"偶尔停一停等等我们。"

我迈开腿向前跑去。雪小了，和天气预报说的一样，天空开始放晴，前面的视野愈加明朗。

脚下的小路催促着我向前行；每向前一步，就愈发觉得自己更加接近一些东西，但那东西到底是什么，我却不知道。我强迫自己偶尔放慢步速等等后面的队伍，等他们跟上后又跑起来。云层渐渐升高，周围的山峰一个接一个露出头来。心里什么东西渐渐释放了，一点点散开来。这就是我的**心之所属**。

我攀上大石头；风扫走了白雪，只留下闪闪发亮的冰块。我还得往上爬一爬。斯特拉没说错，我生就是只野山羊。我轻而易举地攀上岩石，站在最高处，看到约翰冲我招手，就等在这里。大部分人没费太大劲儿就爬上来了，但麦蒂逊看上去惊慌失措，这似乎并不是故意要引起芬利注意的举动。在芬利看到之前，我爬下石头，去帮她一把。

走过第一座山脊，又向上爬了一段路，随后我就站在世界之巅了。山脚是铺开的湖水，再远一点就是凯西克。另一边，高高的山地和更险峻的山路正召唤着我，我对自己许诺，改天一定要去那里。

站在这里，你可以相信任何事；你可以成就任何事。几句话在我耳畔回荡：梦想家丹尼。我一遍遍大声重复念出来。

有人跟上来；约翰站在了我旁边。他听到了吗？"没错。这些山水很久之前就有了，比人在这里的时间还要久。等我们都不在了，它们还会在这里。”

我们没有再说什么。脚下的世界、法监还有一些亟待解决的问题，似乎都变得很遥远，变得不再重要。

其他人陆续跟上，很快我们就要离开这里赶在天黑前下山。重回现实。

那天晚上吃饭时，斯特拉告诉我们明天中午会有一位检察官来访——一个未管部部长。所有人必须出席，毫无例外，且要努力表现。她没有提来访者的名字。是我的外祖母吗，麦蒂逊说过的那个？照片被锁进橱柜盒子里的那个？

大家交换了眼神，什么也没说，但气氛明显阴沉下来，仿佛她在屋里泼了一桶凉水。

晚饭后，麦蒂逊跟着我进了我的房间，心情相当低落。

她一屁股坐在我的床上。

“**完全**不可理喻。”

“什么？”

“那个巫婆竟然选了这个周日来参加愚蠢的午宴，这可是我整个月唯一休息的一天。**所有人必须出席**。但有些人总会有自己的生活，有自己要做的事情吧。”

“譬如说？”

她激动地板起脸，但表情介于愤怒和微笑之间。

“芬利？”

她点头承认了。“嗯。他今天下午终于约我出去了；我们要在镇上碰头，一起吃午饭，**诸如此类**。现在——”

“诸如此类？诸如此类指什么？”

“这有什么关系呢？我试着打他电话，可是无人接听。他一定会以为我是在找借口推脱。他肯定不会相信我们必须要出席这顿愚蠢的午餐。都怪这个蠢地方。别的地方哪有像这样的。”

“要来的是斯特拉的母亲吗？你以前说过的那个全英未成年管理部部长？”

她点头。“她差不多每隔几个月就来一次。斯特拉从来不称呼她为‘母亲’，不过来人就是她——阿斯特丽德·康纳，笑里藏刀的杀手。”

“什么意思？”

“哦，不久你自己就会明白了。”她十分悲惨地叹了口气，“真不敢相信这种事发生在我身上。”

“我跟你说。”

“什么？”

“那个芬利真的很喜欢你。”

“或许吧。”她笑了笑，马上又板起脸。“等到明天过了，这就变得不重要了。”

“明天再打电话试试，跟他说你以后再跟他约会。没事的。”

“肯定有事，我敢保证他会马上约其他女孩儿的。”

“我才不信呢！”

“不过，你怎么对男孩的心思那么了解？”

我一言不发。

“好了，我已经告诉你我的事，现在轮到你跟我说你的故事了。你心里有人了吗？有的，对吧。告诉我吧！”

我感到一阵阴影浮上面颊。“以前有过。”

“怎么回事？你放了他鸽子，然后他走掉了——”

“不是这样的。”我甩过一个枕头砸在她身上，“不是这样，因为他真正**在乎我**，所以他才没那么笨。就像芬利，他也真正在乎你。”

“那你们为什么不在一起呢？如果真爱之路真的是像那样可以不

计前嫌，那他现在在哪儿？你为什么抛下他？他为什么不跟你一起来凯西克？”

“他不能来了，就是这样。”我拒绝再多说什么。最后，麦蒂逊看到我确实很难过，道了歉就离开了。

我叹了口气，关上灯，爬上床，用毯子把自己裹得严严实实。如果本真的爱我……那么，单凭这一点他的一部分记忆就能恢复吗？那么，就算法监洗去他的全部记忆，在他的内心深处，是不是还对我有强烈的感觉？

这可真是浪漫的胡思乱想。忧伤袭来，一点又一点侵蚀着我。太过强烈的忧伤，让我感觉千斤重担压在身上喘不过气，而我自己却无能为力。过了一会儿，我听到轻微的敲门声。斯特拉吗？门开了，我还闭着眼睛，一动不动，发出沉沉的呼吸声，不想动，也不想开口。过了一会儿，门关上了，脚步声越来越远。

深深的哀伤中，还夹杂着一丝隐隐的不安。明天，要见我的**外祖母**。

如果她知道我在这儿，会怎么样？失踪已久的外孙女回来了，她会高兴吗？或者她到底还是个彻头彻尾的法监？

第十三章

“呦，今天有不少新面孔嘛。”她微笑着，镜片后的眼睛一闪一闪，那双眼睛和我的有些像。“我是阿斯特丽德·康纳，你们可爱的房东妈妈是我的女儿。我想她肯定没告诉过你们。”她看看斯特拉，又笑了。“女儿们!”她说完，摇摇头。她的外表和我看到的她的最后一张相片一样，头发是银灰色的，打理得很干净。她穿着普通的衣服，不管是外表还是行为，看上去都不像**法监**，但她身上带着某种东西。我脖子后面冒出冷汗。每个人的目光都集中在她身上。这是你不敢不搭理的人。

斯特拉清清喉咙。“上次您来访后，又来了三个新人。”她很快一一点着我们，报出我们的名字，而斯蒂芬和另一个被指派的女孩在一旁帮忙上菜：烤肉大餐。斯特拉指着我，报出雨拉·凯恩的时候，阿斯特丽德的目光落在我的身上。她的脸上划过一丝好奇，很快又失去了兴趣。但当斯特拉递过一道菜打岔时，好奇的神色又出现了。

平常吃饭时的闲聊全没了。所有人都闷声不响埋头吃着，甚至包括麦蒂逊。阿斯特丽德执掌大局。她和斯特拉聊了聊山庄运营的情况，问了问窗户修葺的事。偶尔用目光扫视每个人，问问对方工作的情况和凯西克的活动。都是些无关紧要的小事。问话打乱顺序，让你丝毫看不出什么逻辑。

然后她转过头，目光落在麦蒂逊身上。后者正漫不经心地拨弄着盘里的食物，无精打采地陷在椅子里，眼睛低垂。“麦蒂逊，对吧？”她开口了。

麦蒂逊抬起头，点头。现在可以看清她的眼神，充满挑衅。我的胃里有什么东西翻腾起来。

阿斯特丽德饶有兴味地望着她。“不饿吗，亲爱的？”

“不大饿，我可以失陪一下吗？”

斯特拉倒抽一口气，在这安静的屋子里听得一清二楚。

“除非，你先告诉我你在想什么。”

麦蒂逊的脸上划过一丝疑虑；接着疑虑又消失了。**拜托啊，麦蒂逊，不要做蠢事啊，**我无声地祈求。

“那，好吧。我这个月只有今天休息，我已经另有安排了。但是她，执意要我们呆在这儿。”麦蒂逊瞪着斯特拉。

“哦，我明白了，抱歉让你错过原有的**安排**。”阿斯特丽德说，“那么你原来有什么安排？”麦蒂逊脸上浮上一丝红晕。“我猜，和男孩子有关？哎哟，哎哟，斯特拉哟，”她边说边盯着她的女儿，“她们今天大可不必全部出席，特别是已经有**安排**的。你知道我过来只是想看看你的情况。你也知道，做**母亲**的，是什么感觉，担心你的**女儿**。”她话里藏刀，没什么好意。

斯特拉的嘴唇抿起来。“我想我知道到底什么才对我的孩子们好。”

麦蒂逊清清喉咙：“我已经告诉你我心里想的；现在可以走了吗？”

阿斯特丽德扬起眉毛，看着她的女儿。

“留下来，吃完饭。”斯特拉说道。

麦蒂逊怒了："不公平，没有哪个住宿点这样管理的。她待我们像待犯人一样!"

过分了。所有女孩儿惊恐地望着她。我用眼神祈求麦蒂逊：不要再说了；赶快道歉!

阿斯特丽德笑了："我想，亲爱的麦蒂逊，等你做了犯人，你就知道这里和监狱的区别了。你现在可以走了。"

麦蒂逊望望她，又望望斯特拉，像一只撞上车灯的兔子。斯特拉微微点头。"去吧。"她说。

麦蒂逊把餐巾放在桌上，移开椅子，动作僵硬地走到门口，离开了。

阿斯特丽德大笑起来。"看看你们多严肃啊！难道就没有人有些有趣的故事吗？这个新来的，怎么样？"她的目光落在我身上，"凯莉，对吧？"

"雨拉。"我回答道，努力让自己念出的名字不那么像凯拉。

"什么时候到凯西克的？"

"这周早些时候。来参加职训。"

"从哪儿来的？"

"切尔姆斯福德。不过我喜欢大山，想进国家公园部门工作。"在她询问原因之前，我匆忙解释国家公园的岗位。声音越来越小。

她扬起眉毛："终于碰到一个话多的。那么，你是怎么——"

"喔，糟了。抱歉!"斯特拉突然跳了起来，打断了对话。水壶翻倒在桌上，水洒了出来。斯蒂芬匆忙递过一块布；阿斯特丽德在水流到腿上之前离开了座位。"抱歉，抱歉。"斯特拉再次道歉。

"别大惊小怪了。"阿斯特丽德厉声呵斥道。

她和斯特拉一起离开了饭厅。

门啪的一声关上了，好像刚刚大家都在屏住呼吸，一时间一起松了口气。

“她一直都这样？”

我问坐在旁边的埃莉。

埃莉点点头：“她对斯特拉的态度相当糟糕，是吧？你也听到了吧？斯特拉的女儿失踪了，她还特意说什么担心女儿之类的话。真卑劣。”

接着每个人都小声谈论麦蒂逊和她说过的话，猜测斯特拉会把她关多久禁闭，但阿斯特丽德的话在我脑中挥之不去。埃莉说的没错，确实很卑劣，但阿斯特丽德话中有话，埃莉只理解了一部分。她所说的担心，还有**其他**什么含义。

我假装头痛，要离开大伙儿出去走走，心里想着去找麦蒂逊。但当我走过接待区时，我的脚停住了。斯特拉的办公室；那个暗门。他们会呆在通常去的那个客厅吗？

我不该这样。但那扇门总会锁上的，对吧？我环顾四周：没有人。我走过接待台，靠近办公室门，伸手转动门把手。把手动了，我伸手推门。糟了，我这才意识到自己犯了个错误：她们要是在这里怎么办？不过，还好，房里没人。我听到门外的说话声、脚步声越来越近。我走进房间，关上了身后的门。

困在这里了。

他们要是现在进来怎么办？

我迅速扫视房间，竖起耳朵听脚步声。只能听到门外的低语声：不是斯特拉，也不是阿斯特丽德，而是其他女孩子的声音。

她们在那儿没动：停在那儿，可能坐在靠窗的扶手椅上，一时半会儿也不会离开。

我勉强拖着脚步走到挡着门的窗帘旁边，身子有点僵硬，我费劲地挪动两只脚。真该回自己房间，或者去找麦蒂逊也好。做什么都比现在这样好啊。

墙上有东西吸引了我的目光。一张藏在我屋中橱柜里的阿斯特丽德最近的相片被高高挂起。我踌躇片刻，看看周围，又发现其他几张照片。

原来如此。阿斯特丽德来访的时候，斯特拉把照片挂起来；等她走了，再把所有照片收回去。我摇摇头。我到底属于一个什么样的奇怪家庭啊？

或许现在就可以知道了。我拉开窗帘，钻到帘子后面。推开门，仔细察看。和我梦里的一样：窄窄的空间。**我曾在这里玩捉迷藏。**屋里满是灰尘。我把手指挡在鼻孔下，免得自己打喷嚏。这地方已经废弃了？

我走进小屋，门在我身后关上了，我一下子陷入黑暗。**手电筒**，以前这里藏着一个手电筒，在角落里。我顺着墙壁向下摸索着，可是什么都没有摸到。

我蹑手蹑脚沿着墙走，一只手摸着墙壁。房间的长度延伸过一个房间，接着转了九十度的弯。靠近地板的排气管道那里透出几缕光。还有絮絮叨叨的声音。

我趴下来凑近管道仔细听。

"……但是不要这样，请不要这样，求你了。"是斯特拉。

"做什么？"

"你懂的。"

阿斯特丽德吃吃地笑起来。"你该看看你自己的脸。哎哟，哎哟哟，这么急切。你没把这精力用在别处，真是丢死人呐。"

"我不知道我的生命还有什么更好的意义。难道为我们国家的年轻一代服务并且保护他们不是**你**作为未管部官员的职责吗？"

"哈，没错，我可是**相当**严肃对待的。坏苹果总得挑出去，免得烂在桶里，这你也是相当清楚的。这些姑娘——她们可不是你的女儿。你也明白犯错误的代价，那可能是要**付出痛苦代价**的错误哦。"

接着是沉默。即使在墙的另一边，也能感到紧张的氛围。难道是因为斯特拉被她母亲逮个正着？我打了个寒颤。

“我说了今天有露西的消息要带给你；你还没问，”阿斯特丽德终于提到露西，“难道不想知道吗？”

“当然想。请告诉我吧。”

“斯特拉，准备大吃一惊吧。”

“什么？”

“几周前我不是告诉过你露西被恐怖分子炸死了吗？我在法监档案中找到了一些……不大寻常的记录。”

“什么意思？”

“似乎她是诈死。”

我呆住了。斯特拉知道我在爆炸袭击中死了？她对我只字未提，问也没问。现在，听到我还活着的消息——她本不该知道的消息，她什么也没说，至少我听不到她说什么。我怀着希望——在心里祈祷——她是个好演员。

“我不懂。那她现在在哪儿？”斯特拉终于开口了。

对方停顿了片刻。“我也不知道。官方仍把她列在死亡名单里，但是实际上，她是失踪了。似乎她引起一些人的**兴趣**要从一些……**有意思的**地方把她找出来。我真好奇她能躲到哪里去呢。”

“没什么能让你担心的，我肯定！”斯特拉突然回应，太快了点，我有些担心。这是个危险的游戏。不知为什么，或许是从记忆的片段，或许是通过今天的观察，或者两方面都有——我知道，阿斯特丽德擅长读心术，不管是说出来的还是没说出来的，她似乎都能读出来。听到我还活着的消息，斯特拉不是应该激动地歇斯底里嚎啕大哭吗？

“是吗？我们走着瞧。”阿斯特丽德道。“不过不管怎样：我还是会坚持我们的协定，你懂的，我会尽力找出她的下落。我会保护她把她带回来，如果可能的话。亲爱的孩子，虽然我们两人性格迥异，你知道我只是想把最好的给你。一旦我获得任何关于她的消息，你也会这么做。不过不要再多问什么。你肯定会失望的。”

很快，话题转到别的东西上——屋顶需要修葺一下，地下室太潮湿。我猫着身子在没有暖气的屋里呆得太久，身体冻得僵硬。该从这里溜出去了，趁她们还在那里聊天。

不能原路返回，斯特拉办公室外肯定有人。我小心地直起身，放松肌肉，一只手摸索着墙壁，朝前挪动。他们的声音越来越小。终于摸到另一扇门。

我小心翼翼地朝里拉门：纹丝不动！我有点慌了：难道锁上了吗？以前这门上没有锁，我十分肯定！我摸索着门沿。没有挂锁，但是有一个插销。我松开插销，进了厨房后面的杂物间，接着沿走廊向外走去。

我的脚似乎越来越清楚地记起如何在这幢房里窜来窜去。我在到大厅前低头看看自己身上，拍拍衣服，掸去尘土。

之后，我回到了自己的房间。阿斯特丽德在我脑海中挥之不去。她说的话，她说话的方式。话里藏刀。

她告诉过斯特拉我死了。这是发生在我上报自己已经找到之前吗？是在她知道我要回来找她之前吗？她从来没告诉过我，所以要想问她，就必须先承认我偷听了她们的对话。不过，为什么她不告诉我？我弄不懂她，完全弄不懂。

阿斯特丽德说她正在四处搜寻我的下落，她找到我之后会把我带回来。但我现在就在这儿，显然她还不知道；斯特拉没有告诉她。她不信任她。

但是，阿斯特丽德注意到斯特拉在掩饰什么，这我可以肯定。她不会放过一丝蛛丝马迹。如果阿斯特丽德发现了，我就倒霉了。虽然她向斯特拉保证过，但我还是不信任她。如果法监发现我藏在

这儿，他们一定会来找我。

危险。

我小心翼翼，蹑手蹑脚，踮着脚穿过妈妈的办公室，不过穿着这身傻傻的粉裙子做间谍可真难——稍稍一动，裙子就沙沙作响。我捧起裙摆，抱在怀里，溜到窗户后面。

推开门，走进去，把脚夹在门缝中，在门关闭之前，弯下身子去够手电筒。摸到了，打开手电，这才收回脚，关上门。

我沿着墙壁往前走，走到拐角，像间谍一样弓起身偷听外面的对话。

"……很快就会来。"是妈妈。

"他把那孩子宠坏了，你也一样。"

"今天是她生日！"

"真的，斯特拉。现在是告诉他真相的时候了吧？你该告诉他，他的宝贝女儿不是他的；你甚至不知道她是谁的孩子。要么还是我去跟他说？"

"不要！你敢，我会——"

"不要威胁我，斯特拉。你会后悔的。"

他们的对话还在继续，但我不想听了。我浑身发抖，用手堵住耳朵，但我还听到外祖母的声音一遍又一遍在我脑中回响：他的宝贝女儿不是他的。

怎么可能？他是爸爸。

我的爸爸！

我开始哭起来。

第十四章

“一切都好吗？”麦蒂逊问。

“这话应该我来问你吧？你昨天跑哪儿去了？因为你昨天中午说的话，大家都在猜斯特拉会处理你。”

她笑了，**非常**开心的笑。“我在本子上写了：**晚上回来**。我以为我已经表达得很清楚了。”

大巴到了，我们爬上去。麦蒂逊和芬利坐在一起，他牵着她的手，几个男生窃窃私语。我自己找了个位子坐下，很高兴可以跟麦蒂逊保持距离，免得她在爱得死去活来的间隙再问我一遍：一切都好吗？

晚上的梦，阿斯特丽德说的话。是真的吗？他真的不是我父亲吗？所有关于他的记忆片段——他和我相处的情景，都在和这个想法作斗争。但如果他不知情呢？

然后他为了一个养女，死了。

不久，我到了职训的会议室，站在那里等着。被叫到名字后，拿到一个信封。现在这些似乎都没那么重要了。这即将是我未来五年的生活，除非阿斯特丽德发现了斯特拉正在掩饰的秘密，并弄清我的身份，然后终止所有的计划。

我撕开信封。

亲爱的凯恩小姐，等等，等等。我直接跳到最重要的部分——我的试训：

第一周：教育部门

第二周：国家公园

第三周：酒店管理

第四周：交通部门

噢耶！我前两个志愿都入选了。不过我很奇怪怎么会进了酒店管理。我对酒店管理确实没什么兴趣，所以填志愿的时候把它填在顶下面，而且它也算是挺吃香的选择。我翻了翻通知单，看到每个岗位的详细信息。

酒店管理旁的几行字跃入我的视线，立即引起了我的注意：

到瀑布女子山庄斯特拉·康纳处报到。

什么？怎么可能？我回想起斯特拉坚持劝我不要签协议，特别是不希望我去国家公园部门工作。但当我告诉她我还是决定签约，她表现得相当淡定，当时我以为她终于意识到我也需要自己做决定。但我想错了。那天她去了镇上；她认识一些人；她一定动用了某些关系。或许接下来几周的试训不过是走走过场，谁知道我最终会不会落到她手上，在那里呆上五年做个见习女佣？

终于，大家都离开会堂，开始第一周试训。第一周，要去教育部门，我在文件中找到详细信息。凯西克小学，我现在应该去那里报到。但现在又有什么区别呢？

我到了凯西克小学，匆匆赶到办公室。另外两个试训学徒正和一个笑容满面的女士等在那里，那位女士正是上周咨询会上站在教育部门摊位上和我说话的那位。

“真不好意思让你们久等了。我刚刚迷路了。”我说谎了。我明明知道该往哪里走，可是双脚沉重，不愿意配合。

“没事的，亲爱的，坐吧。我是梅德韦夫人，这所学校的校长。我也培训见习教师和教师助理。我先简要介绍一下接一下一周你们要做的工作。”

我努力为了她集中注意力，但这注定要失败。一些细节我听到了：我们要跟班听课两天，待在接待和行政处一天，剩下两天要辅助课堂教学。“有偏爱的课程或者年级组吗？”其他人报出了他们的偏好，最后她转向我，面带微笑：“你今天相当沉默啊。你偏好的年级组？或者偏爱什么活动吗？”

“我都行，”我终于开口了，然后又顿了顿，“除非有美术课？我喜欢美术。还有跑步——运动。”

“很好。小班下次会上涂鸦课，我会把你安排在那里。这周五下午有体育课，他们那边一直可以安排新的人手。至于其他几天，我们再协调看看。”

她领着我们参观了学校，一路上向我们介绍学校的历史。这所学校在暴乱中被毁，之后重建。凯西克小学原名英国圣赫珀特公会学校，三十年前政府取消教会学校后才改成现在的名字。透过门上的窗户，我们看到在体育馆吵吵嚷嚷打篮球的孩子，还有图书馆里深埋在书堆里的脑袋。终于走到艺术工作室，我透过门窗往里看。她说的是小班？这些孩子可真小啊。四岁。都盘腿坐在地上听老师讲话。

梅德韦夫人敲敲门，走进去跟老师耳语几句，回来拉着我的胳膊。“进去吧。没事的；不要看上去这么担心嘛。”我走进去，里面一张张小脸扬起来冲我微笑。

没过多久，他们就穿上工作服，罩在校服外面，老师也递给我一件让我穿上。“你可以自己决定——你是来跟堂听课的，所以可以坐在角落里观察。如果愿意的话也可以随时参与教学。”

我决定先坐在旁边观察一会儿。他们正在巨型白纸上用手指作画，空气中弥漫着颜料的味道，还夹杂着兴奋的说话声。虽然已经下定决心坐在旁边待一会儿，但没过多久纸上绚丽的色彩就吸引了我。我已经蠢蠢欲动想要作画了。

一只小手碰碰我。“老师，你看我的画！”一个小男孩说道，他把我拉到他的画作前，让我欣赏纸上的斑点。

热闹的人群中，一个女孩一言不发，不参与任何讨论。“嗨！”我跟她打招呼，她也不回应。

那个男孩抬头说：“她叫贝姬。她很难过。”

“哦，我知道。有时候我也会难过。”我承认道。“不过我难过的时候喜欢画画。”这句话再真实不过了。我跪在地板上，用手指沾沾黑色的颜料。

“你为什么难过？”贝姬问。

“大多是因为我想念一些东西，譬如塞巴斯蒂安。”

“他是谁？”男孩问。

“看好了。”我说。我不记得以前画过手指画；我宁愿手上拿着油画刷。但是过了一会儿，一只黑猫就跃然纸上了。

贝姬盯着它看了许久。“你想念你的猫？”她对自己点点头。“好吧，我也要画。”她拿过几种不同的颜料，很快就专心致志地创作起来。我抬起头，美术老师朝我竖起大拇指。其他孩子把他们的作品拿来给我看，然后让我教他们画猫。过了一会儿，我想，这还挺有意思。我会成为美术老师吗？

如果斯特拉干涉的话，答案还是否定的。

午饭时间，我留下来清理残局。那个老师将大家的作品挂在墙上，把我的猫也一同挂起来，排在贝姬的作品旁边。贝姬的作品既像外星人，也像路灯，什么都有可能，但我很自然地觉得她画的是一个人：是她爸爸吗？

“是她父亲，”老师肯定了我的猜测，“他上个月失踪了。”

我一脸震惊，转向她：“怎么回事？”

对方停顿片刻。“你让贝姬参与到课堂活动中，做得挺好。谢谢。”她没有回答我的问题。如果是无法公开说的事，那么答案不言自明了。

是法监。

放学铃声响了。我很惊讶地发现今天竟然过得这么快。每个年级每周都有半天上美术课，下午我和五年级的孩子一起上了炭笔素描。回凯西克镇中心的路上，我盯着远处白雪点缀的山峰想，就算进不了国家公园部，去学校也不算太差。接着我又放弃了这个想法。想象自己做老师的样子，这真是个天大的笑话啊：我的记录是伪造的，更何况我连高中都没有毕业。另外，难道斯特拉会轻易放手吗？

我该乘车回山庄了，但一颗愤怒的种子在我心里萌芽，对我说，不。

我朝麦蒂逊她的咖啡屋走去。我要等她完成工作，然后我们一起回去。

到了咖啡屋，我去拉门，可是门纹丝不动。锁上了？我有点困惑，这才注意到里面没有亮灯。门口挂着“歇业”字样，不过我肯定麦蒂逊说过她要在这儿工作到五点才下班。

一丝不安爬上心头。我绕到咖啡屋的后门，敲敲门。

没人回应，但是里面有乒乒乓乓的声音。我又敲敲门，还是没人应答。我想转身离开，但还是试了试门把手。把手转动了。门没锁。

我把门拉开一丝缝隙，探头进去张望。“有人吗？我是雨拉。麦蒂逊在吗？”

可拉正坐在工作台上，背对着我，一动不动，也不回应。我不知如何是好，见没有反应，我拉开门，走了进去。门在我身后关上了。屋里光线昏暗，我努力眨眼想要看清。

“嗨？”我又试着打招呼，朝她走去。她的肩膀在颤抖。她在抽泣吗？恐惧涌上心头。“怎么了？出什么事了？”

她抬起头，望着我，摇摇头。“她做了什么啊？”她喃喃道。

麦蒂逊？我一阵恐慌。**不要，不要又是这样**。“怎么回事？告诉我！”我要求道。

“她正在帮忙准备明天的糕点，鼻头上还挂着面粉，跟我介绍她心意的男孩。他们就这样闯进来，一把揪住她，把她从客人面前硬生生地拖走。其他人就坐在那儿，一动不动盯着她为他们做的午餐。然后她就不见了。”她的脸埋进双手。

“是法监？”我小声说。

她点点头。

不。**不。**这不可能，不可能。不会在这儿。顿时天昏地旋，仿佛脚下的流沙拽着我，把我拖回另一个噩梦。

“她做了什么啊？”可拉又说。

我摇摇头。做什么也不值得遭受**这样的**处罚。我眨眨眼，眼里没有泪水，只是心里空落落的，因为我想到，只有一个人会做出这种事——阿斯特丽德·康纳。我的**外祖母**。一定是她。或者，难道是斯特拉？我不寒而栗，胃抽搐着。我要让她做点什么。我要让她搞定这事。

我留下来泡茶，帮忙整理客人制造的狼藉。我从可拉口中得知，法监离开后，她赶走了所有客人。店门口的桌子上，留着一堆没有吃完的午餐。我把它们全部扫进垃圾桶，把盘子放进洗碗机，把食物堆进冰箱。

最后，我走到门口犹豫着问她："我该走了。你一个人没事吗？"

她耸耸肩。"我明早还会起床的。谢谢你。"

在我走向大巴的路上，她的话一直在我耳边回响。如果她知道我外祖母是谁，她就不会感谢我了。

到了车站，大巴已经等在那里了。我爬上车。芬利，他在。我的心沉了下来。我得告诉他。大巴离开站台，我朝他的座位走去。

"芬利？"他抬起头，脸色惨白，两眼无神。他已经知道了。咖啡店的客人或是过路人一定已经告诉他了。

我什么也没说，在他旁边坐下，就好像我坐在他身边就能帮他的忙一样。

第十五章

我大步走向前台。已经过了下午茶时间，但还是有一堆女孩子在那里窃窃私语，她们同样面色苍白。消息传得真快啊。

“斯特拉呢?”我问。

其中一个女孩指了指她的办公室，但还不等我挪动脚步，门就开了。斯特拉出来了，朝大家点点头，就朝屋子另一头走去。

“等等。”我叫住她，她转过头。

“你知道麦蒂逊出了什么事吗?”我问道，所有的声音止住了。

斯特拉停下脚步，看着我，她的眼睛告诉我**不要说了**，但我拒绝回应。

“你知道的，对吧？法监今天来把她拖走了。真够奇怪的，阿斯特丽德——你的母亲——来访以后，就发生这种事。”

“够了，雨拉。”

“不，还没完。远远不止这些。你打算怎么办?”我身体的一部分意识到其他人现在都进来了，但大家都保持沉默，瞪大眼睛，吃惊地看着这一切，目光在我和斯特拉之间扫来扫去。

“我做不了什么。”

“但她是你的母亲。这难道没有说明什么吗?”

她什么也没说。

我摇摇头。我可以感觉到埃莉过来拉住我的胳膊，想把我拖回我的房间，我没有反抗。我的双脚挪动着，但走到门口，我站住了，回头看看斯特拉。她还是一动不动地站在那里，像一尊雕塑。

“不。我想这也真不能说明什么。”说完，我跟着埃莉走开了。

带她去塔楼！麦蒂逊那时边说边笑，她第一次带我去房间的场景还历历在目。

埃莉试图让我开口说点什么，但我还是把她打发走了，关上了门。我所有的朋友都不见了。抓抓不停地挠门想要进来，我连她也一并无视了。过了晚饭时间，我还呆在这里。没人来查房，她们知道我在哪儿，她们也知道我不想下去吃饭。她们真的知道吗?

所有人都**一言不发**。这难道不是最大的问题吗？出事时，如果我们都站出来——这个国家的所有人——说，**住手**！**够了**！那么悲剧就能被阻止吗?

我的想法越来越像艾登了。

那天晚上晚些时候，有人轻轻地敲门。接着门开了。斯特拉站在门口，看到我坐在床上，裹着毛毯，靠着墙。

“看来你还醒着。我想你可能会饿。”她一手端着一盘食物。

我摇摇头，两手抱臂。

她走进来，把盘子放在桌上，拉过一把椅子坐下。“你为什么对我这么恼怒?”

我的眼睛瞪大了。“还需要我列个清单吗?”

“声音小点。不管你怎么想，对于麦蒂逊，我真的做不了什么。她做得太过分了。”

“你从没喜欢过她。”

“不是这样。她虽然有时候挺难相处，但——”

"那你为什么不做点什么？你为什么不打电话给阿斯特丽德？她会听你的。"

"她不会。"

"看来，这就是你的逻辑？母亲从来不需要听子女的？"

"什么意思？"

我摇摇头。"现在已经不重要了。麦蒂逊的事更重要。阿斯特丽德需要听到你说她的所作所为是错的，然后把麦蒂逊还给我们！麦蒂逊老老实实地回答她的问题，把心里所想的都告诉她，她为什么还要把她带走？"

"太多真话不一定是好事。小心评价你的外祖母！"

"怎么——你在**替她说话**？"

"不是，不完全是，但是——"

"那又是什么？"

她叹口气。"她以为自己做的都是对的。她以为她在保护所有人，通过——"

"挑出坏苹果？什么鬼话。她就是个控制欲极强的操控狂。"

"小心你批判的对象和你说话的对象！"

我摇摇头。"你**确实**在为她说话。"

"她是我的母亲。"

"这理由还不够。人是赢得尊重的——即使母亲也一样。"

"露西！你欠她的。不要这么说她。"斯特拉看上去有些不安，好像四周墙上有耳朵。但是就算隔墙有耳，这次我也毫不在乎。

"你说什么？我欠她的？"

斯特拉不说话了。

"你和她没什么区别。"

"什么意思？"

"把你认为好的东西强加于我，甚至自己还没有弄清到底什么才对我好。”

她望着我，眼底泛起一丝警觉。

“是的，没错，我是弄明白了——你暗地里动了手脚，没错吧？你把我安排在**这里**试训。我说什么、做什么，最后还有什么分别吗？”

终于，在她眼里，我看到了肯定的答案。

“露西，听我说，我不过想保证你的安全。你会被发现的，如果——”

“如果你再叫我**露西**，再对我特殊对待引人注意，我确实是会被发现。要是爸爸在就不会这样了。绝对不会。”

她退缩了一下。“闭嘴！你不知道自己在说什么。你甚至不记得他！”

我不回答，她一定在我的眼里看到了答案，接着眼里突然充满了愤怒。“你记得。你记得他，却不记得我。”她的胳膊僵硬地抱在胸前，白色面颊上的红斑愈显凸起。

“或许我只记得一点。但如果你不告诉我所有事情，我怎么知道是不是自己弄错了？告诉我！”

“是他，全都是因为他！”

“他怎么了？”

“丹尼是反抗分子。都是他的错！是他把你带走的。他们要找十岁以下有艺术细胞的孩子做实验，正好你完全符合要求。是他把你拱手送给他们。”

我盯着她，呆若木鸡。克雷格医生和尼科总这么说：我是被送到他们手里的。被我父母送给他们的，他们知道在我身上的计划。爸爸真会这么做吗？在知情的情况下把我送给他们？我总是坚信这不过是他们众多谎言中的一个而已。但就因为我具有艺术细胞，我就成了目标吗？震惊中，我恍然记起尼科曾经暗示过的：艺术家大脑的神经线路与常人不同，更容易在其中做手脚。

但斯特拉怎么会知道这些呢？我从来没有告诉过她。她是从爸爸那里知道的吗？——这就说明她说的是实话？

不。不可能。“我不相信，”我说，“你怎么知道反抗组织想要什么，你怎么知道他们在做什么？”

“我母亲告诉我的；她费尽全力寻找你的下落！调查反抗组织，还有所有相关的事。”

我一下子松了口气，浑身肌肉都放松了。告诉她这些的不是爸爸；如果消息来源于阿斯特丽德，那么很有可能斯特拉说的这些都不是真的。但一种矛盾感一直在我心里呼喊，我又盯着她：“这说不通。如果阿斯特丽德费尽千方百计为你找我，那你为什么不告诉她我近在眼前呢？”

她张开口，但马上又闭上了。

“我懂了。你不信任她。那为什么你要相信她说的，是爸爸把我送给反抗组织的？他绝对不会对我这样！”

“他绝对不会对他的**女儿**这样。”

不。我拼命摇头，眼前又出现偷听她和阿斯特丽德对话的那一幕，阿斯特丽德说，**现在是告诉他真相的时候了吧？你该告诉他，他的宝贝女儿不是他的。**

“他不是我的父亲。”我轻声说出这话。我的内心仍然在否认，但话说出来却并不像是在提问。

“不是。他发现了。在这之后，他就把你送给反抗组织做实验。这是复仇。这是他做的最伤害我的一件事。”

“他不会这么做的。”

“抱歉，露西。”她脸上的愤怒消失了。“抱歉，我真不该跟你说这些。”

“我不相信！”我倒在床上，身体团成了一个球。斯特拉过来将手放在我的肩膀上。

“露西，对不起。”

“别管我！”我说，她抽出手。“我说真的。走开。”

她喃喃低语着她爱我，什么都无法改变她对我的爱之类。过了一会儿，她终于走了。门关上了，空荡荡的房间，只剩下我一个人。

这不是真的，不是。他不可能这么做。我的爸爸不会这样做。

但如果他发现我不是他的亲生女儿，他一定很生气——哪个男人听到这个消息会不生气呢？斯特拉一定玩弄了他的感情，而且不止一次两次。阿斯特丽德怎么说的？她不知道我是**谁的**女儿？我父亲是谁都有可能。虽然我内心在抗拒，这一想法还是让我充满了恐惧。爸爸真的会像她说的那样——发现我不是他亲生女儿然后把我送走了，然后像斯特拉说的那样，报复她？

不。我不相信。我也不会相信的。

斯特拉错了。这些一定是她胡编滥造的。她不过还想操控我，就像她母亲操控她一样。

啪，门在我们身后关上了，我们一下子陷入黑暗。爸爸拧开手电筒，把手电放在他下巴的位置。

“呜啊啊啊！”他故意吓我。

“安静啦！你不是鬼。我们是间谍。”

“噢耶。抱歉。”他又假装对我耳语。

我们摸着墙往前走，拐了个弯，模糊不清的对话声越来越清楚。

“我还是觉得我们应该扮鬼怪，然后穿过壁炉去吓他们。”爸爸小声道。

我摇摇头，弯下腰仔细听，爸爸在我旁边。

但是，我听到的内容不大对。不可能，那些话讲不通啊。砰的一声，爸爸手上的手电筒掉在了地上。我抬头看。“爸爸？”

他颤抖着站直了身子。手电的光照着相反的方向，但是阴暗中，我仍可以看到他的脸，那张脸已经不是从前他注视我时的样子了。

“爸爸?”我又叫他。

他的目光终于再次回到我身上。“回你的房间，露西。快去!”

他不再是悄无声息的间谍。他朝门口跑去，很快就到了墙的那一边，和妈妈还有外婆在一起。他们的声音太大，透过壁炉即使想不听都不行。

第十六章

“你还好吗?”我第二天一早冲进学校时，梅德韦夫人问我。早饭时，我避免和斯特拉说任何话，我还没有从昨天她跟我说的话中回过神来。还有接下来的那个梦。我的父亲——他知道。我无意中听到那些话的时候，他也在场。难道内心什么东西压抑了他在场的记忆吗？我不想知道。我不想看到他听到这个消息时脸上的表情。

难道斯特拉没有说错?

“你脸色苍白。”梅德韦夫人把手放在我额上。

“真的，我没事。”

她凑近我。“咖啡屋的麦蒂逊是你的朋友吧?”

我一惊，有些内疚。自斯特拉昨晚来过后，我就差不多把她忘了。晚上的噩梦使我惊醒，之后我一直盯着墙壁整夜无法再入眠。

梅德韦夫人误解了。“这镇子很小，消息传得很快。今天把你排到行政部怎么样？有一堆文件。如果你想在角落里小憩一下，也是可以的。”

于是，我就被安排到后面一个上了锁的办公室里。屋里是一排排橱柜，上面按照年份以及学生名字的首字母顺序排列，另外还有一篮篮文件堆在一旁。她跟我解释了一下系统，我正惊奇这里全是手写的记录而不是电脑文件，她伸出一只手放在鼻翼上，眨眨眼道："纸质文件不用担心黑客入侵。"

然后她就走开了。我匆忙翻了翻第一个篮子里的文件：流感请假证明。预约安排。文件记录。成绩单。我从最上层格子开始，找到文件，塞进去，很高兴可以做些不用脑子的事情。但过了一会儿我就放下篮子。最近一年的文件放在最上层；那么之前的文件呢？我仔细回想。橱柜标号是按照年代顺序排列的——一直可以追溯到三十年前，学校改名重新开放的时候。

而我在校的时间也包括在内——放我个人信息的橱柜也在这儿。我朝门口望望：门关着，锁住了，四周静悄悄。我最后在学校的时间是 2047—2048 年。我找到 2047—2048 的柜子，把标有 A 到 H 的抽屉拉开来，搜索露西·康纳，可是一无所获。

等一下。阿斯特丽德，我的外祖母，也姓康纳——康纳是斯特拉的名字。当时，在我父母闹翻之前，我会不会还是随爸爸的姓呢？他的名字是？我想到了丹尼，还有丹尼尔。我身体前倾，闭上眼睛，将额头靠在冰冷的金属架上，期望它能透露一些秘密。我试图让自己的思绪自由飘荡，可还是一无所获。我有些沮丧，从 A 开始，一个一个翻过去，可是发现这样下去要花很长很长时间。

我只好继续埋头整理手头的文件，一个上午就这样过去了。午饭时，我不想回员工休息室，就到校园操场上闲逛。

操场四面都是封闭的，被高高的围栏围起来，十岁的孩子不用梯子是翻不过去的。仅有的几扇门上还带有按键锁——大门紧闭，出入需要密码，我十分确信学生肯定不知道密码。

天气萧瑟，地上还有雪，一群群孩子在外面堆雪人、打雪仗。一个雪球嗖嗖地冲我的脑袋飞来，我躲闪不及，被砸个正着。一个老师走过来，冲孩子们吼了几声。我掸掉头发上的雪，那老师过来问我："没事吧？"

“没事。”我回答道，靠在门上。

“你是新来的学徒吧?”

“正在接受做学徒的试训呢。”我说。

“还喜欢吗?”

“非常喜欢。”我凑近她。“若非我解释，你肯定不知道我为什么来这儿吧。大家可以在操场散步吗?”

她摇摇头。“有监控探头。”她边说边指指探头的位置：门口，教学楼，树上。“保安可以随时随地了解你所在的位置，即使我不知道，他们也知道。而且大门一直是锁着的。”

“安保一直都这么严格?”

她耸耸肩。“梅德韦夫人疯狂热衷于安保措施。”她四处张望一下；学生和她保持着一定距离，听不到她的话，但她还是尽可能地压低声音。“自从一个女生在学校失踪以后，才变成这样。那大概是六七年前的事了。”

“哦。我好像听说过。她叫什么来着?”我试着让自己的语调听上去轻松、自然，虽然早已按捺不住内心的激动。我迫切想知道**我的名字**。

“叫路易斯还是什么的?没错。路易斯·霍华德，我记得是这个。”这时，操场那头又传来打闹声；一个雪人被推倒了。她赶紧冲过去。

那天下午，我回到文件整理室。路易斯接近露西。我以前是叫露西·霍华德吗?

可是，我既没有找到露西·霍华德，也没有找到路易斯·霍华德。她记错了名字。兴许连姓氏她也记错了。

我继续翻H打头的文件，终于出现了我要找的文件，在这里。我看到名字轻声念出：**露西·豪沃思**，刚读出来，我立刻知道就是它。我的手有些颤抖。我真的开始记起一些事，一点又一点：虽然可能都是小事，但是已经比我想象的要多了。难道记忆向砖墙一样？抽出墙底的一块砖，其他的必然会随之坍塌。

我抽出档案。厚厚的一沓文件。难道我那时经常逃学捣蛋？不知怎地，感觉不是这样。那样的话，斯特拉会崩溃的。

文件封面是我的注册信息：父母：斯特拉和丹尼尔·豪沃思——间谍丹尼——还有联系方式。里面是常规的文件，和我上午整理的那些差不多。老师的报告，几张请假条，不多，看来我不常生病。还有，我那个时候就是个艺术家了：校内外的奖状，甚至在郡里得过大奖。如果反抗组织要找少儿艺术家，肯定很容易就盯上我，有没有我家人的帮助都一样。我心里紧紧抓住这个想法。

档案中最后一个单独的文件夹：失踪报告。第一张是下午课堂的缺席报告，接下来是手写记录，再往后是书面记录：学校通知我的母亲，接着上报到当局。确认上午出席，下午失踪。学校保安没有一个人看到我离开，我的失踪成了一个谜。文件记录就这样仓促收尾。露西不见了。她怎么了？我怎么了？他们都不知道。一切悬而未决。

我把文档重新收好，塞回橱柜原来的位置，然后接着整理没完没了的文件。

我除了注意手上文件的首字母、将文件按顺序塞进橱柜，其他一概不用脑子。

时间一分一秒地过去。

我会去哪里呢？

好吧，可能当时门并未上锁，或许也没有监控探头，但很难相信会有人在学校抓住我且在我奋力反抗的时候谁也没有看见。但如果带我走的人是我想跟他一起走的人呢？

譬如，爸爸。

那天晚上，我做了尝试。尝试向斯特拉解释为什么我不相信是爸爸把我送给反抗组织的。我告诉她，爸爸扮成反抗分子的警卫，我被关起来了，他晚上偷偷把我带出房间。我们跑到沙滩上，想要乘船逃走。但我被绊倒。他们抓住我们。尼科，手里拿着枪。爸爸站在沙堆里，让我闭上眼睛，永远不要忘记自己是谁。但我却无法移开目光。他死的时候眼睛一直看着我。亲眼目睹爸爸的死最终达到了尼科和反抗组织的目的——我实在无法承受这一切，于是人格分裂了。那段记忆被尘封起来。我的人格分裂就是他们的最终目的——当我被擦除记忆时，部分记忆遗留了下来，等待适当的时机被触发，好让我再次想起一些事，最终全心全意为反抗分子效力。

斯特拉哭了。抽噎着。她不知道爸爸怎么死的，甚至不知道他已经死了。她只知道爸爸走了，再也没有回来。

她不知道都是我的错，是我害死他的。

然而，虽然她哭得很伤心，但是我还是看得出，她仍然坚信最初就是他把我从她身边带走的。

我像间谍一样，小心翼翼地穿过学校的操场，盯着在操场上值勤的老师，等她注意力分散。一些男生在远处推推搡搡；推搡了一阵就打了起来。声音越来越大，吸引了大家的注意，老师终于看到了，匆忙跑过去。

我抑制住内心的紧张，拉开大门门把，溜了出去。咣，一声巨响，门在我后面关上了。逃出来了！我撒腿跑在大马路上，同时四处张望，防备突然有人冒出来，把我拎回学校。绝对不能被抓住。

我的手仍揣在兜里，紧紧攥着早上枕头下发现的纸条。爸爸已经好几天不见踪影了，自从他……我不愿再想那天的事，那天，我的生日，外婆说的话。爸爸妈妈那天晚上吵到很晚。等我醒来，旁边只剩下他空荡荡的位置。

但现在好了，一定是的。我掏出纸条，又读了一遍，自昨天以来，我已经读了千万遍了。

亲爱的露西，我正在执行一项机密任务，现在需要你的帮助！明天午饭时，去大山的孩子那里，等候更多指示。不要告诉任何人。

爱你的，爸爸

看啊，签名是“爱你的，爸爸”。他很快就会告诉我，这不过是一次可怕的失误，然后一切都会变好的。

我的脚底像插上了翅膀，跑过更为安静的更不易被发现的街道，上了一条山路，开始爬山，但是脚步丝毫不见放慢。我不想错过他。不想让他以为我不来了。

推开大门，进了石圈——不见他的踪影。或许他躲在一块石头后面？我冲到石圈开始的地方，大声地开始数数，边走边数，走过每块石头时，都期待他会从后面蹦出来，给我一个惊喜。

等我数到十四的时候，听到另一头传来车的声音。石圈另一个门口有辆车停了下来。

过了一会儿，门开了，但来人不是爸爸。一个男人，我不认识的男人，从那头向我走来。我无视他，继续数石头，但心里隐隐不安。爸爸，快别躲了，出来吧。快出来啊！

但那人并没有径直走过来，他站在石圈中间，观察了一会儿，然后四面张望。

“你是特工露西吗？”

我停下脚步。只有爸爸会这么叫我。“你是谁？”

“我是特工克雷格。我从特工豪沃思那里给你带来新指令。”

哦。我盯着他。爸爸是豪沃思特工！但他从来没有带别人加入过我们的游戏。他一定是真的特工！

我向他敬礼。“请讲。”

“露西·豪沃思特工命令你陪同克雷格特工——就是我，”他挤挤眼，“一起转移。我将带你到豪沃思特工那里了解全部行动任务。”

于是，我跟他一起朝停车场走去，但是走了几步又犹豫了。克雷格特工走在我后面，步伐更慢，我回头看。他的眼睛警觉地注视着石头，大山，还有我。

走到车旁，我停下来。“爸爸呢?”

他拉开车门。“上车吧，露西特工。等下你就明白了。”他面露微笑。但是我的双脚像粘在地上一样，我突然想起学校里梅德韦夫人叮嘱过，不要跟不认识的陌生人走。但我认识爸爸，他是要带我去见爸爸。所以没关系的，是吧?

他点点头，仿佛听到了我脑中的声音。“没事的，露西。我们会直接带你去见你父亲。他很想亲自来见你，但是他被人盯梢。所以他前几天一直藏着。”

如果他知道爸爸躲了起来，那他说的一定是真的了。我爬进车子；他关上门。他上车后，车门啪一声锁上了。车子行进之中，透过车窗我回头看到那些大石头向后退去，我努力抑制着内心的慌张——恐怕我再也见不到它们了。

第十七章

美术老师办公室，所有的绘画作品在我们面前一一摊开来。美术老师笑道：“现在是最难抉择的时刻。你怎么看？”

我试着集中精神，昨晚我根本没睡好。太多痛苦的记忆。有时候，我宁愿这些记忆都埋葬起来，现在就好像身上满是创口，暴露在所有人面前，淌着血，却不敢相信竟然没有人看见伤口。难道真是爸爸干的？留下纸条设下陷阱？字条难道真是他写的？或者因为我找到纸条的地点和纸条上的内容，我误以为是他写的？

“雨拉？”

未来的小艺术家们还在等着我呢。

我努力把自己拉回现实。

“还真是左右为难啊，但我觉得这几张更出彩。”我指着五张铅笔画说道。

美术老师也找出了她最钟意的几张，比较了一番，最终确定了前三名。我们回到嘈杂的教室，这班四年级学生安静了下来。她举起入选的三幅画，但也很小心地表扬了其他学生。有人高兴，有人失望。我也曾这样吗？我从前会在意是否得奖吗？

她指着还挂在墙上的去年的冠军作品，我发现这些作品沿着墙排开，绕整个教室一圈。历年校冠军，来自不同年级。

过了一会儿，大家都收拾书包准备去吃饭，我走到作品前一幅幅看过去。

当转到一幅风景画面前时，我停下脚步，惊呆了：大山的孩子。卡塞里格石圈的灰色石块被细致入微地刻画在纸上，再加上一些不太为人注意的细节，真是惟妙惟肖——那些石块仿佛在舞动着身段。后面的大山上雕琢着隐约可见的脸，正朝着下面的石块微笑。乍一看，不过是静态的风物；再仔细瞧，静中藏动，物中有灵。在画的一角，写着小小的名字：露西。

隐隐约约中，我感到旁边有人走过来，但我却无法从画中抽离出来。我仿佛身在另一个地方，手拿铅笔，脸藏在石块的纹理和阴影中。

“很棒吧?”有声音在我耳边说，我没有回应。“看到了吗?”美术老师点出这画的奥秘。

我禁不住问：“这个女孩，这个露西，后来怎么样了?她成为艺术家了吗?”

“我也不知道。她走了。”美术老师说完，就匆匆走开了。

她走了，还是被抢走了?她自己爬进了那辆车，完全自愿。

那天晚些时候，我实在忍不住，沿着小路朝卡塞里格石圈跑去。现在我大概理解那天来这里时的心情了。恐惧，给我在此地的回忆留下了阴影。

那事发生以前，这里，是属于我们的特别的地方——我和爸爸的。我可以看到画中跳舞的石头散发的魔力，远处，大山的笑脸在午后阳光下隐约可见。我像几天前那样，开始数石头，但中间却被思绪扰乱无法继续。当我数到十四时，一阵战栗爬上我的脊柱。我几乎就在心里等着停车的声音响起，等着抬起头看到克雷格医生朝我走来。不管那天他假扮成什么人，他还是他——那个反抗组织的内部医生，那个故意造成我人格分裂的人。

这一切，不仅仅是一场梦。大脑中的砖头正被抽出，一次一块：那天，我记得。那张纸条也是真的，但真是爸爸写的吗？

我的脑袋昏昏沉沉的，但是思路却愈加明了。真的像几天前斯特拉说的那样吗？我小时候是左撇子。虽然我之后被硬改成右手做事，接着又被擦除记忆。另一部分记忆，隐藏了起来，紧紧地扭在一起，但如今，这些记忆正一点点松开缠绕——那是从前和他们在一起的记忆。

我以为是因为我亲眼目睹尼科杀害父亲才最终导致我人格分裂，但或许其实那不过是最后一击而已。或许这一切都始于爸爸，始于他某一天突然发现我不是他的亲生孩子，他再也不想要我的时候。

或者，不过是尼科和克雷格医生希望我这么想？

不管事实到底怎样，现在有一件事我已经明确了：斯特拉和他们没有任何干系。她被发现的秘密可能是导火索，但她从来没有想放弃我。除了想紧紧地、不顾一切地抓住我，她什么也没有做。

光线渐暗，我跑回去赶大巴。等我到了候车点，大巴已经要开了。我招招手，司机停下车，我爬上去。

芬利也在，坐在从前和麦蒂逊相邻的老位置。这时我心底涌起一阵自责——我忙着想自己的事，已经把麦蒂逊忘记了，我也没有注意到前几天没有在车上看到芬利。不管我现在感受如何，我正在经历的都是陈年旧事，而芬利的痛苦却近在眼前。

我隔着走道坐在他旁边，想用目光和他交流，但是他目光低垂。我觉得他甚至没有意识到我的存在。突然，他草草扫了我一眼。“嗨，是特矮个儿啊。”他开口了。

“嗨。”我回应。我很想问他情况如何，但这似乎又很蠢，不是吗？他当然不好。于是，我试着用目光关怀他。过了一会儿，他点点头，又垂下了眼睛。

他知道斯特拉的母亲是谁吗，他知道她对于麦蒂逊的消失负有相应责任吗？他要是知道又怎样？或许如果斯特拉看到他的痛苦，就会插手麦蒂逊的事。或许她会让阿斯特丽德把麦蒂逊带回来。

但想到我自己失踪的情况，我也不能坐视不管。他们找到我就花了这么久。觅踪——我们要把麦蒂逊放到觅踪网站上。虽然可能机会渺茫，但也许可以找到她。

我盯着他，用脚轻轻碰碰他的脚。“芬利？我们得谈谈。”我小声吐出这句话。他抬起头，眼里透出一丝希望的光，但当我微微摇头，那光又迅速消失了。我要是知道她在哪儿就好了。

“明天——坐早上七点的大巴。”他轻轻回答。

我点点头。

那天晚上，我忙着画麦蒂逊的画像。我为什么没有趁还来得及的时候用相机拍下她的照片呢？

要想把她放在觅踪网站上，必须和艾登联系。怎么联系呢？他告诉过我怎样联系这里的一个认识他的人——在社区公告板上留加密口信，之后他们会联系我。

这是紧急情况时才用的。现在算紧急情况吗？

算。

让麦蒂逊照着规矩做很容易，但她眼里的悖逆让她与众不同。难道这是阿斯特丽德坚决要遏制的？

就快要画完了，这时门口传来轻微的敲门声，我赶紧把画塞到床下。斯特拉朝门里望望，有些犹豫。我点点头，她进门走过来。

“昨晚，很抱歉。”她说。

“我也是。不过今晚我们可以不说这些吗？”我说，“我现在还无法接受。”

“当然，”她说道，脸上的神情放松下来。“我有个主意：今晚我们做点有意思的事。”

“做什么？”

她微微一笑，亮出一把钥匙。“譬如这样！”她走到另一个上了锁的橱柜前，转动钥匙。回头看我，“过来呀。”

我下了床，走到屋子那头。她打开柜门，橱柜里面是几块隔板，每块搁板上都放着明晃晃的包装纸裹好的东西。

我看看她，迷惑不解。

“都是给你的：你的生日礼物。”

“真的？”

“嗯。我们不在一起的时候，每年一个。因为我从来没有放弃过，露西。从来没有。每到十一月三日，我都会摆进来一个新的。”她摸摸我的脸颊。“我一直相信，总有一天，你会回到我身边。”她努力地眨着眼。“这边，帮我拿一下。”她往我怀里塞满礼物，大大小小的都有，最后一个留给自己拿。我们把礼物摊开在床上。

“拆吧。”她说。

“我可以拆开礼物？”

“当然。都是给你的，不是吗？虽然有些现在可能已经不合适了。从头开始看吧。”她说着，递给我一件写满“11”的纸包裹的礼物。“你的照相机呢？我想给你拍生日照片！”

我笑着摇头。“要是被发现了，你如何解释？”

她的笑容凝固了。“没错。你说得对。太危险了。”

“不是的，这是个好主意。或许，明年再拍？但我的生日不是在十一月。”

她一动不动。“你说什么？”

“我现在的生日是九月！作为雨拉，根据假身份证上的信息，我九月十七日已经满十八岁了。”

“哦。当然。”她笑了，紧张不安的心态消失无踪。“相机你用了吗?”

“还没有。抱歉。我明天带上。”

我们开始拆礼物。很快我就埋在一堆礼物包装纸和各样礼物中：十一岁的、十二岁的、十三岁的、十四岁、十五岁、直到十六岁，各式各样的衣服，现在对我来说基本都太小了；各样美术用品。一个品质上乘的皮革文件箱。

“最后一个。”她递过一个包裹，十七岁生日礼物。

我小心翼翼地将包装纸拆开。里面是件漂亮的淡绿色套头衫，用柔软的纱线织成。“真好看。”我说。

“是吗?你真喜欢?”

作为回答，我站起来，把衣服套在睡衣外面，紧紧地抱住，说：“正好。”

她摘下我的眼镜。“正配你的绿眼睛。我织的，晚上熬夜织的。”

“谢谢。”我重新戴上眼镜。“不过和我的绿眼睛相配，可得保密哦。”

“当然。”她收起包装纸，塞进一个包里。“我会把它们都烧掉。”她说道，很实际的想法。

“对不起。”

“对不起什么?”

“所有这些关于我的秘密，对你来说，很艰难，是吧?”

“只要能让你回来。”一丝神情划过脸庞。她又开始说了，不过我立刻打断。

“今天晚上什么也不说，记得吗?”

“好。改天再说。快睡吧。”

她帮我把礼物藏到橱柜里。我留下了绘画工具，还有一些可以穿得下的衣服。她往门口走去，然后又回过头来说：“有一件事，我还是得说。你之前说得没错。我不该干涉你的学徒试训。我会让他们公正地安排你的位置，好吗？”

说完，她就走了。

好了。我盯着她刚刚离开的门。她是认真的吗？时间会说明一切。

我拿出即将完成的麦蒂逊的画像，涂上最后几笔，然后把它塞进我的大衣口袋。

我心里躁动不安，虽然夜已深，但毫无睡意。我打开另一个橱柜，拿出相册。每个相册都以生日照片开始，我又看了一遍生日相片：礼物，蛋糕，微笑。当然，除了第一本相册。实际上，第一个生日应该是在出生的时候，不是吗？而且应该有个上面插着大大的“0”的蛋糕。然而，放在第一本相册首页的并不是生日照，而是我咧嘴拿玩具的照片，在地上爬的照片，还有相当尴尬的沐浴的照片。

我把它们收好，关了灯，闭上眼，抱着软软的绿羊毛衣服——我仍把它套在睡衣外面，没有脱下来。在梦到爸爸和字条、勾起一些记忆之后，至少现在我感到很温暖，感到有人需要我。或许斯特拉一人就足够了。一个爱我、从不会放弃我的亲人，就足够了。

她每年精心准备的礼物，都是我知道自己以前喜欢、现在仍然喜欢的东西。她把它们用心包裹、锁进橱柜，全是为了一个可能永远也见不到的女儿。太可悲了，让人难以承受，就算我现在回来了也一样。

第十八章

第二天清晨很快就到了。芬利按计划出现在早上七点的大巴上。我冲他点点头，就在前排位置上安静地坐下来。

下车后，我一言不发朝可拉咖啡屋后门走去。芬利跟在后面，我走到门口时，他赶上了我。我敲敲门。这回，门是锁着的，但很快门就开了。

可拉看到是我们，脸上闪过一丝希望，可是那神情稍纵即逝。“快进来!”她说完，走到门口向后面的马路张望，然后关起门，上了锁。

“有消息吗?”她看看我，又看看芬利。芬利转向我，她也望着我。

我摇摇头。“抱歉，没有消息。但是我们可能可以做点什么。你们有没有听说过觅踪——寻觅失踪者组织?”他们摇摇头。“这是绝对的机密。觅踪有一个网站，上面可以发布寻人启事；他们还有相应的组织机构，寻找失踪者，找到他们失踪的原因。”

“麦蒂逊的失踪不可能是因为什么好事。”可拉说。

芬利面部肌肉抽搐了一下，摇摇头。“还是知道为好，”他说。“那我们该怎么做呢?”

“我们需要一张麦蒂逊的照片，要近期的。但我没有，我就画了一张。”我拿出昨晚画的画像。

“那挺好，但我有照片。”可拉说。她推开椅子，走进旁边的屋子。

芬利伸出一只手，用手指抚过画中麦蒂逊的面庞。

“真希望——”他突然不说了。

“什么?”

他摇摇头。“真希望我已经告诉她，我心里对她的感觉。”

“我想她知道。”我说道，虽然我也不大确定她是否真的知道。他们才刚刚开始，不是吗?她那时候能知道现在显而易见的事实吗?他当时已经很爱她。他**现在也**很爱她，我纠正自己。

可拉回来了，手里拿着几张照片。我们从中选出一张使用。可拉看到芬利眼中的渴望，于是也给了芬利一张。“如果你想要的话，画像你也拿去吧。”我说道。于是芬利把画像也塞进包里。

“下面要做什么?”可拉问。

“交给我吧。”我说。

接着我让他们保证不泄密给任何人。离开的时候，我在想自己为什么要做这些。并不是指把麦蒂逊放在觅踪网上一事，而是指让他们参与其中。这是个冒险，巨大的冒险，但这也是唯一可能给他们希望的方法。

这也是艾登正在做的，正努力为之奔走的。**加入我们**，他会这么说。看来我也已经说了。

我仍然不抱希望地早早来到学校，出去走走，找艾登说过的那个社区公告板。公告板果然如艾凳所说，在娱乐中心旁的一个小巷里。视线范围内看不到人，我把纸条钉上去：**寻找象棋棋友，请联系安妮塔转交。**

现在我能做的就是，等。

回学校的路上，我拍了一些照片：太阳初升时的凯西克。前一秒钟太阳还躲在山后，后一秒似乎就突然钻出来，点亮了大山。几束明媚的晨光一扫黑夜的阴霾，带来晴朗的天空。

我走到学校时，家长们正将孩子送进学校大门。一个老师站在另一边谨慎地目送孩子一个接一个走向操场。

一个女人这时从另一条路走来，带着两个男孩，怀里还抱着一个婴儿。其中一个男孩突然绊倒了，嚎啕大哭起来。她把婴儿换到另一只胳膊上，试着弯下腰拉他起来。

“我能帮忙吗？”我笑了，逗那个男孩站起来，然后他和他的兄弟一起走过大门。

“谢谢，”母亲说。“你是新来的吗？”

“我正在接受试训，做学徒教师。”

“那你可能某天会成为这个小家伙的老师哦。”她笑着看看怀里的婴儿，脸上满是温柔爱意。他？还是她？我看不出来；裹得严严实实，真是个小不点儿，头上戴着我见过的最小的帽子，脸蛋儿粉嫩粉嫩的，正呼呼地睡着。

“难说啊，”我说，“有可能吧。”

另一个老师走过来爱怜地跟婴儿说话。“她多大了？”

“将近四周了。”母亲回答。

他们在那里聊开来，我走进校门。我真是太不了解婴儿了。她**这么**小。有四周大了？我皱皱眉头。在我的第一本相册里，我的脸胖嘟嘟的，满地爬，玩玩具。那时我有多大？可能斯特拉还有一本相册藏在什么地方。她可是个拍照狂。很难相信我特别特别小的时候，她不给我拍照。肯定是这样。

那天心里总是有事骚扰着我，就像嘴里有颗牙齿隐隐作痛，本该由它去，但还是禁不住用舌头不停地倒腾，舔啊顶啊，直到牙齿松动为止。今天我不再去听美术课，而被安排到二年级的课堂，全程跟堂，但我心不在焉，老师不得不将指令重复多次告诉我，甚至比对学生重复的次数还要多。她一定以为我是个傻子。

他们午饭后有阅读课，其中有个女孩子过七岁生日，她有机会选择下一个要读的故事。老师开始读她选的故事：这是一本放在最底层的破烂不堪的旧书，讲的是一群拯救小动物的公主。我又走神了，目不转睛地盯着绑在她椅背上不断飘动的生日气球。

自我成为雨拉之后，我的生日就变为九月十七日了。斯特拉对待生日的态度很有意思，生日对她来说是一件大事。当我提到我的生日再也不是十一月时，她真的好像很紧张慌乱。

那天晚上吃饭的时候，我的脑中蹦出一个又一个想法。我对周围发生了什么漠不关心。我什么时候才能联系上艾登的联络人？那个联络人可能是任何人，甚至可能是此时此刻饭桌上的某个人。想到这儿，我咧嘴笑了——阿斯特丽德恐怕不喜欢这样。不管怎样，我确信她严密监控着这个地方。我瞥了一眼周围喋喋不休的女孩，还有坐在桌子另一头的斯特拉。她今天看上去有些不同。她冲我扫了一眼，眼神有些古怪，好像她看出我心里在想什么，但我甚至不知道到底哪里不对。她怎么知道？**母亲的直觉**，一个声音在我心里说，我赶紧赶跑它。什么胡话。

斯特拉的帮手斯蒂芬将所有菜端上桌后，和我们坐在一起。我注意到，她和我一样安静；吃着饭，而且和我一样，观察着周围的人。

我无法赶走内心深处的不安，也想不明白到底是什么原因。但不知怎地，刨去所有其他事，我总觉得和今天的小婴儿、还有那些相册有关。失踪的那些最早的照片。其他所有的都在。或许找不到的那些正由斯特拉自己保管着。

我现在才注意到斯特拉身上哪一点让我有隐隐的不安。她的头发颜色更深了；虽然并不是大面积的变化，但是发根的深色已经不见了，颜色渐变，整体看上去暗了一些。她去做了头发。我在心里皱眉：真的跟她第一次见到我把金发变为深发时说的一样。我猜她肯定要每次把头发染深一点，最后让我俩头发颜色相配。

她为什么这么执着于和我配搭？难道这只是她粘人品性的一部分吗？

什么东西在我胃里翻腾着。**等等；想想看**。这其中有太多奇怪之处。斯特拉多年前把头发染成和我一样的颜色，好像是在宣告，我们属于彼此；现在她又想这么做。还有，她对我改变生日的反应相当奇怪。另外，没有我刚出生时的照片。

晚餐味同嚼蜡。我放下叉子。

“你还好吗，雨拉？”埃莉问，我可以感觉到其他人的目光都落在我身上，但我一言不发。

生日。莱桑德医生曾告诉过我，细胞检测结果表明我被擦除记忆时还不满十六岁，但如果我的生日在十一月的话，那我已经过了十六岁。她还说过，我的真实身份不详：DNA测试无法鉴别。她说话时眼神中带着疑问。她并没有撒谎，只是她不敢相信。不敢相信竟然没有人知道我是谁。她说过……不。她说我可能是在某种不同寻常的地方出生的？

“雨拉？”我又听到有人叫我，但这次声音很遥远。

那天阿斯特丽德说了什么？到底说的什么？我闭上眼睛，想回到过去，我开始旋转。好像身处另一个地方。幽暗的长廊，猫腰蜷在角落。玩游戏，最后却出了问题，我想要听清她说的每个词……

现在是告诉他真相的时候了吧？你该告诉他，他的宝贝女儿不是他的；你甚至不知道她是谁的孩子。

眼前全黑了。

第十九章

很快，周围环境变被冰冷的地板和吵吵嚷嚷的声音。

“露——雨拉。”斯特拉的声音。

我睁开眼，她正抱着我，捧着我的头。

我盯着她。“我是谁?”

“她一定是撞着头了。”斯特拉说道，她的眼里传递着警觉的讯号。

斯蒂芬也在。她拿着我的眼镜。她一定发觉了我的眼睛实际上是绿色的。眼镜掩盖了我的真实身份。

我到底是谁? **你甚至不知道她是谁的孩子。**

斯特拉扶我起来。“我扶你回房。”她说。我们一起走过房间。

“等一下，”斯蒂芬说，“我修好了。刚刚镜片掉出来了。”她拿着眼镜，我伸手接过，重新戴上。斯蒂芬看看斯特拉，又看看我，一副若有所思的样子。

埃莉快步走在前面，先为我们拉开门。我想挣脱斯特拉的手，自己走，但脑袋还是昏昏沉沉的，而且真的很痛。我倒下的时候——晕倒的时候——真的撞了脑袋吗?

斯特拉扶我上床；埃莉站在我俩中间，不知所措。

“没事了，埃莉。你可以走了。”斯特拉说。埃莉犹犹豫豫地看看我和斯特拉，还是走开了，走的时候带上了门。门啪一声关上了。

斯特拉凝视着我，眼里露出类似恐惧的神情。

“你不是我的母亲。”我说，像是陈述，而非疑问。

斯特拉眼神闪烁了一下，望着别处。“别瞎说。”

“听我说。法监在给我做记忆擦除手术时给我做过细胞检测。我年龄不满十六岁，但那时我已经过了所谓的十一月的十六岁生日。”

“但是检测也可能有错误——”

“那天我跟你说我生日不在十一月的时候，你差点跳起来。而且相册里没有我襁褓时的照片。还有那天，我的十岁生日，我听到你和阿斯特丽德——”

“你记得那个?”她瞪大了双眼。

“阿斯特丽德说你甚至不知道我是**谁的**孩子。我原以为那句话的意思是爸爸不是我的父亲，但我只对了一半，是吗？你也不是我的母亲。承认吧!”

她面无血色，用绝望的眼神望着我。“在各个方面，我都算是你的母亲。我永远爱你，露西。”

“不！在一方面不能算。告诉我真相。现在就告诉我!”

“你该休息了。你可能撞出了脑震荡。”

“我没有。告诉我，我是怎么来的！我有权知道。”

斯特拉浑身颤抖，面露绝望。“我是你的母亲。我就是。”她哽咽着，强忍住眼泪，同时，也在掩饰着另外的东西——真相。

我的一部分很想去安慰她，想拉住她的手，但是，不。她必须面对这些。到底是什么深埋在她内心深处，让她甚至不敢说出来？

“如果你不告诉我真相，我们俩之间就没什么好谈的了。”我说完，就转过头去，看着墙。

时间一分一秒过去了。过了好几分钟，或是更久？一只手落在我肩膀上，然后又移开了。

“好吧，”她终于开口了，声音沉重。“我告诉你。这是个伤心的故事。”

我转向她，坐起来。“我听着。”

她开始什么也没说，想让自己打起精神来，接着点点头。“好。你爸爸和我很想要孩子。不顾一切地想要。但每次我一怀上，就会流产。有时是怀孕几个月的时候，有时更久。我也不知道为什么；医生也查不出原因。接着，最后一次我终于又怀上了。但这次，我谁也没有告诉，即便是你爸爸。他离开了一阵子，我们那时关系不好。”她停下来，咬着嘴唇。

“然后呢？”

“我和我的母亲同住。”她说这话的时候，蕴含着别的意思，但我并没有打断她。“我的宝贝早产了——我的可爱的、漂亮的女儿。我只和露西享受了几天美好时光，不过几天功夫，她就死了。”斯特拉的声音哽咽了，我不知道说什么好。

她转向我，拉住我的手。“接着，母亲，过了几个月，把你带给我。你完美无缺。你也是我的。我一直爱你啊，露西。这就是你成为我女儿的过程。你还不明白吗？”

“等等。你说阿斯特丽德用一个婴儿替换了你夭折的那个孩子？那婴儿是从哪里来的？”

“我真的不知道。我猜是从孤儿院抱来的。她作为未管部部长，也管孤儿院。但我没有问。我不希望她把你从我身边带走。”

“我来的时候已经是几个月之后了？难道没有人注意到你有了孩子，然后又没了，接着又有了？那爸爸呢？”

“我告诉过你。我……不在家。我待在母亲那里。那时，我和你爸爸已经很久不见面了。后来他终于回来了，看到你，以为你是我们的孩子。我们又和好了。我没有告诉他真相。”

我冲她摇头。“你怎么能对他说谎呢?”

“我是被逼的。母亲威胁说如果我泄密，她就把你带走。但过了好多年，她又拿这个威胁我，之后那天你和丹尼听到我们的对话——”

“走漏了消息。”

“没错。他没办法接受，就走掉了。那之后又过了几天，你失踪了。母亲调查出你被反抗组织带走了。他把你交给了他们。我知道你不愿意相信。母亲试过很多次想把你弄回来，但是找不到你被藏匿的具体地点。”

“你说，你一直把我当亲生女儿一样永远爱我。为什么爸爸不会呢?好吧，他很震惊，需要恢复，但是我还是我。我还是那个他一直认识了解的女儿。”我摇摇头。

“可能你是对的。可能他和发生在你身上的所有事无关。”她说这话的时候感觉很艰难，脸上的神情有些勉强。这么多年，她都在责备他，现在让她接受他是清白的，是很困难的。“那现在这还重要吗?”

“对我来说重要。”但接着，我摇摇头，我的眼里噙满泪水。

“让你一下子接受这些，确实有些过分。对不起，你不知道。我——”

“不完全是这样。我觉得我记得当天发生的事。我失踪那天发生的事。”

她一动不动，安静下来。

“爸爸给我留了纸条，放在枕头下，让我去卡塞里格碰头。另外一个人——反抗组织的人——他说爸爸派他来接我。但当我到了他们说的地方，爸爸却不在。之后的两年我都没有见过他，直到他来救我。”

她的脸色变得很难看，愤怒写在脸上。

“不，等等。”我说道。“这并不是说一定是他写的纸条。可能是他们伪造的呢。”

“但是，如果他不告诉他们，他们怎么可能拿到放在你枕头下面的纸条，还有他们怎么会知道卡塞里格是你和爸爸常去的地方?”

我耸耸肩。“我也不知道。我不想相信，也不能相信。”

斯特拉挣扎着抑制着自己的愤怒。“听我说。不管怎么样，他还是试着去救你了，对吗?”

“所以，他死了。”

“他死了是因为自己**想逞强**当英雄。”她的话带有别的意味——就算他和我的失踪无关，她还是不能原谅他。他失败了。

我们又聊了一会儿，之后我假装困了，她才离开。我在黑暗中盯着墙发呆。

这样，我又回到了最初的问题，仿佛我再一次被擦除了记忆。不知道自己是谁。不知道父母是谁。不知道自己来自哪里。甚至没有一个真正属于我的名字。不管是**露西·豪沃思**，还是**露西·康纳**。不管是哪个名字，都不过属于一个夭折的婴儿。

我木然了。

虚空，虚空。

第二十章

“坐吧。”梅德韦夫人说，我在她桌子对面坐下。她关上门。

“雨拉，这周在学校的工作还愉快吗?”

“嗯，谢谢。”我回答道。我努力想集中注意力，虽然今天的大部分时间都没能成功。

她叹了口气。“我真不知道该拿你怎么办。我们的艺术学院叫嚷着要留下你作为下一个学徒，你在那里给他们留下了深刻印象。很好，但是另外几天状况并没有这么乐观。现在的问题是，如果我们留下你，头一年你必须参与每个年级每个班的工作。”

“对不起。我这几天不在状态。”我怎么会有好状态呢，我甚至不知道自己是谁。

“我理解，你一定为你朋友麦蒂逊的事情伤心。还有别的什么吗?”

她再次提到麦蒂逊的名字，我大吃一惊——这不太得体吧——承认对被法监带走之人的感情。而且她一脸真诚，一副关心的样子。看来现在周围没什么好威胁到我的。但是我该吐露多少秘密呢?

我犹豫了。“保密?”

“当然。”

“我最近发现自己是被领养的。这对我来说是太大的打击了。”再不能比这话还真实了。

“哦，我懂了。”

“我在想孤儿院有没有教师岗位？”

“以前有。”她半皱起眉，摇摇头。“离这里最近的是坎布里亚托儿中心；我们以前轮流为那里提供教师。但是几年前，他们开始自己雇佣老师，完全把我们隔绝在外了。我可以问问看。”她有些犹豫。“我不知道那里情况到底怎样。不过那边可能对你来说不是个好地方。”

“为什么？”

“那里与世隔绝：在山谷里，除了几英里外的几个农场，周围什么都没有，在那里工作的人也从不到镇上来。”她眉头紧锁。“我们这个话题就讨论到这里，可以吗？现在的问题是，我们该拿你怎么办好呢？”她打开上网本，盯着屏幕好半天，然后点了一下屏幕，抬起头。“好。我已经推荐你做这地方的学徒。如果你决定把我们作为你的首选志愿，你应该可以留下。不过在你完成其他几项试训之前，不要做决定。”

我也望着她，眼里充满惊奇。“谢谢。”

“雨拉，我是在拿你做赌注。我非常、非常严肃认真地对待每一个交托给我们照料和教导的孩子。每个孩子都很重要，即使你的理由再合理，请假也是不允许的。”

“我理解。”

“好了，去吧。不管你最终如何决定，我都祝你好运。”

“谢谢。”我再次道谢，喉头有些发紧。她甚至还不知道我到底是谁，到底来干什么的，但她愿意给我一次机会。我在门口又犹豫了。

我有冲动告诉她我就是她失踪的学生露西，她不用为露西的失踪负责。多年前的失踪事件仍然是她心里的阴影吗？不过，我也不是她。

“没有，没事了。再次感谢。”我匆匆离去。

经过大会堂时，我停住了脚步。这里，是我和麦蒂逊与芬利碰头然后一道去登猫铃山的地方。我注意到大楼一边的玻璃柜里挂起了地图，于是走过去仔细看看。

“里面还有更多地图。”一个声音响起，我吓了一跳。芬利在门口站着。

“你在这儿干什么？”

“显然，我工作的时候没什么心思做任何有趣的事，索性在这里值班。”他顿了顿，朝周围望望。“有消息吗？”

我摇摇头。“消息我已经发出了，不过我还在等联络人把她放到网上。应该很快。不过也不要抱太大希望。”我轻声说道。

“好吧，那你在做什么——想周末出去走走吗？”

“或许可以。”

“可以带上我吗？”

“或许可以。不要问为什么，我想去坎布里亚托儿中心附近看看。你知道那地方在哪儿吗？”

“不知道，不过我可以查。”他带我进了屋，顺着索引找到地图。“我从没从那条路走过；它不属于徒步主干道。不过要是可以走出去，远离所有人所有事，站在高处一览众山小，那也挺好。”

“我知道。我也一样。我们要去的地方对别人保密，可以吗？”

他好奇地望着我。“当然。”

我们一起研究好了路线：我们得开车出凯西克，到一个有上行山路的点，芬利说他可以借辆车。他大概算了一下，上山下山单程约需要三个小时。我们计划明天早上碰头。

在回山庄的路上，我在想，我到底在做什么呢？去看一个孤儿院有什么用？何况那里还不一定是我出生的地方，而且那已经是十七年前的事了。斯特拉只是猜测我是从孤儿院抱来的，就算她猜对了，也不一定就是这家孤儿院。

我耸耸肩。我也不清楚。只是内心某种东西敦促我去看看。

那天晚上，斯特拉敲敲门，往里面看看。“可以进来吗?”她犹豫不定地问。我点点头。

“我带了点东西给你看。”

她手上拿着一本小相册。和橱柜里其他的相册不大匹配。她翻开相册，里面是一张又一张小婴儿的照片，婴儿比我昨天看到的四星期大的孩子还要小得多。浓密的深色头发，眼睛还没张开。在照片上，她看起来也是非常安静。

“这就是露西。”

“你为什么给我同一个名字?”

她耸耸肩，有些尴尬。“我也不知道，可能我不该这样。”她叹口气。“我总是痛惜她早早地夭折了，但我也爱你——现在仍然爱你——不管你是谁，我爱的就是你。不管过去经历了什么，我的爱也不会改变。”

“但是露西这个名字一定总会提醒你想起你失去的人。”我看着她，突然开始有些理解她。她太害怕失去我，就像失去照片上的小婴儿以及失去所有尚未出生的孩子一样。然而，多少年后，当我突然失踪，她的一切担忧和恐惧还是都成为现实。我感觉自己开始理解她，但不过能理解一丁点而已。

这并不是说我喜欢她。

第二十一章

“我总是觉得，站在高处对我来说有特别的意义。我觉得不管生活多么糟糕，站在更高处，就会感觉好一点。”我透过相机观察环绕四周的孤寂的山岭，脚下的山谷，还有向上蜿蜒的山路。

芬利沉默不言，我放下相机。“抱歉。”我斜着眼瞥他一眼，说道。

“没关系。我还没有垄断全世界的痛苦，你也可以分去一些。不过，你的生活哪里糟糕？”

我耸耸肩。“大部分是我不能说的。”我犹豫了，“不过也有一些可以说。但是天知地知，你知我知。我……不久以前，我关心的一个人也被法监拖走了。”

“一个人？”

“好吧。一个男孩。”本。

“而且你当时正爱着他。”

“纠正：我爱他。不允许用过去式。”

“没问题。”

我们继续往上爬，大部分时间还是保持沉默，偶尔几次道路分叉的时候停下来查看地图，速度平稳地向上爬。登上山脊，凌驾于荒寂的被凄冷寒风扫过的小路之上。小路的最高处没有雪，被吹走了吗？天空快要放晴，但是看上去薄薄的一层，仿佛呼啸的寒风把氧气也偷走了。为了保持体温，我们走得很快。

“你真是选了一个好天啊。”芬利说道，不过我看得出，他跟我一样，也没那么在乎恶劣天气的影响。不过等到下行路上不用顶着咆哮的寒风赶路时，我们还是舒了口气。

“就快到了，孤儿院就在那个山谷里。”他指指远处；我们要下这座山。“你还是不告诉我为什么要去那儿吗？”

我斜眼瞥他一眼，叹了口气。“实话实说？我也不确定。但说来话长。”

“我们有的是时间。”

我摇摇头。“还是你来跟我讲讲你的故事如何？”

“讲什么？”

“我也不知道。你住哪儿？”

“凯西克男生公寓：噪音和酷玩之家。”

“什么？”

“我们因赛船而出名。还有其他一些东西。那里离你住的地方不远。划过一条湖，再走几步就到了，要是沿湖步行的话大概要一个小时，因为要爬山。”他在地图上指给我看。

“我听说那里比我们这里宽松多了。”

他哈哈大笑。“的确如此。我们出入自由。我真是不敢相信麦蒂逊说的关于你们那地方的规矩。”他的笑容褪去了。“你告诉我，是不是因为她出来见我？”

他没有说出他想说的话，但我心里明白。

“不是你的错。不论麦蒂逊发生了什么，不是你干的。是法监干的。他们有他们的原因。”

从他阴沉的脸上，我看出他并没有被说服。

“我可以理解那种感觉。”我说。

“什么?”

“想着在某人身上发生的事是你铸成的。这样的想法一点一点吞噬着你。她不愿意看到你这样，芬利。”

“你的男孩也不愿意。但是你实在无法控制这种感觉。”

“不。”

我们一边说话一边稳步向下走进山谷。走到半山腰的时候，以现在的高度还可以看到周围、甚至山那边的情况。一群建筑物出现在下面的林间空地上，旁边有一条小溪蜿蜒而过；更远处的栅栏，圈出很大面积的一块地。这是风景优美之地，但是不知怎地，感觉奇怪而阴冷，这种感觉不仅仅是因为季节的缘故。这地方看上去萧条冷落，毫无生机。

“你看那儿，”芬利说，“沿着栅栏的地方。”顺着他手指的方向望去，我看到有一小排小点正沿着栅栏在围栏内移动。是人吗?但是小点之间间隔均匀，移动速率平稳。奇怪啊。

我再次掏出相机，拉进焦距。一排排成长队的孩子，在栅栏里，沿着路向前走。我跟着他们移动镜头；视线范围内，看上去那条路是环绕栅栏一周的。

“看到什么了?”芬利问。

“孩子。他们出来散步，我猜。”我皱皱眉。“不过，真是奇怪啊。”

“怎么?”

“他们正在行走，但是间距均匀，列成纵队。”

“我们可以下到更近的地方看看吗?”芬利问道。我犹豫了一下。心里感到有什么东西不对，而且非常不对，但我也不知道是什么，心里总有一种不祥的预感。心里有声音说我们不该来这里。至少，芬利不该来这儿。

我拉着他躲在几棵树后面。卸下背包。“你能不能在这儿等我一会儿？我下去仔细看看。我不希望有人发现我们。”

“我不知道。我该和你一起去。”

“说实话，没什么好担心的，”我说谎了。“我很擅长躲藏，不带背包会更方便一些。我溜下去看一眼，然后马上就回来。你就呆在这儿不要被人发现。好吗？我不会有事的。我保证。”

“你下去看一眼就回来。”

“是的。”

“好吧。”他看看表，“我给你一个小时的时间，如果一小时后你还没有回来，我就下去找你。怎么样？”

“一言为定。”

我脱下外套。外套是浅蓝色的，颜色太过鲜艳。里面那件羊毛衫是灰色的，可能不太容易被发现。

刚开始，我沿着小路走。沿路有很多大树，所以如果我弯下身来，从下面应该看不到我。离树更近了，我放弃走山路，钻进矮树丛，在里面窜，翻过岩石，越过树丛，朝我们看到孩子的栅栏方向奔去，估摸着和他们相遇的时间。我小心翼翼、安静地、慢慢地移动身子。这招——悄无声息地移动一招，是我多年前从尼科和反抗组织那里学来的，竟然在这个时候派上了用场。我在几块岩石后面停下了，栅栏大约不过五十米远，我等在这里。

没过多久，排在队首的孩子出现在拐角处。跟我在山上看到的一样，他们不过是在走路而已。面带微笑，列成纵队，没有言语，什么也没有。我扫视周围的场地，目光所及之处没有成年人。

我该回去了，但又朝前挪动了脚步，脑子里浮现出在上面看到的地形。如果这些孩子沿着栅栏边的路走，接着会有一些树，在场地弯曲的地方，那时从大楼里应该看不到我。

我快速跑到场边，离栅栏更近了。栅栏并不高，我的目光可以轻易越过栅栏。但是旁边有警告标志——一根电线反射出几道光，隐约可见。通电的？是反入侵系统？无论是什么，我还是呆在这边为好。我猫着身子，静静地等着。

传来脚步声。我迟疑片刻——我真是疯了。

孩子走近了，我站起身来。领头的是一个十一二岁的男孩，走着，微笑着。他看着我——他肯定看到我了，但是并未停下脚步。后面的孩子跟着他，每人相隔几米远，一个一个从我身边走过，全无反应。越到后面年龄越小。

一个约莫七岁的女孩走过来。“你好。”我打招呼。

她保持微笑。“你好。”她回应我，但仍未停下脚步。几个年龄更小的孩子殿后，他们大约只有四五岁。

“停下。”我说。最后的那三个孩子看看我，停了下来，但一言不发。

“你们在做什么？”我盯着最前面那个。

“站着。”他回答。

“不是，在我说‘停下’之前，你们在干什么？”

他茫然地看着我，还在笑。“今天是周六。我们在进行周六晨练。”那三个孩子仍然笑着，不再往前走。仿佛我说什么他们就做什么，自始至终保持微笑。其他人也一样，以相同的步调行进，保持微笑。就好像——

不。不，不可能。不可以啊。

我开始浑身发抖，恐惧在我身体里面打着旋。

“伸出手来。”我控制不住，声音还在颤抖。那三个孩子同时伸出手来。“拉起袖子。”我说道，他们又照做。

就在那儿，在他们手腕上闪闪发亮的——乐握。恍惚中，我还留有一丁点清晰的神智可以勉强匆匆拍下几张照片。我的手哆嗦得厉害，不得不倚着栅栏端稳相机，甚至忘了栅栏可能是通电的，还好碰到栅栏以后发现它肯定不带电，因为我还活着站在这儿。这不可能啊，这完全是违法的。记忆擦除手术，是用来处置十六岁以下罪犯的。**不是**针对这些小孩子。他们到底做了什么，要用**这种手段**来处理？

当我用相机对着他们聚焦时，我注意到，最后一个男孩露出不太正常的笑容。不。不可能。来凯西克的那天，火车上。那对母子。就是同一个男孩。

我放下相机，看着他。“你母亲去哪儿了？”他冲我微笑，不回答，我又重复一遍问题。

“我不知道那是什么。”他说道，他的笑容和我在火车上遇见他时一模一样，只是他的目光已失去神采。啦啦的笑声和恶作剧般的淘气样，都没有了；所有他原有的特性……都没有了。

哐。

透过远处的树丛，隐约传来声音。是门？内心一阵恐惧的战栗。难道把相机架在栅栏上的时候碰响了警报？我真蠢。

“放下手，”我说，“向前走！跟上队伍！”

他们继续向前走，现在更像小跑而不是走，他们正试着执行命令。我再次弯下腰，躲在栅栏后面。

胃里一阵恶心，好想吐。孩子，年龄尚小的幼儿，记忆擦除手术？不。这触犯了多少条法律啊。四五岁的幼儿，像我在火车上遇到的那个，不管他母亲做了什么，他也不可能是**罪犯**啊。

远处传来另一个声音。有人来搜查了吗？

快离开这儿。我照原路返回，一路尽可能小心谨慎，压低身子，以免被人看见。离开栅栏一段距离后，我躲到几块石头后面。回头看，孩子们已经走到大楼了；那里出现了几个更高的身影。我匆匆按下快门，拉近焦距。有六个成年人，不需要看他们的黑制服就知道他们是谁。他们走路站立的方式，让我根本不用怀疑。是法监。

几个法监正和孩子们说话，另外几个法监手中拿着双筒望远镜向树林里扫视。我在心里默祷，芬利会在我离开他以后好好地躲着。

如果他们细心搜查，我若照原路返回，肯定免不了被发现。

唯一能有点帮助的就是速度，还有方向误导。我撒开腿想往回跑，跑上另一条交叉路，好让他们以为我是在往另一个方向跑。绝不能回头。我再次弓起身子，不让他们看到，在灌木丛、大石块间窜来窜去，终于，回到山径。我俯身跑到和芬利分开的地方。

“怎么回事?”

我上气不接下气。“快点离开这里，越快越好。最好跑得远远的，离开大路。”

他向后张望。“有几个身影正朝下面的大门跑去。”我的胃翻腾了。他递过我的外套，我把它塞进背包，不能穿了。“那些是什么人?”

“快跑，待会儿再说。”

他开始理解我的恐惧。“好。等一下，”他边说边查看地图，“你会攀岩吗?”

“会。”

我们全速向后撤退。翻过山顶，然后离开山径，越过石块，淌过泥地，跑过又险又陡风又大的隐约可见的牲畜踏出的小路。芬利跟我差不多，他像一只山间高地的野山羊。我已经看出我们正朝什么地方跑去——峰顶另一边的陡崖。如果我们在追赶的人赶到我们离开山径的地方之前翻过陡崖，他们就不知道我们去过什么地方了。

除非他们有狗。我强迫自己不要这样想。除非他们本来就有巡逻犬，否则还没等他们把巡逻犬牵来，我们就已经逃走了。

我们到了陡坡下面，我一眼就看到坡上几处可能因为我个子矮会出现问题的地方。“我得左右移动才能爬过去。”我边说边开始行动了。心里有声音告诉我，攀爬时，维持三个接触点。但我爬得太快了，根本来不及找到三个接触点。一只脚脚底一滑。

芬利恰好就在我后面，一把抓住我，让我的身子稳定下来。“要是英勇就义了，速度再快也没用啊。”他说道。我往下看，看到正下方就是深崖。好险。

我放慢脚步，这回听从芬利的话，走最佳路线，终于稳稳地爬上了崖顶。匆匆往下一瞥，看到远处数个脑袋正朝山路这边移动，我们赶紧猫下腰。“我确定他们没看到我们走的方向。”我说，不过自己倒不确定说得到底对不对。如果不对，我们可就麻烦了。

“我们现在已经回到徒步路线上了。我以后还想再来。不过可不想不带绳子攀岩。”说完，他哈哈大笑起来。

“你真是疯狂。”

“你比我还要疯狂。”

耳边的大风又开始咆哮，我们这时已经到了山岭的另一边，我翻出蓝色外套套在外面。“把你的大衣反过来穿？”我建议道，“这样看起来就不一样了。”

芬利看着我，接着照做了，把衣服反过来穿上，蓝色代替了灰色。他从包里掏出另一顶帽子，用红色帽子换了之前的蓝色帽子。“伪装完毕？”

“嗯。现在赶紧离开这儿。快。”

我们在山上就不跑了——免得引人怀疑——但是我们以尽可能快尽可能安全的步速行进着。温度下降了，头顶密云堆积。

另一条山路在此和我们脚下的路汇合。“我们正常的话应该走这里。”芬利说。我们继续向前走，山路下行，耳边的风没有那么猛烈了。我的呼吸轻松了些，而且——

“什么声音？”芬利警觉起来。

“我什么都没听到。”但马上我就听到了。声音隐约从我们后方传来。“难道他们绕远路赶上来了吗？”

“不可能。他们要多走好几英里呢，况且我们速度很快。”

“你确定？”

“不确定。”

我们继续走，步伐更快了；前面有几块大石头，我们俯身躲在它们后面，远离视线，远离大风。“我看一下。”我拿出相机，拉近镜头，往来时的山路上看。看到了，一个身影；一个登山者，看上去眼熟。“是他——那天在大会堂见过他。”

“哪个？”

我把相机递给他，他透过镜头看到了。“是伦恩，”他说，“那个山林观察员。”

“我们要继续跑吗？”

“伦恩的话不要紧，而且，跑也没用。很快路边空旷了，他还是会发现我们的。我投待在原地享用午餐一票。”

芬利打开背包，掏出三明治和一瓶烧酒。“来杯茶？”

“好的！你真是周到，这些都备齐了。”

“我尽力，但是要跟上你的步伐还真是难啊。”他找到杯子，给我俩都倒上，我用冰冷的手享受着杯壁的热度。

“好了。现在你可以告诉我到底怎么回事了吧？”芬利问道。

“有时还是不知道为好。”我回答。他盯着我，过了一会儿，点点头。

他撕开三明治包装。“来块奶酪怎么样？”

伦恩绕过山路，正撞上我们。“嗨，小芬利。”他打招呼。

芬利点点头。“嗨，老伦恩。”

“嬉皮笑脸的臭小子。大冷天真是挑了个野餐的好地方啊。介意我加入吗？”伦恩话音刚落，就一屁股坐在岩石上，那位置正好可以看到两边的道路。

芬利介绍了我们，伦恩从自己背包中掏出饼干分给大家。一部分的我一动也不想动，孤儿院受震惊、冷风呼啸刺骨、疯狂逃跑攀岩后肌肉强烈抗议——经历所有这些疯狂行动后，我尚未恢复；而另一部分的我正惊恐于此刻时间上的耽延，想尖叫，想逃跑。

芬利问了伦恩天气状况和前面的路况，但伦恩回答的时候，我在想，他落在我身上的目光是不是太过好奇了些。

虽然风很大，伦恩还是坐在我们上方的岩石上。“我们马上就有客人啦。”他说道，他的话引起了我的警觉。他回头望望我们：“我们是不是该打开天窗说亮话了?”

芬利和我交换了一下眼神。我的双脚有逃跑的冲动，真想立刻从另一边跑下去。

“跑是没有用的，你会被看到的。”伦恩说。“另外，我们不过是三个登山爱好者，今天在远一点的山里享受美好时光，是吧，现在停下来吃午餐。我们没什么好掩藏的。”

现在我可以听到越来越近的脚步声；他们正以极快的速度向这里走来。如果他们是从孤儿院那里过来的话，那他们的速度可比我想象的快多了。接着出现两张脸——他们一定是在道路分叉的时候分开搜寻了。

伦恩点点头。“嗨!”他说。

那个法监笑了，表情不太自然。“嗨。今天登山可好啊?”

“寒风刺骨啊，”伦恩回答，“不过我喜欢的就是这个。”

“刚刚你在哪里?”法监问，伦恩叙述着编出来的理由，我和芬利在一旁集中注意力啃饼干。

法监点点头，若有所思的样子。“知道了。你见过另外两个登山者吗，其中一个是女孩儿？我想他们可能迷路了。”

“不久前见过两个女孩。她们在最后一个岔道口上了另一条路，可能就是你们来的方向。”

他们走开了，互相交流了一阵，冲对讲机说了几句，最后看了我们一眼，然后就从那条路下去了。

“好了，”伦恩说，“我们最好赶紧从这该死的地方离开，赶在他们意识到自己被忽悠之前。”

我们匆忙收拾好所有东西，动身从另一个方向下山。

伦恩让芬利带路，他在我前面放慢脚步，我们落在后面。“我觉得我们该聊聊。”伦恩压低声音说道。**是的没错**，他今天帮了我们大忙，但是我能跟他说什么？

“谢谢你今天帮助我们。不过——”

“我知道你在找象棋棋友。安妮塔，对吗？”

我几乎在路上完全怔住，停下脚步。伦恩？他就是艾登的觅踪联络人？他眨眨眼。“你这女孩，还真是难跟啊。”

“你今天跟着我们？”

“只是碰巧有点走运而已。芬利借了我的车，我从他口中得知你今天和他出去，车钥匙上安有追踪系统。好了，你找我什么事？”

首先，要完成我和别人的约定。我从口袋里摸出麦蒂逊的照片，自打我挂出告示后，我就一直把它带在身边。“你可以把麦蒂逊放到觅踪网站上吗？”

他迟疑了一下。“可以是可以。但是没有太大意义。”他说，他刚硬的话语被他眼里的哀伤化解。

“你知道她在哪儿吗？”

“不知道；只是猜。霍尼斯特公路过去一点，有个女子劳教监狱。在矿山上。她可能会在那儿，这附近被带走的人一般都关在那里。”

我舒了一口气。“监狱——那就是说她还活着。”

“有时这也并不是什么好事。那地方也没人离开过。但要快点了，时间不多了。你今天做了什么被法监盯上了？”

“要搭车吗，老人家？”芬利问。

“嬉皮笑脸的臭小子。”伦恩回道。“老实说，我确实要搭车。鉴于这是我的车，还是我来开吧，谢谢你。”

芬利极不情愿地交出车钥匙。

“你怎么到这儿的?”

“跋山涉水，翻山越岭啊。”伦恩咧嘴笑了。

我一听，大吃一惊。那有多少英里路?他看上去很老，刚刚他可是在围着我们绕圈走啊。

路上，伦恩透过后视镜看我。“你是公园的试训学徒吧?我第一天带队登山，周一见啦。到时再聊。”

他略微强调**到时**一词。他不想让芬利牵扯进来。

伦恩开着车朝凯西克奔去，芬利在一旁吹着口哨。“你今天这么兴奋啊。”我说。

他斜眼看看我。“我们刚刚把他们甩掉了，对吧?我知道你不会告诉我为什么被他们盯上，我也不在乎为什么。反正，每次只要法监没有得到他们想要的，我**就**相当高兴。”

我明白他的意思，但是我却不这么认为。我们真的侥幸逃脱了一劫吗?一路上，我都在留意路前方，总觉得再往前开要被拦下来了。

揣在兜里的相机似乎要把口袋烫出个洞。艾登必须要拿到这些照片。这就是证据——法监触犯了法律，他们拿小孩子做手术。没有人会对这样的事置之不理的。这会成为让所有人最终停下来、站在一起、对法监说不的关键吗?

我的内心仍然很慌乱，我手上拿着唯一的证据；证据的孤本，现在就在我相机里。如果法监问对了问题，他们就会知道那些孩子的乐握被拍了照。他们会动用一切手段把我挖出来。要是他们弄清楚我是谁……我就死定了。

这已经远远比自保还重要了。我必须活着。必须把照片带给艾登。

我们必须要让所有人都知道，让这些都停止。

第二十二章

“我们能聊聊吗?”

斯特拉听到我这么问，不禁冲着我微笑，脸上写满了不可思议的开心。但是我的心头却像压着一块石头，沉沉的。“当然了，快进来吧。”我应着声走进她的办公室，顺手把门一锁。斯特拉有点惊诧：“还好吧？看上去你有心事。”

“没什么，还好。”

“发生什么事情了?”

我不知道该说什么。其实她知道的东西越少就越好。但是，我忍不住。我无法对她不辞而别，不能再一次这样伤害她。

斯特拉起身离开办公桌，来到墙边的沙发坐下，我也坐到了她的身边。

“说吧，我会为你保密的。”

“你一定不想听到的。对不起，我要离开这里。”

她摇了摇头。“离开？你才刚到这里啊！为什么呢?”

“我肯定我的身份已经暴露。或者这么说，即使现在没有，也很快会被人发现。如果我继续留在这里，他们一定会来抓我的。”

“我的露西，别离开，我和你一起走吧，我……”

“不行，你不能和我一起走，这样太冒险了。我自己一个人会更安全。”

斯特拉的脸上百感交集，我静静地等待着她爆发。没想到的是她瘫软在沙发上，平静地问了一句：“什么时候出发？”

“我不知道，尽快吧。我安排好事情就走。我保证，我一定会联系你的。总有一天我会再回来看你。”

“我亲爱的露西，这太不公平了。”

“这就是生活。”我冷冷地回答，口气比我想象中还要冷酷。可是生活什么时候对我公平了？就在我以为我终于有个“家”的时候，却发现这一切都是冰冷的谎言。

“你要离开，不会是因为我吧？”

“当然不是。”

“发生什么事了，告诉我吧。或许我还可以帮你。”

我摇摇头：“对不起，这件事你不知道的话对你更好。”

“你不相信我。”听上去斯特拉很痛苦。

“不是这样的！但是，你让我怎么相信你？你一直都在骗我！”不知怎的，这些话就这么脱口而出，毫无防备。

她有点畏缩。“你都知道了，是吧？”

“什么？”

“你知道我对你有所隐瞒。”

“你还有什么瞒着我的？说啊！”虽然我知道这次的谈话的目的是为了在走前缓和一下关系，可是我还是忍不住责问起来。到底还有什么是我不知道的？

“这不是我的错！”

“什么不是你的错？”

“你难道看不出来吗？她才是罪魁祸首！”

“谁？你的母亲？她逼你做什么了？”

“这么多年来，她都一直在控制我，让我闭嘴。你知道吗？之前我和囚犯没有什么区别。在我怀孕的那段时间，她把我软禁起来，不让我见丹尼，还和丹尼说这些都是我的意思。如果我能够好好地待在家里，也许我的孩子就不会死了。但是之后她把你带到了我的身边……她知道从此以后她就有了控制我的筹码。我什么也不能说，不然她就要带你走。就这样终于有一天，她肯放我走了。”

“你都在说些什么啊？”

“我已经说了太多了。如果你想知道更多，那么我也要知道一些你的秘密。”

“我的秘密刚才已经告诉你了啊。我来这里就是告诉你我要走了。本来我是不该冒险告诉你的，但是我还是说了。”我站起来准备离开。

“等等！求求你别这么就走了。我什么都告诉你。但是你必须发誓不能告诉第二个人。”

我停住，内心又一次焦灼起来。果然我和她之间还有我所不知道的秘密！她真是要把我逼疯了，但是我要是真的就这样走了，她一定会很难过的。

一个深呼吸，我又坐回沙发上：“好吧，说吧。”

“我发现了一些事情，一些我母亲早年做的反政府的事情。”

“反政府？”我有点晕了，不可能！她可是个彻头彻尾的法监。

“不完全是。你知道的，政府里面有不同的派别。我的母亲属于强硬派，而当时的首相却不是。他们要除掉他。”

“等等，你是说阿姆斯特朗？”

“没错，他和他夫人，灵妮。”此时，斯特拉叹了口气，“他们都是很好的人……”

“你认识他们？”

“灵妮和我母亲在读书的时候是同学。她告诉我母亲，她丈夫计划曝光政府的黑暗面，然后辞职。可惜，首相没能得到机会。”

我的头又是一阵眩晕。“不可能吧，妈妈的父母？”

斯特拉眉头一皱。“妈妈？你什么意思？”

“在我成为白板人之后，我被分派到一个家庭里。桑德拉·阿姆斯特朗·戴维斯。”

这下轮到斯特拉吃惊了。“你和桑迪在一起？我怎么不知道？！”

“你们认识？”

“当然了，我们小时候经常一起度假。之后我们就失去了联系。我也不能联系她，尤其是在我得知发生在她父母身上的事情之后。”

“但是他们是被反政府恐怖组织暗杀的！”

“你说的没错，可是有人向恐怖组织泄了密，暴露了他们的行踪。”

“你的母亲是幕后指使？天哪！你一定要告发她！你一定要！”

“不可能，我做不到！我没有这个能力，现在一切都太晚了，太晚了！现在这么做又有什么意义？不行！”

“听着，阿斯特丽德一直在用我控制你。如果我不在这里了，而且她也不知道我的去处，这样她是不是再也无法控制你了？”

“事情没有你想的这么简单。这儿所有的姑娘们都是她控制我的筹码！”

我非常努力地尝试说服她。我告诉她如果人们不把自己知道的事情公布于众，如果我们不勇敢地站起来反对法监，世界只会变得越来越糟。我们必须要站在一起。不过我也知道，她听不进去。

可是和艾登在一起的这么多时间里，我也听不进他很多话，不是吗？我又怎么解释自己呢？

如果斯特拉之前就能够勇敢说出自己知道的秘密，告诉所有人首相是由于要揭露政府的黑暗而被暗杀的，那么现在法监一手遮天的现状可能就不复存在。这些话我都没有当着斯特拉的面说出来。

我站起来决定离开。

“等等，我还有最后一个小要求。我能借下你的相机吗？

“我的相机？做什么？”

“我会还给你的。我只是想保存下我们的照片，你和我的合照。”

我犹豫了一下。“好吧，不过我没带，等会儿给你送来。”我离开斯特拉的办公室，心想不知她有没有注意我口袋上大大的突起部分，我的相机一直都带在身边。

回到房间后，我摆弄着相机，直到搞明白如何设置不同的文件夹。我把孤儿院的照片单独放在一个文件夹里，并设置了密码保护。我是多么想把这些照片发给大家，不管是谁都可以。可是，电脑都被政府监控着，如果贸然发送，照片一定会被截获，我也会被完全暴露。

接着我下楼把相机交给斯特拉，犹豫着是否要在一旁待着等她下载完需要的照片。这么把相机交出去还真是不放心。

“我也有些东西要给你。”斯特拉伸出手，手心里有把钥匙。“你父亲的东西。所有的照片。我一直想处理掉，却总也做不到。”

“在哪里？”

“在旧的船屋里。你还记得在哪里吗？”

“应该没忘记。谢了。”我一把抓过钥匙，紧紧地握在手里。

“去吧，我下载照片的时候你正好可以过去看看。吃晚饭的时候我就把相机还给你。”

我还在犹豫着是否就这么把相机交给斯特拉，可是手中的钥匙却在催促我去另一个方向。我抓起大衣，套上靴子。今天奔波了这么久，双脚酸疼，忍不住吱唔一声。我从边门偷偷地溜了出去，穿过花园径直朝湖边跑去。

我还记得船屋在哪儿吗？我很努力地回想着，可是脑子回闪的却只有一艘小皮艇的影像，慢慢滑入水中，牵动着记忆。我沿着湖边蜿蜒的小路摸索着。在皮艇支架旁有不少搭出来小屋子，其中远一点的那个最隐蔽，几乎被郁郁葱葱的树木给遮住了。月光下，我告诉自己：就是它！

爸爸曾经在这里度过了大把的时光。

与其说这是一个船屋，不如说这是一个改装过的工作室。在这里，爸爸会制作一些东西，要么就是纯粹打发时间——远离家，远离斯特拉。这一刻我才意识船屋对爸爸的意义。

我掏出钥匙，顺利地插进门锁，但是锁却没有打开。记忆中我记得好像要用膝盖将门顶进去一些再开锁，于是我又试了一次。这次门应声而开。

屋里一股潮湿的灰尘气味扑鼻而来，我不禁打了个喷嚏。我小心翼翼地拨开蜘蛛网，一边朝屋里走进去，一边在墙壁上摸索着开关。找到了！按下去却没有反应。我的手肘不小心碰倒了一个什么东西，摔倒在地上。我顺势蹲下捡起来一看，竟然是个手电筒！真是得来全不费功夫。

我打开手电筒，桌子、凳子，这熟悉的一切都没有变动，回忆的潮水澎湃而至，令人无法直视。所有的东西都用塑料盒子收纳完好。我打开其中一个盖子，接着又一个：衣服。爸爸生前的衣服；还有他的书。

在很多书下压着一副象棋。就是用这个，爸爸教会了我下棋。那是我仅有的，为数不多的快乐记忆。他总是故意输给我。我微笑着，轻抚着回忆的点点滴滴。

当然，这副象棋已经不完整了，少了一个车。在那个遥远的地方，那个我被挟持走，被关押、被彻底改变人生的地方。正是靠着这个棋子，爸爸找到了我。现在这个棋子被我收藏在房间里，安稳地躺在我包里的一个角落。这里都是它失去联系的兄弟们。内心深处，我有一种强烈的意愿，想要把包里的棋子带回到这里，让它们在这里团聚。

还有一个塑料盒子里装满了照片，我整个人都扑了进去。都是斯特拉和爸爸的旧相片，有一些是婚礼的照片。我努力寻觅着我们一家三口的身影，虽然不多，却还是让我找到了一些。有一张中，我和爸爸笑开了花，抓抓也在，那是它还这么小。这一定是我十周岁生日那天早上拍的。那天之后，我的命运就发生了彻底的改变。我小心翼翼地将这张照片放进口袋，还挑选了一张斯特拉和爸爸年轻时一起欢笑的照片。爸爸的照片并不多，如果这些盒子里的就是他所有的影像记录，那他一定是那个手捧照相机，记录这些时光记忆的人。

我的照相机！突然一种不安感涌动。我到这儿有多长时间了？

“雨拉？”

我吓了一跳，转身发现埃莉呆呆地站在门口。她没有穿外套，冻得瑟瑟发抖，手里还拿着我的相机。她伸手把相机递给我：“斯特拉让我把这个还给你，你落在她办公室的。她还说如果你赶不回去吃晚饭也没关系。”

说完埃莉就转身沿着小路走了。

我盯着手中的相机，有点糊涂了。落在她办公室的？可是她说会在吃晚饭的时候还给我。怎么变成落在她办公室的了？是不是她早就料到我会在船屋里呆着，不舍得离开？还是其他什么原因呢？

也许埃莉给我带的口信是话中有话。一定出事了！一阵鸡皮疙瘩，我不禁倒吸一口冷气。

我关掉手电筒，溜进门外的黑暗中。轻轻地，慢慢地，我关上门。膝盖自然一推，上锁。钥匙怎么办？我琢磨着最后决定放在大门顶部。

夜色中仿佛有声音在浮动，却又无法听清是谁，在说什么。上方的鹅卵石路传来阵阵脚步声，我在树丛中闪躲，直到可以看到路上的人影。不过天色太黑，看不清那些人的脸。我掏出相机，调到夜间模式，对焦后透过镜头观察着。楼旁停着一辆车，靠近湖边的门敞开着，斯特拉一动不动地站在门口。有两个人正朝她的走去。一个是阿斯特丽德，另一个是男人的身影，背对我。虽然光线很暗，但是那人行走的姿态流畅，迂回，像猫一样。看到这里，我的内心再也无法淡定了，仿佛全身没了力气，瘫软下来。

是尼科！

他怎么会在这里？他怎么会和阿斯特丽德在一块？这完全说不通啊！

突然尼科停下脚步，转过头朝树林的黑暗处扫了一眼。我不禁打了个寒战，仿佛他幽蓝的目光可以穿透夜色，发现我的存在。我不假思索地按下快门，将他和阿斯特丽德的身影一起定格。

这怎么可能呢？阿斯特丽德和尼科——法监和反政府恐怖组织可是死对头，怎么可能一起出现？

这时楼边上的动静吸引了我的注意力。镜头一转，一群黑衣人正在把守边门。法监！肯定出事了！不知道埃莉是否赶在他们到来之前安全回到屋里？我心里又害怕又担心。

很快我就发现他们其中一人带着夜视镜。

我吓得赶紧沉了下来，直到这一切都消失在视线里。

原来斯特拉捎来的口信是一个警告。阿斯特丽德是否已经知道我的身份了？我的脑子紧张得一片混乱，实在不能理解为什么阿斯特丽德和尼科会一起出现？这是什么情况？不管是什么原因，这都不会是好事。

这时我的身体里肾上腺素急速分泌，脑子只有一个字：跑！

往右跑，是一片通向湖边的空地，没遮没拦，我一定会被发现；向左跑，似乎还有一线生机——一条通向城镇的林荫小道。而当他们发现我不在楼里的时候，他们一定会搜查一个地方。

那就是湖边！这是最危险的地方，我得尽快离开。

我沿着湖边，摸索到了皮艇架。我从架子上卸下一个皮艇，大气也不敢出一声，生怕动作太大惊动了黑衣人。皮艇的两旁都备有划桨。心中逃跑的意愿异常强烈，我还是努力压抑住紧张，将皮艇的划桨都取下绑在一起。这样他们想要追上我就没那么容易了。

我拖着皮艇和划桨，艰难地保持平衡，一步步小心翼翼地踏进湖里，不溅起水花。当冰冷的湖水灌进我鞋子里的时候，刺骨的感觉也只能强忍住。冬天的衣服鼓鼓囊囊的，更加增添了我行动的不便。我把划桨夹在一个胳膊下，上了皮艇。这时一个划桨脱落掉进了湖中，一头翘起把我的眼镜打落下来，溅起了小水花。我赶忙伸手去抓，无奈眼镜已经消失在黑暗中。算了，掉了就掉了。如果被尼科抓住，即使戴着眼镜，他依旧可以一眼认出我。

出发了！儿时的皮艇技术并没有忘记，我的每一次动作都是那么有力而迅速。皮艇紧紧依靠着湖边前进，这样才不容易被发现。

在驶离船屋后，我才慢慢偏离湖边。为了减轻负担，不需要的划桨全部都被我扔进湖中。对不起，抛弃你们并非我所愿，我心中默默地道歉。我必须要拼尽全力远离阿斯特丽德和尼科，越远越好。

第二十三章

冻得全身发抖的我奋力将皮艇拉上了岸边，并将它们推进水边的灌木丛中藏起来。脑子里，我努力回想着芬利曾经给我看过的地图——凯西克男生宿舍应该就在附近。

虽然我并不喜欢去那儿，毕竟太冒险了，但是除此之外我还有选择吗？我需要找到伦恩，而芬利是我唯一的线索。一月寒冬的湖水可想而知，已经湿透半身的我双脚快要失去知觉了，走路都变得困难。温度还在不断下降。湖面上结起的薄冰提醒着我，必须要尽快离开这里，找个温暖干燥的地方，不然就糟糕了。

我抬头一看，岸上有些许屋子，闪烁着灯光，声响若近若远。我沿着围绕着屋子的小路一直走，直到看见一间大房子伫立在眼前才停住脚步。

屋子的后门暗处有一个男孩子。夜色中透出星点红光，他正在门外吸烟。我是该等他解决好烟瘾进去再偷偷溜进屋里，还是就这么明目张胆地进去？

外面实在太冷了，顾不了那么多了。

我径直朝他走去，打了个招呼："你好！"

他应声朝暗处斜眼瞅了下。我也顺势来到窗户边，借着屋内的亮光，好让他看清我。

“你好啊！你是从哪里冒出来的？”

“你能告诉芬利我来这儿了吗？”我格格地笑着回答。

“又是他？”他翻了下眼睛，在墙边灭了烟头。“等会儿吧。”随后便走进屋内不见了踪影。

过了几分钟，屋后一扇窗户被打开了，发出沉重的声响。一个脑袋探了出来，是芬利。

“雨拉？你怎么来了？”

我马上来到窗户边回答：“我遇到麻烦了。”

“一位忧伤的姑娘，这可是我的菜。进来吧。”芬利伸出手，我才意识到他是要我从窗户进去。半拉半拽地，我被芬利拖进了一间类似工具室一样的房间。

“你都冻僵了。”

我点点头，终于不用再躲藏，再压抑那刺骨的寒冷，身体不由自主地发抖。“我是划皮艇过来的，几乎都湿透了。”

“我猜你的麻烦大概是和早先追捕我们的法监有关吧。”

“可能性非常大。”虽然我也不是百分百肯定法监已经知道我的身份。我想起那天晚饭时，斯蒂芬发现了我绿色的眼睛。她会是阿斯特丽德的眼线吗？如果是的话，连她也不确定我是谁的时候，怎么可能会向阿斯特丽德汇报？我摇摇头。“我不知道，可能吧，也许跟他们也没有关系。不管怎样，我遇到麻烦了。你愿意帮助我吗？”

“别傻了，我不是正在帮你嘛。不过我得先让你暖和起来。等等。”他打开门，向外张望了一下。“安全！”芬利伸出手，“装作你是被我无与伦比的魅力吸引过来的，可不是逃难来投奔我的噢。”他眨了眨眼，抓住我的手，搂住了我的腰。

我们两个飞快地穿过走廊，走到尽头，上了层楼梯，又穿过一个走廊。芬利打开一间卧室的门。

里面有两张床，一个男生正躺在一张床上读书。

“出去!”芬利下了命令。

那个男生抬起头来，白了一眼芬利。“这么快就结交新欢了。”芬利站着一动不动，那个男生离开卧室的时候他一直保持抱着我的姿势。

门一关，我俩立刻弹开了，同时说：“对不起。”

“他什么都不会说吗?”我问道。

“当然会说。不过你放心，只会在男生中传传。男生密码，你懂的。”芬利一边说，一边用手弹了下鼻翼。

“太好了!”我回答道。只要他们不把我的下落告诉法监就行了。所谓的“名声”和安全比起来根本不算什么。

芬利打开一个柜子，在里面摸索了一阵。“把湿衣服脱下来，换上这个吧。”说罢他转过身，我飞快地脱下牛仔裤和袜子，套上他超大的裤子和羊毛袜。我依旧冻得发抖。“我的床比那家伙的要干净些。快上去暖和一下。”我立刻钻进被窝，抓过毯子将自己裹得严严实实的。芬利把我的衣服放在暖气片上，还仔细地在我的鞋子里塞满纸吸水。

他拉过一把椅子坐在床边。好吧，他当然有权利提问。折腾了这么久，这个时候心中延迟的恐惧如潮水般涌来，我紧紧抱住自己的脑袋。尼科，他一定知道我还没死！他为什么会在斯特拉那里?他一定会找到我。想到这里，我忍不住抽泣起来。芬利轻拍着我的肩膀，虽然有些尴尬，但却十分温馨，不知道为什么我竟然哭得更厉害了。

“好了好了，一切都会没事的。”芬利安慰着我，可是怎么可能会没事?“求求你，别哭了。要是别人听到了，我的节操就没了啊。”

我努力控制住情绪，颤抖着吸了口气。这时突然响起了铃声，我吓得一跃而起。

“别害怕，晚饭时间到了，”芬利解释道，“不过我可以留下来陪你。”

我在床上坐直了，用手揉揉眼睛说：“我好饿。”

“噢，谢天谢地，我也饿得不行。好吧，我给你捎点吃的来。”

“这样做没什么问题吧?”

“放心。我的兄弟们会给我打掩护的。不要走开，很快回来。”

芬利离开了房间。一个人的安静，我试图找回划皮艇离开时的坚定和冷静。曾经我是那么坚信我一定可以逃离这一切，可以找到艾登，可以给他看我拍的那些照片，他一定知道该怎么办。现在一切都不一样了，那份坚信似乎动摇了。我那岌岌可危的假冒身份随时都有可能被法监发现。我看到的人真的是尼科吗?

他和他的反政府恐怖组织夺走了我的童年，我的生活，还有我亲爱的父亲。他们将我变成冷血杀手、傀儡。想到这里，我的心中充满着愤怒。不过，这些事情对我最大影响却是那深刻入骨的恐惧。即使在远处，只要看了尼科一眼，我就能感受到恐惧。当他引发爆炸的时候，他一定知道我还没有死，不然他怎么会出现在斯特拉那里?阿斯特丽德知道我还活着，一定是她告诉尼科的！他一定会找到我的，一定会，毫无例外。

我看看身后的窗户，再看看对着窗户的门，心中忐忑不安，仿佛尼科随时可能破门而入。

阿斯特丽德和尼科竟然在一起出现，这究竟意味着什么?我实在没有头绪。斯特拉说阿斯特丽德是二十五年前反政府恐怖组织暗杀的幕后指使，而按照尼科的年龄，他不可能参与此事。不管怎样，阿斯特丽德和反政府恐怖组织一定有着千丝万缕的关系。如果是这样的话，现在她还在利用反政府恐怖组织为自己的目的服务吗?

可是尼科是非常痛恨法监的，他和阿斯特丽德怎么可能同时出现在同一个地方?他是个彻头彻尾的反政府恐怖分子。

我使劲摇晃着脑袋，想要弄清楚这一切。自从我被克雷格博士从卡塞里格带到那个地方之后，尼科就一直如影随形。阿斯特丽德是我的外婆——至少那个时候我认为是——所以在我还是个婴儿的时候她就认识我了。她可能是这个世界上唯一一个知道我来自何处的人。现在她竟然和尼科在一起！如果说反政府恐怖组织要抓我，而阿斯特丽德和此事无关，你信吗？这也太巧合了吧。斯特拉一直认为我的父亲是幕后黑手，但是今天我看到的一切令我疑惑——阿斯特丽德会不会才是真正的黑手？

突然一阵走近的脚步声把我从推理的思绪中拉回，我的心猛烈地跳动起来。门被轻轻地敲了一下，然后芬利推门而入。

他发现了我脸上略带惊恐的表情，安慰道："是我！别害怕。我们是不是要有个敲门暗号什么的啊？"

"对不起，是我太神经质了。刚才哭的事也不好意思了。"

"没事。来，吃吧！"芬利递给我两大碗食物。香喷喷的，是炖肉，还有些面包。刚才说饿了，其实是想打发他走开，让我一个人静一静。现在真的闻到食物的香味，我才发现自己早已饥肠辘辘。

我在狼吞虎咽的时候，芬利好奇地打量着我。"你看上去和原来不一样了。"他嘴里还满是食物，"我才发现，你不戴眼镜了。不过眼睛看上去不同了。"

"我不小心把眼镜掉在湖里了。"

"那么你现在准备好告诉我发生什么事情了吗？"

我盯着芬利。这是我脆弱的一刻。"有时候，有些事情不知道的话更安全。"

"看来今天你是不想说了？"

"没错。"

"有一个客人来住住也是件不错的事情。不过，不论这里的管理多么马虎，迟早会有人发现。所以你住在这里也不是长久之计。"

“我只要待几个小时休息一下就行了。谢谢你!”

“我能帮你什么呢?”

“我需要找到伦恩。”我清楚地知道只有见到伦恩，我才能得到我想要的信息。这时，我也默默地向伦恩道歉——他应该也不想让芬利知道任何事吧。知道的越多就越危险。

“就知道那个老头不简单。这个方便!他就住在山那边。我们现在就出发?”

“我觉得还是等大伙都睡着了，再溜出去比较好。告诉我怎么才能找到他，我可以——”

“不行!我得跟你一起去。你可不想路上走丢了，然后敲错门吧。”

“但是——”

“别但是了，就这么决定了。”说完他把碗收走，然后取了一些东西给他的室友。那个可怜的男生不知道今晚在哪间屋子过夜了。不一会儿，芬利又回到房间，坐在床脚的椅子上，拿着书，还做着鬼脸向我保证一切安全，他会给我站岗，让我好好休息一会，一个小时后再叫醒我。

吃饱后终于感受到些暖意了，不过我知道我是不可能睡着的。除了自己内心的恐惧，我还有其他的担心——要是尼科发现最后看见我的人是埃莉，他会做什么?一想到他可能对埃莉下毒手，我的胃就一阵翻江倒海地难受。斯特拉怎么能在这个时候让埃莉出来找我!这太令人生气了。但是我又忍不住为她的安全担心，也为芬利的安全担心。过不了多久，就会有人发现我和芬利待过一段时间，就会有人来找他。即使那些人还没有将我的逃离和孤儿院联系上，但是这事也蒙不了多久。芬利说他会为我站岗，但是他对他可能面对的敌人和危险一无所知。

我的恐惧在脑子里纠结、翻转，渐渐地又模糊起来，变得遥远，随后飘散了。

一只小眼睛透过妈妈的肩膀向外窥视，格格地笑了。

快蹲下！我心中大声叫喊着，用眼神示意他。可是他不明白我的意思，又向外偷看了一眼。

这次他们终于发现了这个小男孩。穿着黑衣的法监。

他们大踏步走过我身边，一把从男孩的妈妈那里抓走他。男孩的妈妈哭喊着，哀求着，可是火车上的每个人都低着头，要么看着地板，要门盯着死沉沉的窗外。没有人动一动，也没有人发出一点声音。

这次不能沉默了，这次一定要勇敢站出来，再也不要懦弱！我站起了身，大喊："放开他！"

其中一个黑衣人转过身。他的金色头发很长，无情的蓝色眼睛透出危险的神色。他的笑容充满魅惑，朝我伸出了一只手。

尼科？不，这不可能。

第二十四章

我骤然睁开眼。一时脑子空白，不知所措——我这是在哪里？芬利的房间里。静悄悄的，没有一丝声响。那，我怎么醒了？

我环视了一下屋内。窗帘的缝隙中透过淡淡的月光，能看见一把椅子，还有另一张空床。只有我一人。

这时门口走廊传来些许声响。脚步声？

我的心提到了嗓子眼儿，慌忙坐起来，可是躲在哪里呢？没有时间跳窗而出，也无处可逃。

接着传来极轻的敲门声，门开了，原来是芬利。

我这才放心地瘫软下来。

“太好了，你醒了，”他说，“那么我们出发吧。”

我很快振作精神，一把抓过暖气片上的衣物。差不多都干了。

芬利转过身，我飞快地换好了衣服。

“来吧，”他握住我的手说，“如果有人发现了我们，他们也只是以为我想把你偷偷送出去而已。”

芬利探出头看了下走廊，然后示意我出去。我们一句话也没说，默默地走下了楼梯，来到一扇后门处——这是一扇真的门，不再是窗户了。

我回头瞟了一眼湖边：一片漆黑，沉默死寂。法监如果发现我既不在船屋里，也不在路边，而且所有的划桨都不见了，他们一定会确定我是划皮艇逃走的。我不禁眉头紧锁，恍惚间仿佛看见搜索的灯光若隐若现。

芬利带路，我们俩沿着小路向上走去，远离了屋子和湖边。黑暗中，我的每一步都走得很扎实，多亏了这么多年和尼科一起的丛林训练。这对芬利来说却不是那么自如。突然，一声树枝折断的响声把我吓住了。“小心点！”我低声提醒他。

“别担心，这树没事。”

“什么树？”

“就是这棵树，刚才我的头撞到它的树干了。现在才意识到个子矮也不是一件坏事。”

我们来到一条稍大点的路，走了大概一英里。一路上我们小心谨慎，注意着来往的车辆，看到有人就连忙躲起来。随后我们转进了一条蜿蜒的小道。

“伦恩的家到了！”芬利指着眼前一间简陋的木屋说。早前我们借的车子就停在一旁。屋里静悄悄的，又是一片漆黑。

“几点了？”我轻声问。

“凌晨四点。”

“希望他睡得不是那么死。”

芬利尝试着轻轻敲门。屋内没有回应。他接着又尝试着去开门，可是门上了锁。我们交换了一个眼神，他说：“使劲砸门的话好像不太好噢。”

我从地上捡起了几个鹅卵石朝窗子扔去。

终于屋内有了些动静，门锁转动打开，伦恩开门探出头来：“大清早的，要不是什么大事有你们好看！”

他把我和芬利拉进厨房，门应声关上。“这个时间实在抱歉，水还没烧，不是我好客的风格。不过你可以自己烧一壶泡茶喝，我和她要先说两句。”伦恩指着水壶和茶杯示意芬利，然后把我拉进旁边的房间。

他关上门说：“露西小姐，你的身份暴露了。”

“你知道了?”

他点点头。

“你是怎么知道的?”

“你妈妈给我的消息。”

我很震惊地望着伦恩：“她认识你?”

“你知道自己是怎么进入‘觅踪’的吗?”

我摇摇头。“不知道。我也从来没想过这个问题。”

“你知道你是怎么暴露身份的吗?”

“我也不知道。但是，可能是斯蒂芬，其中一个女孩子，她可能是阿斯特丽德的眼线。只有她见过我没戴眼镜的样子，看到了我的绿眼睛。”

“真是神奇的眼镜！现在不戴了吗?”

“不小心在湖里弄丢了。不谈眼镜了。我肯定阿斯特丽德已经开始怀疑斯特拉了。要是斯蒂芬再把我眼睛的事和她一说，她很快就会明白了。”我仰头叹了口气，“只是很遗憾把芬利也牵扯进来。我必须要逃跑。我也没其他法子，不知道怎样才能找到你。”

“放心，芬利是个聪明的孩子，他口风紧得很。不过，除了这些，你应该还有其他事情要告诉我吧?”

这是传来敲门声。芬利手捧两杯茶，说：“我能进来吗?”

“现在还不行，再给我们一点时间。”

芬利看上去有点失落，他把茶递给我们，随后抽身离去。

刚泡的茶有些烫。伦恩嘬了一口，看上去开心了一些。“喝口茶感觉好多了。现在可以告诉我了吧，昨天下午到底发生了什么事?

为什么法监会到那山里找你?”

“我发现了一些事情。一些会让法监们名誉扫地的事情。我必须要见艾登，越快越好。你能帮我吗?”

伦恩深沉地望着我，叹了口气：“能帮我一定会帮。反正我是个愚蠢的老傻子了，也没多少时间剩下了，犯不着怕这怕那。但是如果他们在搜查你的话，把你带出城还是有点困难的。也许你应该告诉我你发现了什么，为什么会这么重要。”

我犹豫了，内心挣扎着。艾登很信任他，我也应该可以完全信任他。不过，他要是不知道，会不会对他更好?

“不如我们这么想：如果你是唯一知道这个事情的人，万一你发生不测，这个事情就永远没人知道了。”

我点点头，欲言又止。“这个事情太可怕了，我都说不出口。”头疼欲裂，我用手抱住了头。

“露西，时间不多了。”伦恩轻柔地催促着。

“我希望你还是不要叫我露西，叫我雨拉。”

“好吧，雨拉。”

我抬起头，和伦恩对视着。“我在远处看到一群孩子，排成一队，在孤儿院内沿着栅栏走着。他们看上去不太对劲，并不像普通正常的孩子，于是我凑近了去探个究竟。”

“真是疯了。然后呢?”

“我发现他们都变成白板人了。里面最小的孩子也就才四五岁。”我可以感受到伦恩有着和我一样的惊恐。“他们就像机器人一样，没有个性，没有生命。”

伦恩一把抓住我的手问：“有证据吗?”

我拍拍自己的口袋。“有，我有照片，在相机里。他们的手腕上都戴着乐握。”

“真不是时候，”伦恩轻声诅咒了几句，“觅踪的网站刚被黑了。”

“什么？这是不是他们发现我的原因？”作为一个白板人，寻找自己的过去是绝对不被允许的。他们可以利用这个原因搜捕我，抓到我后就不用担心他们的秘密泄露了。

“黑客进入了网站的被保护区域。所有觅踪管理员可以看到的信息对他们来说都一览无遗了。如果他们查看了信息，就会发现你已经被找到，但是不会有你的准确地址，因为这个信息并没有存在网上。当然他们可能会去凯西克找你。可惜的是，在调查过程中，所有的电脑网络通讯都中断了，我们无法将照片通过邮件备份。艾登需要你，你就是证人。我们一定要把你安全送到他那里。”

“你知道他们是怎么搜捕露西·康纳的吗？事态还会恶化。”

“恶化？”伦恩谨慎地问道。

“如果他们将露西和在孤儿院拍照的女孩联系起来，事情就糟糕了。芬利帮过我，用不了多久，你也会被暴露。对不起，太对不起你们了。”

伦恩把芬利叫进屋里，三个人一起喝茶。伦恩找了些饼干给我们，当我和芬利想说些什么的时候，他举起一只手示意：“别说话，我在思考。”

终于伦恩看着我，指着芬利问：“你没有把你的发现告诉他吧？”我摇摇头。“好，继续保持。”

芬利看上去想要抗议什么，不过被伦恩制止住，他举起手说：“听着，我们可能都会有大麻烦。如果你不知道，你就不可能会泄露。你可以装无辜，我知道，这个对你不是难事。”

“他们才不会在意什么无辜！”想起那些孩子，我心如刀割。他们中间有些还这么小……

“他不能和我一起走吗？”我问。

“不行。如果芬利也失踪了，他们很快就会把你们联系起来，认为你们就是那天他们在山上想要搜捕的人。”

“不，你不能就这么让他回去，这样太危险了！”

“听着！如果你真的发现了他们不想公布于众的秘密，他们一定会进行地毯式搜捕：设置路障，挨家挨户地搜查等等，但是却什么也查不到。”

“什么意思？”

他挠了挠头回答：“我不知道，我只知道目前形势对我们还是有利的。通常的话我会不急不忙地等待风声过去，再把你带到别处。不过这一次，我们越快把你转移，你就越安全。”

“那就这样吧，我得走了。天亮了溜回去的话会露陷的。”芬利站起身，来到我面前，半蹲下来给了我一个拥抱。“好好照顾自己，不用担心我。我不会有事的。”

伦恩将芬利送到门口，两人低语了一阵，故意压低了声音让我听不清。接着门关了，伦恩回到房间里。

“你真的认为他们不会查到芬利吗？”

“不，”伦恩犹豫地回答，“他也知道自己将面临的危险。他这是在给你争取时间，千万别浪费了。”

第二十五章

“你真的确定要用这个方法吗?”

“别无他法，除非你可以自己长翅膀飞出去。”伦恩回答，“火车肯定是不能坐了，因为现在他们都在盯着你，即便我们能够很快给你搞一个假身份也不行。他们可不傻。所以这是唯一的办法。”

一辆货车停在一个偏僻车间的后面。这是唯一合适的交通工具了，除了应对长途跋涉，还能躲开一路上大大小小关卡的检查。而且这辆货车车厢的地板是假的！伦恩把它掀开，下面是一个很小的空间——真的不是一般的小。这个伪装只被觅踪用作运输设备，而我是它的第一个乘客。

“来看看你是否合适。”伦恩对我说。于是我钻了进去，盖上了毛毯，试了几个不同的姿势，努力把胳膊和腿脚都塞好。“那我现在把地板合上看看如何，”伦恩说，“如果觉得不舒服就敲地板，大喊也行。”

我翘起大拇指示意没问题。伦恩缓缓地合上地板。我陷入了一片漆黑当中。伦恩很快又将地板打开问:“怎么样?”

“应该可以。我就是要把肩膀再放平。继续吧。”

伦恩于是又将地板合上，旋上螺丝。这噪音简直无法忍受。我尝试着想把耳朵堵上，却丝毫无法动弹。这感觉令人绝望无助，仿佛自己正躺在棺材里被活埋一样。卡车司机去吃午饭了。虽然他不是觅踪的人，不过拿了好处，不会一直看管车子。他也知道自己要运送一些“东西”，不过没人告诉他这“东西”到底是什么。他完全不知道我的存在。要是接头“收货”的那个人出了什么意外，除了伦恩，这世上就没有人知道这地板下还有一个我了，因为伦恩觉得捎口信出去太危险，容易被截获。尽管他已经给我钻出了些呼吸小孔，这无助的感觉依旧使我感到窒息。

这时，外面某个地方传来两声敲打。我想这大概是伦恩在对我说“祝你好运”送我离开吧。

我不禁笑了，但是这片刻的放松很快就消失了。我欠伦恩和芬利太多了。我感觉伦恩已经告诉了芬利这个小密室的存在。不过要是法监真的来抓捕芬利，他是不会有太大机会逃脱的。尼科、阿斯特丽德和法监们来的时候，我不在屋里，而是在湖边，这真是不幸中的大幸。要是斯特拉没能让埃莉捎给我那个隐秘的口信，我肯定已经落入他们的魔爪了。要是这样的话，他们会对我做什么？肯定没好事。也许会把我扔进监狱，那个伦恩认为关着麦迪逊的监狱，又或者是死路一条。

时间一分一秒地流逝。我听见车门开关的声音，引擎也启动了。车子在小道上颠簸了好一阵子，最后来到了大路上，终于平稳地行驶起来。车身的晃动像摇篮一样，小小的空间非常温暖，我不禁昏昏欲睡。

突然我被噪音惊醒，脑袋重重地磕在上方的地板上，这才意识到自己的处境。噪音在我的脑中盘旋，令人头疼欲裂。螺丝被旋开了。是到了吗？还是路上被人截住了？不管怎样，我全身的肌肉都被唤醒了，拼尽全力地伸展、移动。我要出去！

最后一颗螺丝被旋开了。在地板被掀开的刹那，我也起身坐直了身体。

面前是一张受到惊吓的脸，而地板也险些砸在了我的头上。

“我的天啊，是个姑娘！”他说。

地板被移开后，又一个人出现了。都是男的，不过不是法监。我送了口气，努力将自己的腿拔出来。“痛死了！帮帮我好吗？”

他们其中一个连忙伸手帮助我下了货车。长时间不得动弹，我的双腿开始提抗议了，完全不听使唤，我差点摔了个跟头。我一只手扶住货车才站稳了身子。

我们三人伫立在黑暗的冷风中，前方是一些楼房。

“我这是在哪里？”

那两人交换了一个眼神。

“噢，对不起，是这样的，我是来这里参演‘冬天故事’最后一出戏的。”伦恩教我说的这句暗语应该能很快把我带到觅踪的高层那儿。

果然如此，之后的事情快速、顺利了很多。我被他们带进了一个工厂，急忙找了个脏兮兮的卫生间解决了下内急。我向他们要了一杯茶，出奇的平静。门的另一边有人在窃窃私语。这平静是因为接下来要发生什么事情完全不在我的掌控中吗？我也不知道。

一辆车出现在门口。我被塞进了后排坐。前面坐着一个男人和一个女人，一言不发。我向窗外望去。我们先是路过了一片工业区，然后经过的地方越来越繁华。这不是伦敦，也不是我熟悉的地方。直到我看到一个标志上面写着：欢迎来到牛津。原来离家不远了！可是，那里是我的家吗？起码过去是，因为那里有我的学校，还有不远处的村庄。

街道变得越来越拥挤，到处都是行人，两旁都是有些年月的建筑。我们的车子蜿蜒穿过狭窄的后街，最后停了下来。我换上了一件不同的外套，戴上一顶帽子。在司机的护送下，我沿着鹅卵石道路，穿过华丽的老建筑。此刻我多想停驻，抬头看看身边的情景。可是我不敢，害怕引人注目。

我们迅速穿过一个拱门，沿着一个四方形中院的小道来到了一扇门前。门口有一位比我稍大几岁的姑娘微笑着迎接我们。司机把我交给这个女孩就离开了。她带着我左转右转地通过走廊，又来到一扇门前。只见她轻轻敲了敲门，然后对我说："进去吧。"随后也离开了。

我把门拉开，引入眼帘是一个被书架包围的书房。书桌前，一张惊诧万分的脸——是艾登！

"凯拉，原来你是我们的新证人！谢天谢天你没事！"他几乎从椅子上跳了起来，张开双臂给了我一个大大的拥抱。而我也紧紧地抱住了他。内心深处好像有什么东西融化了，阵阵暖意袭来：太好了！艾登在这里，他一定知道接下来我该做什么。现在我安全了吗？至少暂时安全了吗？艾登终于松开了我，不过他依旧紧握着我的双手，和我十指紧扣。我望着他，颤抖着说不出话来，说不出我有多么想念他，说不出我有多么想握紧他的双手永不放开。他那蓝蓝的、深邃的眼睛，即便深陷危险，依旧散发着正能量。灯光的照耀下，他的头发如烈焰般火红。我笑了。

"嗯哼！"耳边传来一阵清嗓子的声音。我转过身才发现屋内还有一个人。她坐在火炉边的椅子上，看上去比艾登年长一些。她苍白的脸上一股怒气，皱起眉头说："我们动用这些资源可不是运输女朋友的！"

"如果不是十分重要的事情，伦恩是绝对不会用这个办法的，更不会使用紧急暗号。"虽然艾登的语气很平静，脸颊上还是泛起了两片绯红。

"那么到底有什么紧要的事情？告诉我们吧。"她厉声道。

"我只想告诉你一个人。"我看着艾登回答。

那个女人沉下脸："这不可能！"

"你是谁？"我问道。

"好了，凯拉，这是芙洛伦丝。我们两个一起管理觅踪，自从……"艾登突然停住，"不管怎样，对于证人的话，我们通常是使用双轨道的方法。越多人知道，信息就会越安全。"

"那好吧。"我一边回应，一边掏出我的相机，摆弄着输入文件夹的密码，并关掉了屏幕保护。"这些照片是在凯西克附近的坎布里亚托儿中心拍的。那是一个孤立出来，四周都是栅栏的孤儿院。我看见孩子们沿着栅栏走路，行动非常不自然。于是我凑近看了下情况，这就是我发现的东西。"

我把相机对着门，摁着按钮播放着照片，其中三个小男孩手腕处的乐握清晰可见。

他们两个都呆住了，面面相觑。"我的天！"艾登惊叫道。

"从孩子们的行为来判断，他们都成了白板人。最大的十一二岁的样子，一共有五十个。"

"我们不能再等了！"艾登说，"这太令人发指了！我们手上有这么多法监暴行的证据。是时候将这些公之于众了。这将是法监毁灭的开始！"

芙洛伦丝摇摇头说："我们需要证明这些照片是真实的。"

"没必要，我们有证人！"

他俩一来一回地争执着，不过我已经不在意了。我已经把自己知道的东西告诉了他们，接下来的事情我就无需承担过多压力了。我还有一些事情想，或者说需要告诉艾登，不过不是在这里，不是现在，起码等她不在场的时候。

两人的争论稍微停歇了一下，我抓紧时间问："不好意思，我饿了，有什么可以吃的吗？"

艾登有点内疚，竟然忘了照顾我。他伸出手："当然有吃的了。

不过先把照片给我们保管吧。”

“相机我想还是自己保管比较好，毕竟里面还有一些我私人的东西。”

艾登将相机和电脑连接起来。我把密码告诉他后，他把孤儿院的照片拷贝保存下来，随后把相机还给了我。

“伦恩不是说觅踪的电脑系统被黑了吗?”

艾登叹了口气，点点头。“这真的是一场噩梦。我们的技术人员正在努力恢复系统。虽然我们也知道这些年来，他们一直在监视我们的网络，不过这一次他们竟然能以管理员的身份进入网站。这究竟是如何做到的，目前还不得而知。我们也不清楚他们到底监视了多长时间，又或者盗取了多少机密信息。不过你放心，这台电脑并没有联网，所以刚才拷贝的照片是安全的。”艾登指着我的相机接着说，“把它看管好。”

我连忙把相机放回口袋中。艾登转而看着芙洛伦丝。只见她站起身，叹了口气说：“我识相的，这就走。”

“可以给凯拉弄点晚饭吃吗?”艾登露出他最灿烂的笑容，可是芙洛伦丝依旧板着个脸。

“别得寸进尺啊!”她踏着重步走到门口，转身说，“我会让人把吃的送来。”

然后她离开了书房。

“她真是怪怪的。”不过芙洛伦丝离开真是令人高兴，更令人高兴的是我终于可以和艾登单独在一起了。我情不自禁地又向他伸出了双臂想要寻求依靠。艾登笑了。

“她脾气怪是有原因的。几十年前，她的父亲创办了觅踪。接着他的身份暴露了，不幸遇难。于是她就一直躲藏在这里，和我一起。”

“噢不，真令人难过。”

“我们别谈这些丧气的问题了。今天还是有值得高兴的事情的。”

“什么事情值得高兴?”

“首先你现在很安全。其次，尽管我们的网站出了问题，不过我们就要胜利了。等我们的系统恢复正常，我们就要将法监的暴行公之于众。凯拉，你知道吗?你相机里的证据会让他们永无翻身之日。”

“多么美好的一幅画面,”我笑着说，“艾登，不论是关于什么事情，你总是对的!”

艾登咧嘴一笑说：“这话听着舒服，不过能否具体点呢?”

“你说只有人们知道真相，并团结在一起，才能改变世界。我希望加入觅踪，并为之奉献一切。”

“你好好做证人就够了。”

“不，这还不够。我能够做更多。”我努力争辩着。我想用尽全力告诉他，之前没有做到的我希望去补偿。和他上次一别之后我成熟了，变得更强大了。可是还没说出口，我们的对话被敲门声打断了。

“这是今天对你来说第三个值得高兴的原因。”艾登说。不过说这话的时候他却显得不那么自然，眼神中透着哀伤。他松开了我的手。

我看着艾登，有点云里雾里。

门打开了。

我简直不相信自己眼睛，不相信自己看见的东西。我眨着眼睛，看着艾登，希望有个解释。

我转回神来，看着门外的人。他手里拿着一盘三明治。巧克力色的眼睛，乌黑、长长的头发别在耳后。那站着的姿势是如此熟悉。笑容绽放在我的脸上，温暖融化在我的身体里。

“本，是你吗?”

第二十六章

我怔怔地盯着门口站着的这个人。好不容易回过神来，连忙看着艾登想要一个解释：“但是，这是怎么……这……”

“让本自己来解释吧。”艾登一边回答，一边站起身来走向门口。“你们寒暄一下，我一会儿再回来。我们还需要再深入谈谈。”门啪地关上了。

本朝我尴尬地笑了笑。他把托盘放到桌子上问道：“凯拉，是吗?”

我点点头，努力压抑住内心深处的失落感，尽量不要让这份失望表现在脸上——他还是不记得我是谁，不记得我们之间的深情。当他开门的那一刹那，我真的觉得他就是我的本，而且他也是为我而来！但是，他的记忆还是丢失了。我们之间的回忆丢失了。

本在我身旁坐下。虽然我们近在咫尺，但感觉却是千里之外，无法触碰。我凝望着他，希望在脑海中镌刻下他的眉目，生怕今后无法再见。

本被我的认真逗乐了。“嘿，我有些话要对你说呢！你这么盯着我，我都不好意思开口了。”尽管他的记忆已经消失，一贯的小幽默还在。

“噢，对不起。我不会这样了，有什么你说吧。”

“谢谢你。”

“谢什么？”

只见本将手掠过发丝——他的小动作也还在，“是你把我从那个训练基地救了出来，帮我远离法监。”

“我有吗？”

“开始我认为是自己想留在那里，因为想要成功，想要成为他们需要的人。但是从头到尾都有一个声音在我脑子里回响，质疑他们的所言所行。那就是你的声音！”

“我对你说的话真的有作用？”

“是的，多亏有了你。”他做了个鬼脸。

“你知道他们对你的记忆做了什么吗？”

他摇摇头。“不太清楚。艾登给我安排了一个医生，做各种检查。也不知道结果怎样。”

他的袖子长长的。我伸手把他的袖子撸起。我的指尖感受着他皮肤的温暖。“真好，没有乐握。”

“确实没有了。”他又坏笑了一下，双手握住我的手。“其实你要是想摸摸我，是不需要理由的。”

“坏死了，你都不记得我们在一起的时光了！”感受他的肌肤让我有点眩晕，又有点迷惑。不知道对本来说，握住我的手会不会像握住一个陌生人？这种感觉很怪异。虽然他看上去、感觉上去并没有改变，可是我真的认识他吗？

“我知道我们曾经走得很近。你一定非常在意我，不然不会冒险到法监那里来找我。”

我无奈地耸了耸肩回答：“我只是比较笨而已，经常干这样的傻事。”

“你能这么做我还是很高兴的。”

“不过你是怎么到艾登这里来的?”

“说来话长。与其说我到他这里来，不如说是他找到我。我逃跑之后，觅踪里的某个人发现并认出了我。就这样，艾登找到了我藏身的地方。要知道当时他可是花了好大的力气才让我相信他和法监不是一伙的。”

“当然，你的记忆丢失之后肯定也不记得他是谁了。”

“是的，不记得了。令我愧疚的是我还让他受了点伤。还好后面我知道他说的都是真话。”

“我的天!”

“希望他不要太在意这件事。说实话，我也不确定他和芙洛伦丝打算拿我怎么办。他们想弄明白法监到底对我做了什么。不过他们总是让一些人跟着我，好像怕我干出什么出格的事情一样。”

“我想他们只是比较谨慎罢了。”我皱着眉头回答。要知道，这样看着本可不是一个帮助他康复的好办法。本会像我一样慢慢地记起一些事情吗?“不管怎样，我还是不敢相信竟然在这里可以和你重逢。”我咧嘴一笑，又痴痴地盯住他。

本若有所思地朝我微笑说：“我知道你一定饿了。这是为你做的。”他指了指那个几乎被遗忘的餐盘，放开了我的手。

“谢谢你。”我一把抓住餐盘里的三明治，仿佛那是本松开的手一样。芝士是泡菜味的。我不喜欢吃泡菜的，他怎么不记得了呢?这么多重要的事情，他都不记得了。

本一直陪着我。我一边吃着三明治，他一边逗我开心。我克制住，尽量不要花痴般地望着他。这一切都是真的吗?本，他真的在我身边了。艾登找到了他，一切安好。

门外传来敲门声。只见艾登探头进来问：“嘿，我们能进来吗?”

我嘴里都是还没来得及咽下的饼干，急忙点点头。艾登和芙洛伦丝一起走了进来。芙洛伦丝看了一眼本，本很识趣地站起身说：

“那我就先走了。我们俩明天见？”

“好，明天见。”在本关门前，我听见他好像和门口站着的某人说了几句话。本陪着我的这段时间里，他们还真的派人在门口蹲守了？

“你们是不是一直在监视本？”

艾登耸耸肩，望了一眼芙洛伦丝说：“我们的‘谨慎’女士认为这个还是有必要的。”

芙洛伦丝对这个外号很不满。“我们确实不知道他怎么会突然正常了。我甚至怀疑现在的正常都是他装出来的。在我们还没有查出原因前，还是小心为妙。”

“你对本，还有其他所有的事情都太小心了。现在，我们必须要公布我们所掌握的所有证据。加上凯拉的证词——”

“等等，证词？这是什么意思？”我打断艾登问道。

“在条件许可的情况下，我们会给每个证人录视频。让他们对着镜头说出法监们的种种恶行。”芙洛伦丝回答。

“录视频？”

“你要做的就是对着镜头说出自己经历的故事，就像你对我们说的一样。”艾登回答。“这样我们公布证据的时候，你就是其中的一部分。”这时，艾登转而看着芙洛伦丝，“如果我们有机会公布的话。”

“我们会成功的，艾登。”她回应，“不过为了增加可信度，我们必须要确保拥有第一手的证据。光是某某人说的话还不够，我们需要证据！道听途说是没有用的。”

“可是法监们一定知道我们的行动，不然，这次的网站被黑该如何解释？这么多年来他们都知道网站的存在，也知道任由事态发展的危险性。所以我们必须在他们阻止我们之前将证据公布于众。”

芙洛伦丝瞥了一眼我，说：“够了，别说了，艾登！”她说这话的口气好像家长一样，嫌弃我是一个小孩子，不屑和我讨论这么重大的问题。我气不打一处来，不过想想她父亲的悲惨遭遇，我还是忍住了脾气。

“你想现在录证词吗?”艾登询问我，“我们习惯尽快把证据保存好。”

“录视频?”

“这样效果是最好的。”

我咽下口水，有点害怕镜头和声像这些东西，不过我又不想让芙洛伦丝发现我的胆怯，赶忙回答：“好啊！反正法监在追捕我，再多一个让他们抓我的原因也无妨。”

“好，这就是我们要的精神!”芙洛伦丝表扬道。当她在书桌上用三脚架支起摄像机的时候，我急忙利用这个时间整理下头发。在车子里的小密室蜷曲了这么长时间，头发一定没形了。“准备好了就开始。先说你是谁，你看见了什么。”芙洛伦丝按了一个按钮，摄像机上的绿灯亮了起来。

“我用什么名字比较合适呢?”

她有点不耐烦地暂停了录影，问：“你有几个名字，说来听听?”

“事实上……”

“就用凯拉吧。”艾登在一旁说道。

“好的。”我回答。这个名字和其他一样都承载着真实的故事，不是吗?芙洛伦丝继续录像了。我盯着镜头，告诉大家：我的名字是凯拉·戴维斯；我在坎布里亚散步的时候，发现了一个孤儿院。里面的孩子和正常的孩子不同。我把自己拍的照片朝向镜头。芙洛伦丝把照片也录了下来。

她关掉摄像机。“这样就可以了。我一会儿检查下，明天再告诉你是否有问题。”说罢她就带着摄像机飞快地离开了房间，留下我和艾登两个人。

“真抱歉。芙洛伦丝脾气有时候不是太好。谢谢你的包容。我知道你也不容易。”

“放心，我没事。”我并没有太在意他说的话。对着镜头讲述着法监们的暴行，这实在太疯狂了！“这视频一录，我恐怕是要上法监的黑名单了。但是我不在乎，我真的很想将他们绳之以法。”

“没错，我们需要你的参与。”

“谢谢你们，找到了本。”

艾登尴尬地耸了耸肩。“这是我唯一能做的了。我一直觉得很内疚。他的遭遇我一直认为是我的错。”

“不是你的错！”我争辩道，“如果真要说是谁的错的话，那也是我的错！”或者，是尼科的错。我默默地对自己说，叹气。还有很多事我都没有告诉艾登。我应该告诉他吗？目前对觅踪最有利的信息就是斯特拉的故事了：她的母亲是一个法监，是暗杀事件的幕后黑手。不过尽管我答应了斯特拉不把这个秘密告诉别人，即使我说了，芙洛伦丝一定也会认为这个是道听途说，没有证据吧。这样的话，我说了又有什么意义呢？”

“你好像有很多心事？”

“噢，对不起。”

“我们还有一件事要谈一谈。”

“什么事？”

“凯拉，你要小心本。我们不知道他经历了什么。无论如何，他已经不是你曾经认识的那个男孩了。你和他认识之后的事，他都没有印象了。他变了。”

“不，他还是本。”

“他已经不是原来的本了。我们会通过一些检查，尽力找出原因。看上去法监们好像是用了一种类似洗脑的技术，不过没有那么彻底。这技术只是消除了他的个人记忆，但是一些基本的能力，比如判断力还保留着，因此还可以独立思考和行动。这样他们可以为法监做特工，更派得上用场。不过，这些能力的保留也让他们更容易逃脱法监的控制，就像本一样。”

我一言不发。内心深处，他就是我的本。我会帮助他唤起记忆，一定会的。我必须这么做。

“好了，这一天够辛苦的了。我们为你安排了一个房间，但是你还有一个室友，是一个学生。我带你去。”我跟着艾登走出房门，穿过一条走廊。

“这里到底是什么地方?”

“万灵学院。牛津大学中的一个学院。”

“我想牛津大学现在也在法监的控制下吧?”

“是的。但是这也是我们选择在这里藏身的原因之一：最危险的地方就是最安全的地方。几十年前，万灵学院在劝阻牛津大学参加示威游行的行动中起了很大的作用，因此得到了法监授予的独立特权。其实万灵学院这么做的原因不是拥护法监，而是为了更好地保护牛津大学。这些年来我们一直都保持着联系。芙洛伦丝的祖父曾经是这里的一个研究员。当他们开始招收学生的时候，芙洛伦丝就是第一批就读的学生之一。万灵学院很看重校友的关系，因此我们碰到困难的时候，他们的管理机构进行了投票，最后决定帮助我们。”

“整个学院投票?”我吓呆了，“那岂不是很多人都知道觅踪在这里!”

“没错，这儿的每个学生，每个研究员都知道。”

“这对他们来说很冒险啊。”如果有人走漏风声的话，对我们来说也一样。

“是的，所以我们要尽快离开这里。唯一的办法就是尽快把证据公之于众，之后我们就可以各自分头躲藏起来，直到问题得到解决。”

我们来到一扇门前，他敲了敲门。一个女孩子开了门，是那个我刚到时迎接我的女孩子！“这是温迪。”艾登介绍说，“好好休息，晚安啦。”

温迪关上门。房间并不规则，石头墙面上钉着一排排书架，塞满了历史书籍。房里还有两张狭窄的床，一个衣柜，还有一张长书桌，两张椅子。

“这张床是你的。”她指着窗户边的那张说。接着她带我去了走廊尽头的浴室，借给我一条毛巾和一些换洗衣服。她的眼神告诉我她对我十分好奇，不过她什么也没问。

一直以来，我抵制帮助觅踪的原因是出于自保。现在我才发现帮助觅踪才是保护自己的唯一办法。可是，这些大学生们！是什么让像温迪这样花样年华的大学生们冒着生命危险来帮助我们？他们甚至都不知道我们是谁！

我洗澡的时候，温迪就在屋里学习。当我回到房间的时候，她假装已经入睡了。由于天气寒冷，她在床上蜷缩着。

这个时候本一定也在睡觉了吧，一定也在做梦吧，他的房间在哪里呢？尽管我们俩都在被法监追捕的危险中，有他在身边就像是一剂良药，让我觉得宽慰。这平静的夜色中，有人在他身边看着他入睡，听着他的呼吸吗？

芙洛伦丝说她怀疑本。本连自己是谁都不太清楚，他又怎么能想起自己被法监关押的事情？我必须要帮助他唤醒记忆。

我一定会有办法的！

第二十七章

第二天一早就传来敲门声。我睁开双眼发现温迪已经去上学了，而芙洛伦丝正伫立在门口。

“该起床了，还有很多事要做。十分钟之后我再来找你。”

我赶紧冲到走廊尽头简单洗漱了一下，穿上温迪借给我的衣服和裤子。看上去还不错，就是长了点，于是我把袖口和裤腿都卷起了一些。

不一会儿芙洛伦丝就回来了，径直走进房间，把门关上。“艾登说你想要加入觅踪。”她眉毛轻挑，似乎有点不太相信。

“我想尽一点绵薄之力。”说这话的时候我还有点小紧张，不知道芙洛伦丝心里是怎么想的。

“好吧，那你就算是我们中的一员了。有几个证人，我拿他们没办法。艾登建议可以让你试一下。很明显我不是一个循循善诱的人。”

我强忍住心中的得意，回答：“你不要那么咄咄逼人就好了。”

“那又怎样？我又不是护士，也不是医生！”说罢她也忍不住笑了。“我带你去吃早饭吧，顺便把卡办一下。卡是学校发的，所以务必随身携带。上午晚些时候艾登会来接你和本。”

“本?”

“艾登认为让本和你多相处一下有利于他恢复记忆。”她翻了个白眼，貌似对此不太赞同。“不过有一个条件。”她凑近盯着我说，“你得负起责任。如果本说了或者做了什么让你觉得对你或者对我们都不太好的事情，你必须要告诉艾登，或者我。行不行?”

“没问题，一言为定!”

“你想让我做什么?”本问。我忙着摆弄相机，设置到视频录制模式。

“随便。我只是想确认怎么录像。准备好了没?”

“那开始吧。”

我按了一下开始的按钮，透过镜头看着本。

他斜靠在沙发的一头，微笑着，有点不太自然。不过他微笑的模样依旧像有魔力一般，让我忘记了自己的任务。对了，我要试一下声音效果!

“吱一声吧。”

“吱～～”

“你真幽默。好了，告诉我你是谁?现在在想什么?”

“我叫本，”他向前移了一点，“我在想，眼前的姑娘真美。即使我不太记得过去，有一点可以肯定：对挑选女朋友，我很有品味。”

这话说得我胸口小鹿砰砰乱撞。

他有点察觉我的紧张，傻傻地笑了。“注意把机器扶稳了。”

“不好意思，以前我是金发的，现在已经变化很大了。”

本伸出一只手，轻轻触碰我的秀发。我忍不住停止了录像，把相机放低下来感受着他的温柔。他靠得更近了，凝视着我的双眼；这时我胸口的小鹿奔跑得更加厉害了，简直无法呼吸。我既想远离面前的这个失去记忆的本，又想紧紧地靠近那个我曾经熟识、深爱的本。

这时门突然开了，我俩像触了电一样立刻弹开了。

“准备好走了吗?”是艾登。

我们俩起身走到门口。

“我可以给你一个提醒吗?”本悄悄地对我说。

“什么?”

“下次你录好，记得要关机。”我急忙按了关闭的按钮。

路上坐车的时候，我检查了一下录制效果：嗯，不错。影像清晰，声音明亮。

艾登带着我们来到一座房子前，简单介绍了一下，说一会儿再回来。随后他就离开了。

就这样，我和本来到了伊迪家的客厅。伊迪和她妈妈在一起，才五岁。不过，听芙洛伦丝说，她小小年纪就在公园目睹了自己的亲生哥哥被法监击毙。而她的哥哥才九岁。她的妈妈希望她站出来作证人，她说这也是伊迪的意愿。可是，每当有人尝试给她录像的时候，她都三缄其口。

我觉得这实在是有点困难。当我在绞尽脑汁想着说些什么，怎么表明我们此行的目的时候，本在一旁为了消除尴尬也在和伊迪的妈妈寒暄着。伊迪看上去小小的，很文静，蜷缩在椅子上。太多双眼睛望着她，而她只想逃跑。

“能带我看看你的房间吗?”我对伊迪说。

她回头看了眼妈妈。“宝贝，没事的。”她的母亲回答道。于是伊迪牵着我的手，把我拉上了楼。我示意本不要跟着来，让他陪着伊迪的妈妈。

“到了。”伊迪推开卧室房门，转身和我面对面站着。

“你打算在这里问我问题吗?”

“我是来问问题的。不过，也许我不会问。你要是不愿意，我也不会勉强你。”

“我什么也不需要回答吗?”她瞪大了眼睛，有点惊诧。

“是的。一切都由你决定。其他人说了不算。因为他们都得听我的，而我听你的。”

“默里就是这样的。”她很认真地点点头。

“默里是谁?”

只见伊迪走到自己的床边，捡起一个软绵绵的泰迪熊。

“这就是默里。他看上去不凶，总是一副睡不醒的样子。”

说完，她咯咯地笑了。“不过要是有人把他吵醒了，他就可凶了。杰克也是这样的。”

“杰克是你的哥哥吗?”

“是的。”这时她脸上的微笑褪去，紧紧抱紧了手中的泰迪熊。

看到这个楚楚可怜的小女孩，我完全明白这次任务的用意：这是一个博取公众同情的好故事。芙洛伦丝就是这么形容的。但是在我的心里，如果伊迪自己不乐意，我们强迫她面对镜头的做法是完全错误的。

“你要是不愿意，我们就别谈杰克了。”

“其实也没有人再提起他了。他们要谈也是悄悄的。但是妈咪要我把故事告诉你，她说我要是这么做了，其他人的哥哥就得救了。可是之前我一直说不出来。”

“能告诉我为什么吗?”

“因为妈咪也在一旁听着。她心里很难过的。”

“原来是这样。要是让默里在一旁听着如何呢?”

伊迪调皮地一歪头说：“可以。我和默里之间没有秘密。”

“你真的十分确定愿意这么做?”

“你真的不太擅长自己的工作。”伊迪的话，成熟得远远超过她的实际年龄。

既然伊迪已经同意了，我们很快就做好了准备。借助默里，我放稳相机。伊迪只看着她心爱的泰迪熊，缓缓讲述了她哥哥的遭遇：有一天，杰克在踢球。球不小心击中了一个法监。见那个人不肯归还足球，杰克便紧追不放。结果那个人竟然掏出枪，扣动了扳机。

此刻我的心情难以形容，悲愤的情绪难以自抑，握住相机的手也颤抖起来。

下午回到学院，我和芙洛伦丝一起看了一遍录像。

“我真不知道你究竟是用了什么法子让她开口的。”芙洛伦丝明显很惊讶。

我耸耸肩。“也许是因为我告诉她要是不愿意，就不用说了；也许是因为她只有在自己的泰迪熊面前才能重新面对发生的一切。她不忍心再伤害她妈妈一次。”

“很好！你试用合格了！”芙洛伦丝回答。

“有件事我很担心。要是这些资料都公之于众之后，她们该怎么办？她们不应该再留在家里了，有地方能保证她们的安全吗？”

“有的。不过伊迪的妈妈希望她和家人待在一起。我们有些证人是这么想的。当我们准备公布这些资料的时候，我们会及时通知他们，并把他们接到安全的地方。”

“你们能确保每个证人都安全吗？”我坚持追问。脑子里伊迪对着泰迪熊一脸严肃的样子挥之不去，我希望他们每一个人都好好的。

“我们会尽力的。”话毕，芙洛伦丝瞥了本一眼，“晚饭时候见？”

众人都散了。

我和本在万灵学院中一个四方院子里散步。天气灰蒙蒙、阴冷冷的，草地也失去了活力，变成死气沉沉的灰色。院子四周古老的建筑拔地而起，上面的窗户就像一双双眼睛。突然间，我感觉到一种束缚、压抑，即便我现在正站在露天的环境里。楼里的任何一个人都可能透过窗户监视着我们，而我们被困在这四四方方的空间里。

“我们聊聊如何?”本问。我这才意识到他已经沉默了许久。

“那边坐坐好吗?”我指着不远处靠墙的长凳回答。于是我们俩走过去坐下。“怎么了?”我问。

本的手穿过自己的头发。“你们怎么能相信一个小女孩的话呢?”

“你这是什么意思?”

他摇摇头。“这是不对的。我的意思是没人会相信她说的那个故事。你想想，法监会对一个小孩子下手，就因为……”他耸了耸肩。

“因为调皮捣蛋?”我轻蔑地哼了哼。“还有比这更可怕的事情。你不知道而已。”

“你怎么确定别人告诉你的故事是真还是假?”他看上去那么专注，较真。那个爱开玩笑的本已经不在了。

“一个孩子为什么要撒谎?”

“也许有人指使她这么做呢?”

“不会的。”我摇摇头。“我一直看着她的眼睛，她说的都是真的。不管怎样，我经历了这么多，分辨这些还是没有问题的。”

“即使一些事情是你亲眼所见，你又怎么知道这背后发生了些什么?”本的眼神中闪烁着怀疑。

“那好吧，我就来告诉你我看到了什么。”接着我把坎布里亚孤儿院那些孩子的故事告诉了他，还给他看了相机里三个男孩子的照片。他们虽然在笑着，但是表情却是僵硬麻木的。同时手腕上还闪烁着银光。

“你怎么知道这些闪光的东西是乐握?”

“很明显，他们每个人都变成白板人了。从他们的表情和动作就可以看出来，没有其他的解释了。”

“但是，他们也许是被训练成这个样子。难道没有这个可能吗?”

“四五岁的孩子可不会演戏。再说了，这么做的意义又何在呢?”

“比如说败坏法监的形象。”

“他们有什么形象可言?”接着我义愤填膺地讲述了菲比的故事。她是我们在学校里都认识的一个女孩子。仅仅是因为对白板人做间谍这件事发表了一点意见，没有经过任何审判就被抓捕起来擦去了所有记忆。我们的美术老师贾内利，当着全校的面，他被法监抓走。原因就是他给菲比画了一幅肖像，并且让大家为其默哀一分钟。还有终结中心。在那里，违反合约的白板人都被法监判处死刑。他们或者被注射死亡，或者被活埋。还有艾米丽。仅仅是因为坠入爱河后怀孕，就被乐握杀害了。她还没有到21岁！至于我自己在反政府恐怖组织的经历，我没好意思告诉本。

本安静地坐在那里，听得很入迷。

“还有一个故事，你想听吗?还是已经听够了?”

“想听！说吧。”

“学校里你还有一个朋友叫托丽，也是一个白板人。她的妈妈厌倦了照顾她，把她又还给了法监。她没有做错任何事情，却被送到了刚才提到的终结中心。她亲眼看到……”我没有继续说下去。“你怎么了?你记得她?”我的心有点刺痛——本已经不记得我了。但是我提到托丽这个名字的时候，他的脸上却有些反应。虽然他一直坚称托丽并不是他的女朋友，但是我知道托丽深爱着他。她是我见过最漂亮的女孩子之一。他们俩没有走在一起真是令人难以置信。

“我当然不记得她是谁。”虽然这么说着，但是他的表情却很警戒，让人捉摸不定。“只是听到这样悲伤的故事心里比较难过而已。告诉我她发生了什么事。”

“她亲眼看见其他的白板人被注射处死，被活埋。然后……”我发现本脸上迷惑的神情消失了；那一闪而过的表情是什么?“听着，这就是我看见的所有事情。其中一些你也亲眼目睹了。那么，你相信我吗?”

“我只是……”本突然转而微笑，握紧了我的手，好像内心的某个开关被按下。“我当然相信你!”

“总有一天我会给你看艾米丽的戒指；我把她藏在离家几英里的一棵树上。这都是真的。本，你难道还不明白，他们的故事就是我们现在和觅踪合作的意义所在。将法监的暴行公之于众并阻止他们!为了这个任务冒多大风险都值得!”

本有点犹豫，并没有接话，只是搂住了我的肩膀。我顺势靠着他，感受着他的体温，他的亲近，他的存在。此刻，脑子里什么都不想。

本指着不远处露出屋顶的塔楼说：“看见上面那个吗？那是牛津最高的楼——圣玛利亚教堂塔楼。上面的风景一定很棒！我想和你一起去看看。”

“好呀！我去问问我们是否可以——”

“别告诉别人。就让这个约定成为我们俩的秘密吧。我俩的专属之地。不过得等到没人再跟着我出门的时候。”

回去之后，我仔细回味着和本的对话。那些本说的话，还有那些没有说，却在他眼神中闪烁的意思。我不知道该不该向芙洛伦丝汇报。这太不不公平了。他已经失去了自己的记忆，现在的表现只是他在努力弄明白这个世界，弄明白到底发生了什么事情。所以他必须要不停地提问，这不是很正常吗?

不过还是有一处细节让我心里一直放不下，那就是他对托丽这个名字的反应。我确定他记得托丽。当然我没有告诉他之后的故事——之后我以雨儿的名字加入了反政府恐怖组织。托丽也脱离了法监加入了我们。有一天我被法监跟踪，托丽不幸被捕。

我颤栗着。我永远也不会忘记托丽当时脸上显露出来的仇恨。这仇恨不仅仅是因为她认为我背叛了反政府恐怖组织，更多的是因为她从尼科那儿了解到我知道本还活着，却没有告诉她。当她被扔进一辆法监的车里时，她大声叫喊着的话语依旧在我耳边盘旋，那切齿恨意令人不寒而栗：

凯拉，还是雨儿，你这个叛徒！不管你是谁，我都会找到你！我做鬼也不会放过你，我要把你千刀万剐！

内心深处，我一方面觉得松了口气，因为法监已经抓住了她，这样她就没有这个机会复仇了；另一方面，我为自己竟然这么想的自私无情感到羞愧。

第二十八章

“想出去兜兜风吗?”见到艾登已经是第二天的早上，他咧嘴笑着问我。“这次我借了一辆超酷的车，你可不用像上次一样蜷缩着啦。”

“太棒了！我们去哪儿呢?”

“保密。不过今天仅限你、我和芙洛伦丝三个人。”艾登回答。竟然不带本去！我有些失望，不过还是咽下去没有说出来。第二天的太阳已经升起，昨晚那些忧虑现在想来真是愚蠢。本肯定想不起托丽是谁的，他没有任何理由会记得她。一定是我内心的小嫉妒在作祟。本的所谓反应都是我凭空想象出来的。仅此而已。

车子是从学院里一个不知名的研究员那里借来的，看上去豪华而且动力十足。一个小时之后，我们已经驶出牛津，进入一片乡村田野中，沿着一条长长的小道朝着一块农田驶去。

“我们到这儿来是见另一位证人吗?”我下车后问道。

“今天不是。”芙洛伦丝回答。“来吧!”

她敲了一下门，便从口袋中掏出一把钥匙把门打开。芙洛伦丝径直走进去，我和艾登紧随其后。“有人吗?”她呼唤道。

“啊哈，你们终于来啦!”只见厨房门口站着一个人应声回答。

他在这里干什么？见到他我很诧异。他的脸没变，但是其他部分却和原来不一样了。

“德朱?”

“没错，就是我!”他咧嘴一笑，“凯拉，你也来啦！你的头发可是我的得意之作啊!”

“你变了。没有紫色了?”

“上周还是紫色的。”现如今这个整形医生的眼睛和头发都带上了老虎一般的条纹。“你忘了戴眼镜吗?”

“对不起，我把眼镜给弄丢了。”

“除了眼镜，你还忘了一件事。”

“啊，不！我忘记告诉艾登你想要见他了!”此刻我才想起这茬，内心充满愧疚地不知道该看着德朱，还是该看着艾登。“真抱歉，没耽误什么事情吧?”

“你还真是可靠啊!”芙洛伦丝在一旁有点幸灾乐祸。

“没事。这反而给了我一些时间，在和艾登讨论前好好地调查了一下，好好地研究了一下你。”

“什么意思?”

“亲爱的，你现在是不是越来越好奇，就像爱丽丝掉进了兔子洞里。所有的事情都和它们表面看上去不一样。”

“我不明白你在说什么。”

“当我们在改变你头发基因的时候，我们必须要检测你的 DNA 情况。我和法监系统有一些联系，可以获得一些基因信息，从而判断人们的真实身份，这是一个必要的安全措施。”

“然后呢?”

“在较低级的系统中，你基因的标签是‘未知’；不过在高级一点的系统中，事情就变得很有意思了：你的基因标签是‘机密’。”

“这说明了什么?”我问。

“我不知道，不过我对秘密是很着迷的。还不止这些——所有和你基因相关的资料都有密码保护。而且这些密码可不是一般的密码——高级到目前为止，我还没有贿赂到任何人来解开它。”

屋里的其他三个人都盯着我。我本能地抱起双臂回答：“你们不会认为我知道原因吧？”

“你当然不是很清楚。不过，你多少也应该知道一点事情，对吗？”德朱的眼睛看上去很是诡异，橘色上映着棕色和琥珀色的条纹。我无法逃避。

“可是这个重要吗？”

德朱耸了耸肩。“诚实地说，也许不是那么重要。不过——这次这件事可不是小事——凭我多年的经验，但凡法监努力隐藏一件事情的时候，找出事情真相就越发的重要。他们越不想让人知道，我就越想知道。”

艾登坐到我的身旁，轻轻握住我的手说：“凯拉，你知道些什么有用的信息吗？”

“也许吧。”

“告诉德朱不要紧的，他是我们的一员。”

我叹口气。“好吧，我说。其实我唯一知道的信息就是我不清楚我自己到底是谁。好了，你们满意了吧？”

“等等，我还没听明白。”艾登追问，“你不是刚到凯西克见过你的母亲了吗？她的基因不是也应该保密吗？——这到底是怎么回事？”

“艾登，我正准备告诉你这点——她并不是我的生母。之前一直没有机会说。”

“什么？是她向觅踪汇报你失踪了。所有的记录都显示她是你的母亲。”

我摇摇头。“她的亲生孩子死了。我只是一个替代品。她也不知道我到底是从哪里来的。”

“谁把你给她的？”德朱问。

我倒吸一口气。“她的妈妈，阿斯特丽德·康纳——英格兰未成年管制部的一员。斯特拉只是我的养母。开始我以为阿斯特丽德是从孤儿院里找到我的，但是我并不太确定。”

“难怪你跑到山里的孤儿院里去打探消息。”芙洛伦丝接话说。

我点点头。

“那么我们接着推理。”德朱说，“如果你真的是从孤儿院里捡来的，一个普通孤儿的DNA为什么会被加密？而且在学校、在医院里你都是应该被测试过的，为什么信息没有被登记进系统？”

“我也不知道。”我耸了耸肩，一脸困惑。

“你还有什么隐瞒的吗？”芙洛伦丝问道。

“不好意思，不知道自己亲生父母是谁这件事情，没有什么可以吹嘘的吧？我只知道，我是被遗弃的。这件事和你们好像没有太大关系吧。”

艾登举起手示意芙洛伦丝停止发问。“凯拉说的没错。这是私人问题。她没有必要什么都告诉我们。这是她自己的选择。”

不过今天我好像别无选择。“你认为这些都意味着什么呢？”我问德朱。他突然沉默良久，眼神中透露出那思考的车轮正在飞速旋转；又或是那虎斑纹的色彩令人有点晕眩。

“我也不知道。不过直觉告诉我，我们最好搞清楚这件事情。”

我双手抱着头。斯特拉并没有要求我对此保密，可是有时候虽然没有直接说“我承诺”，但是那是默认的，心照不宣的。如今我把这个秘密说了出来，那么她的其他秘密该怎么办？我向她保证过不会告诉别人阿斯特丽德是暗杀的幕后黑手。没有证据，这个秘密即使我说了出来，对觅踪也是没有用处的，不是吗？

“凯拉？”艾登把手搭在我的肩膀上，“你没事吧？”

“她还有事情瞒着我们。到底是什么?”芙洛伦丝咄咄逼人。

这时艾登觉得不能这样逼我，就把其他人都支开了。

他们离开后，门一关，艾登急忙问我：“凯拉，到底发生什么事了?”

“我真不知道该怎么办了。”

“你要是不告诉我，我也没法帮你啊。”

“是斯特拉。她还告诉了我一些事情，不过不是关于我的身份，而是其他重要的信息。我向她保证过不告诉任何人。”

“这真是有点麻烦了。我只能对你说，你应该遵循这里的感受。”他拍了拍自己的胸口。“跟着直觉走。不过，这保密的信息会伤害到其他人吗?”

我摇摇头：“不会，这是很久远的故事了。而且我也没有证据，这就是所谓的那种‘道听途说’。”

“你觉得该怎么办呢?”

“我觉得我还要再仔细想想。你怎么会这么善解人意?”

“这是超级英雄的必要条件呀!”艾登开着玩笑。我想起很久很久以前，我曾经这么称呼过他。那还是当他发现本在法监控制下的时候。我们的超级英雄艾登，帮助人们寻找亲人，惩恶扶善，拯救世界!

开始，我认为他是注定失败的。但是我对觅踪不用一枪一炮就能改变未来的承诺越抱有希望，我就越坚信他们，不，我们能够一起实现这个愿望。

“谢谢你做的所有的事情。”我说。

这时艾登深情地望着我的眼睛，温情暖意，那一刻一度令人无法呼吸。他突然摇了摇头，眼神迅速游离开，还把其他人叫了进来。

“怎么样？问出了点什么?”芙洛伦丝依旧不依不饶。

“今天就这样吧。”艾登回答。芙洛伦丝表示抗议；艾登回答：

"这样的盘问不是我们的风格。我们并不是法监。如果她准备好了，她会告诉我们的。据我所知，某些信息并不是那么重要。这样我就放心了。"

艾登在说这番话的时候，我绞尽脑汁地搜索着记忆，想想是否还有一些信息能有些帮助。不管是什么信息！突然我想到了一点！"等一等。也许有人知道我的DNA是怎么回事。"

"是谁?"德朱问道。

"我总是觉得她有些事情没有告诉我。她在刻意隐瞒一些信息。但是我不知道那是什么，也有可能是我胡思乱想。"

"到底是谁啊?"

"莱桑德医生。"

艾登听后瞪大了眼睛。"她是你的医生?"

"是的。她曾经告诉我，我的档案上写着：身份未知。尽管每个人在出生后都要求进行DNA测试，但是没人知道我是从哪里来的。她告诉我她只知道这些，但是我知道事有蹊跷。我了解莱桑德的为人，她从来不会说谎。有些不能直说的，她会拐弯抹角地表明。"

"那个莱桑德医生——那个发明了白板术的医生——是给你看病的?"德朱说。"真是有意思。我肯定这不是巧合。但是她为什么要告诉你档案的信息呢?"

"我们俩其实蛮亲近的。她跟我说了很多不该告诉我的事情，而且还会破例帮助我。"

"我们必须和她谈一谈。"

"可是她身边总是有很多保安跟着。医院里更是警卫森严。"

"如果我们可以接近她，你愿意冒险去问一下吗？看看她还知道些什么?"

"当然愿意。"

艾登不同意："她是一个法监控制的医生；不论你们私底下多么

亲近，这都是很危险的。”

我摇摇头。“不会的，莱桑德医生绝不会出卖我，绝不会。”

回牛津的路上，我坐在后排座位上。望着窗外，却又无法收录这满眼的景色。我满脑子都在思考那一个个所谓的巧合。

阿斯特丽德和尼科在一起这究竟意味着什么？我变成白板人之后怎么会和遭暗杀的首相家人在一起？我的两个家庭——妈妈和艾米，斯特拉和阿斯特丽德——之间的关系变得扑朔迷离，而我成为其中的关键。可惜这两个家都不是我真正的归宿。

所有的记忆、联想都像潮水一样朝我扑面而来；我只有一个选择！

逃跑！

第二十九章

“我敢打赌你跟不上。”本说。

“是吗?”

本选择了一条小路，我紧跟其后。这条路太窄小了，想要肩并肩一起跑还是比较困难。不过最后我们还是一起小跑了起来——这可是我想也不敢想的事情。天气又冷又黑，在一条完全不熟悉的小路上奔跑确实有些危险。但是本已经开启了这速度和节奏，我可不能落后。

曾经我们要奔跑才能使乐握指数上升：奔跑产生的内啡肽会使乐握指数变高，指数甚至会高达8。我们能无所不谈，再也不用冒着乐握震击的危险，乐握指数下降会让我们昏厥。

从那之后发生了太多的变化。我们不再戴着乐握了；我们也不需要靠奔跑来保持稳定的乐握指数；不过今天，我却需要一直奔跑。没想到艾登竟然允许我和本单独离开学院。也许他理解我和本的感情吧；也许，他有点太过贴心了。

突然前方传来砰的落地声。本跃身而起，重重地摔在了地上。我差点没刹住车，绊倒在他身上。

“我的天，真疼!”本叫喊道。

“你没事吧?”

“应该没事。”他把脚踝两边摆动了一下。“没事。我脚崴了一下，还好，没有受伤。”

我伸手拉了他一把。他拍拍身上的泥水说：“我们还是一起走一会儿吧。”

“你真的确定脚没事?”

“我没事。奔跑的感觉是不是特别好?好像可以逃离所有的困难?”本问我。我们一边走着，他顺势牵起了我的手。

“也许吧。”

“想聊聊吗?”

我沉默了一会儿，回答：“我们就这样安静待一会儿，好吗?”

他突然停住了脚步，把我一把拽到他面前。月光下，他深邃的眼睛像湖水般脉脉含情。“不说话也行，那你就只有一个选择了。”本一只手搂住我的腰，另一只手托起了我的下巴。恍惚间，我仿佛在两个时间和空间游走。我想起了本第一次吻我的情景：也是一个晚上，也是在一阵狂奔之后。而此时此刻，此情此景，如此相似，过去和现在，我熟悉深爱的他，以及现在这个我并不太了解的他。想到这里，我不禁大哭起来，浑身颤抖着。

“怎么了?”本吓得放开了我。

“我不知道。你是谁?我又是谁?这是什么意思啊?”

“你想得太多啦!”本微笑着回答。“别想了。”接着本一直亲吻着我，安慰着我，直到过去的影子飘散，脸庞上的泪珠化成一抹绯红。我和本在这里，把握当下，这才是最重要的。其他什么都不该想。

我们俩很晚才偷偷地回到学院里。一路上本都紧握着我的手。当我们进入走廊的时候，我尝试着挣脱他的手，可是他却把我朝着他房间的方向拉去。“哎，不对，我的房间在另一边。”

“不行，我们还有话要说。”

又经过了一道走廊，一些楼梯。本还是握着我的手。现在已经这么晚了，我虽然已经疲惫不堪，但是却感觉身体的每个部分都充满了生气。本说什么，聊一聊？

“现在要安静一点。”本轻声对我示意。他打开门，偷偷往里瞄了一眼。黑暗中有人已经熟睡了，我们俩蹑手蹑脚地越过他，来到另一扇门前。本打开门低声对我说：“你在这儿等一会儿吧。我要去向我的看守汇报一下。不然，他醒了之后还要来视察，很烦的。”

我走进房门。他把门一关，我立刻陷入一片黑暗中。

透过门我可以听见外面一阵低声交流；很快门打开，本走了进来。“给他五分钟时间。很快他就会出去了。”本依旧轻声细语，将我搂在怀里。他温柔地亲吻着我的脸颊，我的脖子。我都可以听见自己的心跳，像小鹿乱撞，砰砰砰地，害羞得生怕它跳出了心口。

但是突然本松开了搂着我的手，打开了一盏书桌灯。有了光亮后，我看清了屋里的摆设——典型的学生宿舍，不宽敞，但是书桌、衣柜一应俱全。

还有一张单人床。

“本，我该走了。”

“想逃走，可没那么容易。”他微笑着，把我推到床边，让我坐下。他坐在了我的身旁说：“我们要聊一聊。”

“聊什么？”

“不说话也行，不过……”本坏笑了一下，握住了我的手。“告诉我吧，之前你为什么这么惴惴不安？”

“说来话长。”

“我有的是时间，慢慢说。”

话匣子一打开，我就再也收不住了。那些一直想告诉本的话喷涌而出。在我内心深处，随着这些话的释放，我感觉到放松和自由。

本替我裹了一条毯子，怕我冻着。我说着说着哭了，哭完了又接着说。他都陪在我身旁，搂着我，给我温暖和安慰。我甚至告诉他我不知道自己到底来自何方。我告诉他我被反政府恐怖组织绑架的故事以及他们的所作所为。我告诉他我被擦除记忆的原因以及他走后发生的事情。我告诉他斯特拉是我的养母，当然关于斯特拉母亲的秘密我还是守口如瓶，因为这不是我的故事。

过了许久，本说："好了。我有一个问题。为什么早先我亲你的时候，你这么紧张？"

我摇摇头。"不是的，我不是不安。那感觉很好。"我的脸一下红了。"只是我们俩都不知道对方是谁，这样在一起合适吗？"

这次轮到本摇头了。"我也不知道自己到底来自何方，也不知道自己在变成白板人之前发生了什么。你已经比我好多了，至少你知道是谁养育了你。不过这些我也不在乎。"

"不在乎？"

"是的，凯拉。过去的已经过去，我们是现在的我们，此时此刻。"

本再一次亲吻了我。是的，此时此刻才是最重要的。但是内心却有一个弱小的声音提醒我第二天的太阳会照常升起，明天一定会到来，有的问题还是无法回避。

第三十章

感觉暖暖的，我好像在一个黑乎乎的地方，睡意朦胧，却又满心欢喜。什么声音？我动了一下，这才意识到自己身在何处。

我骤然坐起身。阳光已经透过窗帘洒了进来，照亮了屋内。本正背对着我，往衣柜里放些什么东西。

“本？”

本端详了一下我，笑着说：“你没睡醒的样子真可爱。”

“已经早上了？我怎么会睡着了?！我得在别人发现之前赶紧离开这里！”

本耸耸肩回答：“留下吧。谁在意这么多呢?”他的手滑到我的下颚，亲吻了我一下。不过我躲开了。

“我在意！”我溜到门口，悄悄把门打开。门外的那个学生依旧睡得死沉沉的。

“他真是个糟糕的看守。”本轻声说。“天塌下来都不会醒。”本吻了下我的脸颊说：“那我们晚上这里再见？”

他的眼睛和我的眼睛一对视，不知怎么的，一些话没经过大脑就说了出口：“好的。”

我下了楼梯，幸好没有撞见一个人。终于回到了我的房间，我一打开门，发现温迪坐在书桌前。

她转过身，坏笑了一下问：“昨天晚上和本在一起很开心吧？”

“我们什么也没做，就是聊聊天。然后我不小心睡着了。”

温迪大笑起来：“好吧，我相信你。”她眨了眨眼睛，“别担心。我会为你保密的。”

我还努力争辩了几个来回，不过脸颊早已羞得红彤彤，赶紧低头进了卫生间。她会真的保密吗？这事也没什么大不了的吧？不过我还是不希望我彻夜未归的事情被人发现，免得大家胡思乱想。

心里的小鼓还在打着。其实我最在意的是艾登不要发现，但是我也不知道为什么。本是由艾登带到我面前的，他一定知道我对本的感情。可是如果艾登知道我在本的房间里待了一整夜的话，我隐约感觉他会不高兴——艾登有很强的保护欲，他会为我担心。这个世界上，他为我做了这么多事情，我最不愿意伤害的人就是他了。但是仅仅是这个原因吗？

这一天过得很快。芙洛伦丝带着我出门，又录制了几个证人的故事。这几个证人都是成年人，因此整个过程比上次应付小孩子要轻松得多。但是他们的故事依旧令人心碎不已。本没有和我们一起，因为觅踪给他安排了医生做扫描检测。我的心里都是本的影子，每次一个证人的故事录制结束时，我就在心里默念一遍：快点过了这一天，晚上就能和本在一起了。

当芙洛伦丝和我回到学院，走过中心院子的时候，我抬头望了眼那个圣玛利亚塔楼。“那个塔楼我们能上去吗？”

“当然。如果教堂里有人在的话，你只需要微笑，然后出示你的学生证就可以了。这是十三世纪的建筑。一定不能错过那些怪兽滴水嘴。太美了。”

我们回到办公室。当芙洛伦丝把一整天的录像从我的相机拷贝到电脑里的时候，我一直蠢蠢欲动，想要先行离开。

“你怎么了?”她好像有些察觉我的不对劲。

“没事。”

她扬起眉毛，刚想说什么，门开了，艾登走了进来。

“凯拉，你这边完事了吗?我有几句话要和你说。”

芙洛伦丝把相机递给我说：“好了，全拷好了。你可以走了。”

艾登扶着门，等着我出来。我踏出门口，心里沉甸甸的。他是不是听说昨天晚上的事情了?应该不是，因为他的眼睛充满了神采，不是不开心的样子。“快，赶紧去收拾一些从现在到明天你要用的东西。我们要去冒险啦!”

“我们要去哪里?”

“去莱桑德医生那里。”

“但是……”

“没时间提问了，有什么问题我路上回答你。不要告诉任何人!五分钟后我们在后门处集合!快!”

我飞奔回到房间里收拾东西。温迪不在，所以我也不能托她告诉本我要出门。而且，艾登‘不要告诉任何人’的警告在耳边盘旋，所以我也不能给本留言。即便现在本在他的房间里，我也没有时间跑过去说了。

我匆忙赶去和艾登碰头，心里嘀咕着：本会不会认为我放了他鸽子呢?

“我们怎么去莱桑德医生那里呢?她身边总是有很多警卫的啊。”

“我们运气还是不错的。德朱得知她明天要在一个医学会议上发言；那个会议中心里有我们的人，因此要潜伏进她的住处不是难事。我们听说她不喜欢在自己的住处里面安排警卫，所以这些警卫都是站在门口的。我们也检查了她的住处，没有摄像头之类的东西，很安全。”

“那我们要怎么做呢?”

“晚上我们会把你送进去；她明天一大早就会到。在会议开始之前，她有几个小时的时间休息。”

“我就要在这几个小时之内出现。”

“没错，凯拉。不过我要提醒你的是：如果她拉响警报，我们也救不了你。”

“她不会的。但是我还是不明白，为什么我们要大费周章地去弄明白我是谁？即使她知道我是谁，这有那么重要吗?”

“我也不知道。不过德朱真的对这事很上心，也一直在对我们施压。好在我们也没意见。”

“德朱究竟是谁?”

艾登瞥了我一眼说：“其实我也不知道他的真实姓名。”

“我不是这个意思。我是想问他怎么进觅踪的？我以为他只是一个帮助我们改变身份的人，但是肯定还有隐情，是吗?”

艾登哈哈大笑：“这是需要——”

“需要知道。”我抢着话说，话锋一转，“他是来自爱尔兰的吗?”

“听口音你应该知道啊，我想我也没必要否认。”艾登的话有些犹豫。“其实觅踪的背后还有国际势力的支持，不仅仅是来自爱尔兰统一联盟。他们从一些在我们帮助下逃出英国的人那里得知国内发生的事，所以也一直在对我们施压，希望我们能将这些骇人听闻的故事公布于众，而且要尽快。他们希望阻止法监对人权的践踏。可是法监在这个时候对我们网络系统进行了攻击，把一切事情都给耽搁了!”

我望着窗外。有时候真是不理解，为什么其他国家的人们会对我们国家的人权问题这么关注？为什么我们自己的国民却宁愿熟视无睹呢？“我觉得其他势力的介入不是最重要的。最重要的是打开人们被蒙蔽的双眼，让他们直面自己国家发生的事情，这样我们才能自己解决问题。”

“两者都重要。不过简单来说，光靠我们自己是不行的，特别是在法监权利大过天的现在。我们需要帮助。”

艾登将车转进一个小村庄，随后停在一辆货车旁。“我们要在这儿暂时分别了。你确定愿意去这么做吗?”

“我确定。也许德朱想要知道我身份的原因和我不同，但是我愿意一试。”

“小心点!”艾登还要说些什么的时候，货车驾驶室的门打开，一个男人下了车。

“晚上好。”他朝我们打了个招呼，随后打开货车的后门。他伸手进去摸出一个包递给我。“这里面是衣服。换上吧。”于是我挥别艾登，爬进了后车厢。

很快货车就在路上颠簸起来。我在昏暗的光线下换上了一件制服。看上去有点象女佣的衣服？包里有好几件不同大小的衣服，我挑了件比较合身的换上，以免引起他人的注意。后车厢并没有窗户。我们开了大概半个小时。货车轻轻鸣了下喇叭，然后感觉下了坡，接着一个圆形的坡道。货车突然停了下来，我心里一阵慌乱：到了什么地方了？我都不知道自己在干什么！要是有人问起，我该怎么回答?

后门打开。

“姑娘，我们到了！不用担心，一切都安排好了。我带你进去，明早以前这里都不会有人。最好把你的衣服和其他杂物都留在车上，不会有人拿的。”

我脱下外套，同时把外套里的相机拿了出来。也许我就不该带它出来，但是我觉得到时候和莱桑德医生对话的时候，它应该派得上用场。正好我换上的制服上有一个口袋，我顺手就把相机放了进去。

我跟着司机穿过一个地下停车库来到电梯前。他插进了一把钥匙，电梯一会儿就打开了。我们上升的时候，司机叮嘱："这里是不允许有外人上来的。如果看见了别人，点点头就行，千万不要说话。我会处理的。"

我屏住呼吸。到了选定的楼层，电梯大门打开。司机朝门外探头张望了一下，示意我跟着出来。

我们穿过一个非常豪华的大厅，但是大厅里所有的门上都缠着电线。

"这是怎么回事?"

"这是安保用的电子胶带，不久前这里已经检查、清理过了，所以要封锁起来。"

随后他打开大厅尽头的一扇门，我们又进入了一个小厅，两旁都是一扇扇小门。只见司机数着数，在一扇门前停住了脚步。"这是进入你朋友房间的服务天窗，通常这是用来运送早餐之类的。听好了，那些缠着电子胶带的门千万不能打开，不然警报就会响起。"他瞥了一眼自己的手表。"不过这些电子警报会停止工作一分钟，足够你打开门，然后爬进你朋友的房间。我看你个头也不大，应该没问题。我就不能陪你进去了。进入之后，找个舒服的地方藏起来。衣柜里有闲置的毯子和枕头供你使用。记住，千万不要让门口的人发现你。你的朋友会在明天七点到七点半间到达。这段时间千万要藏好，会有人给她运送行李，你可不希望被他们发现吧。然后你和她该说什么说什么，八点钟再原路返回。电子警报会在八点钟准时停止工作，切记，只有一分钟时间。这块表给你——这和酒店的时间是联网的，很准的。都听明白了吗?"

"明白。"我回答，将手表套在手腕上。这是一块电子表，上面的时间精确到秒。淡淡的绿光闪烁着时间的流逝。

他还在盯着他的手表，一边忙不迭地解释着服务天窗的工作原理。他警告我千万不要碰门和窗，因为这样都会拉响报警。

“好了，时间差不多了。”他用力把天窗后面的门扯开，原来里面竟然是个迷你电梯。我爬进这个迷你盒子里，挣扎着把另一边的门打开。这里面太小，没办法伸展开手脚，好在折腾了一阵把门撬开了。

“动作快点！”司机催促道。

我蜷缩好手脚，他立刻把门关上了。

“孩子，祝你好运！”隔着门，他的声音已经不是那么清楚了。

我的心急速跳动着。要一分钟完成这一系列动作不是一件容易的事情。这时的我已经坐在房间里的地板上，上面铺着豪华的地毯。这是莱桑德医生下榻的房间。可是我心里却在后悔没有多问司机一些问题——比如我可以开灯吗？又比如有什么东西可以吃吗？

我在黑乎乎的房间里摸索着——有一张大床，一张书桌，一把椅子，还有一个衣柜。我打开衣柜，在衣柜底部发现了司机说的毯子和枕头。这时我的手指好像碰到了一样冷冰冰、圆圆的东西，上面还有一个开关——这是一个手电筒。我连忙打开了它。

“神秘的司机先生，谢谢你想得这么周到。”我嘀咕着。在手电筒的帮助下，我又把房间仔细端详了一遍。手电筒的光被我压得低低的，生怕外面的人发现。最后我决定最安全的地方还是那个超大的衣柜。可是我待在里面要是不小心睡着了，错过了她到达的时间怎么办？

我钻进衣柜，铺好枕头，盖上毯子安顿下来。我尝试着把柜门关起来，不过这样太压抑了，只好半开着。我确定在莱桑德医生到来以前一定会醒来，因为我根本睡不着！

我盯着墙，想象着自己应该对莱桑德医生说些什么，她才会告诉我她所知道的所有关于我的秘密。我组织着自己的语言，一遍遍演练着，尽量不浪费一分一秒。最后我终于有点困了，闭上了眼睛。

这个时候，本在干什么呢？我咬着嘴唇。我希望他能理解，我不是在躲避他，也不是说不愿意去和他见面。如果他问起我，会有人告诉他我去哪儿了吗？

渐渐地我进入了梦乡。梦有点纠结：我梦见了斯特拉的衣柜，里面装满了照片和尘封的记忆；还梦见了学生宿舍的衣柜，空间窄小得没法让人躲藏。时间滴答滴答地过去。

第三十一章

低沉的开门声，紧随着是脚步声。

我突然惊醒，睁开眼睛。幸好昨晚我把柜门给合上了。

“对，就放在那儿。谢谢。”是莱桑德医生的声音？还有一个男人的声音，询问她是否还需要什么。“不，谢谢！我只需要一些清净。”真是对不起，莱桑德医生，一会儿我还要骚扰你一下。

门关上了，屋内只剩下来回走动的脚步声。

我努力甩开朦胧的睡意——昨晚竟然迷迷糊糊地睡着了。我斜眼瞄了一眼手表上的时间：7：40？我的天，莱桑德医生晚到了。我们剩下的时间不多了。

不过我还是没有轻举妄动。要是她看见我拉响警报怎么办？她不会的。我们一起经历了这么多事情，她一定不会的。

我小心倾听着衣柜外面的动静，确定只有莱桑德医生一个人。外面传来打开拉链的声音——行李箱？

她要来放衣服了，就是现在！

我用手肘轻轻推开柜门，从门缝里朝外瞥了一眼，正好看见她朝衣柜走来。她伸手把门打开。

“莱桑德医生？是我，凯拉。”我跟她打了个招呼，却把她吓了一大跳。

“怎么是你?”她有点惊呆了，一动不动。正如我所料，她没有跑到门口去叫警卫，而是盯着我不知所措。我伸出双手告诉她，我很安全，没有携带任何武器。

莱桑德医生瞪大了双眼，面色苍白，但是她还是我记忆中的她——厚厚的眼镜，长长乌黑的头发从后面扎起，只是比从前多了些灰白。眼神锐利，依旧如往常般可以看穿我。她牵着我的手，把我从衣柜里拉了出来。这样，我终于站在了她的身旁。

“凯拉?”她微笑着问，“真的是你吗?你的头发不一样了，不过我知道是你!”接着她一把抱住我，给了我一个拥抱。她从来没有这样做过。她也好像意识到了不太合适，很快就松开了我。

“他们告诉我你已经死了。”

“对不起，不过你看，我依旧活蹦乱跳的。”

“他们为什么要骗我呢?”她摇摇头，“你是怎么躲到我房间里来的?到底发生什么事了?”

“莱桑德医生，我的时间不多了。我需要问你一些问题，但是我得先告诉你这些日子在我身上发生了什么。”昨天晚上我想通了一点：如果我不告诉她我的发现，不告诉她为什么我需要知道一些问题的答案，她永远也不会开口。我必须给她一个理由，就像我们一直做的事情：信息交换。

“我去找了我变成白板人之前的母亲，至少我是这么认为的。我告诉过你，在我十岁的时候，反政府恐怖组织就把我绑架走了。所以我想去见她，去重新认识她。但是不久我就发现她不是我的亲生母亲。”

“接着说。”

“我是在她失去自己的孩子之后领养的。她把我一直带到十岁。而且她也不知道我到底是谁。她的母亲是未成年管制部的一员，也是把我交给她的人。所以我可能是来自某个孤儿院。就在我想要进一步查清楚真相的时候，我的身份暴露了，所以我只好赶紧逃命。”这是我昨晚整理出来的一部分故事。至于我现在躲藏在何处，和谁在一起，这些细节我不能告诉她。我可以自己不顾危险，但是我不能害了那些曾经帮助过我的人。“之后，我就和一些朋友在一起。他们其中一人从高级机密中发现，我的身份被加密了。我到底是谁？如果你知道答案，请告诉我吧。我真的很想知道。”

莱桑德医生看着我，似乎若有所思：“你为什么会想知道？”

“如果你知道自己是被领养的，想知道真实身份不是一件很正常的事情吗？”

她耸了耸肩。“也许没有你这么迫切。比如说我和家人之间的关系就不是那么近，还经常有矛盾。已经有了养你的家人，为什么非要知道生你的家人是谁？这不是自找麻烦？”她摸了摸自己的头发。“整形的那帮人，是吧。”这不是一个提问，而是事实的陈述。“凯拉，我很担心你。你到底经历了多少磨难？你还能回头吗？知道更多的秘密是对你有帮助，还是会对你造成更大的伤害？你的那些新朋友们到底想从你身上得到什么？他们不会比你反政府恐怖组织的那帮朋友更糟糕吧?!”

我简直要被她逼疯了，真想大叫一声发泄下——莱桑德医生总能绕回我最不想讨论的话题——我的朋友。我做了个深呼吸后接着说：“你一定要知道现在你所在的系统是多么糟糕。如果你不知道，那么现在我就展示给你看。”这是我唯一能想到的办法了——我必须要让她震惊，这样她才会帮我。

我从衣服口袋里拿出照相机。“刚才我不是提到我可能来自于某个孤儿院吗？我阴差阳错地去了一个当地的孤儿院。要知道我这么小就被人领养，怎么可能记得孤儿院长什么样子？那里比较偏僻，四周都有栅栏。当我凑近看个究竟的时候，这就是我发现的东西。”

我打开相机里的文件夹，将变成白板人的小男孩的照片直接给莱桑德医生看。

她的呼吸变得急促起来。“这些还是孩子，这么小的孩子！不！白板技术不是为他们准备的。到底是谁干的？这里究竟是什么地方？告诉我！”莱桑德医生的脸上写满了愤怒。

“是法监。他们还在这么做。我看到大概有50个孩子。”这时我瞄了一眼手表：7：51。“还有一件事，我发现我养母的妈妈，那个未成年管制部的一员，她和反政府恐怖组织有着千丝万缕的关系。拜托了，莱桑德医生，请告诉我你知道的一切。我必须要在8点整离开这里，不然我就永远也逃不出去了。请告诉我吧！”

莱桑德医生沉默了一阵，依旧若有所思。我没有催促她。终于，她最后点了点头回答：“之前我就已经告诉过你，医院里的资料显示你的名字是无名氏。根本没有什么所谓的加密，也没有其他什么关于你的原生资料。”

“但是这其中一定有问题吧？”

“是有几点比较奇怪的事情。记得你在医院系统里看见自己的资料吗？上面写着医院董事会建议终止，但是被莱桑德医生驳回。”说到这儿，她耸了耸肩：“我可没有这么大的权利，可以驳回董事会的决定。我也从来没有尝试过这么做。一定是更高层的意思——有人不希望你死。除此之外，你时不时获得更多的关注和干预——你在医院里待的时间长了，晚上就有人看守着你。这还不明显吗？他们可不是来协助我工作的。这背后一定有蹊跷，于是我越来越好奇。”

“是不是正因为如此，你才对我很感兴趣，让我成为你的病人。”

莱桑德医生头一歪，说：“确实是一方面的原因。不过还有一个早就存在的原因，我之前和你说过。”

“恩，我和你以前认识的一个死于暴乱的朋友很像。”

“没错。”她回答。不过脸上划过一丝神色，不易察觉，稍纵即逝。

“那改变我大脑芯片的数字，让它不容易被跟踪的事，是不是也是上面的人要求的?”

她的嘴唇抽动了一下：“不是，那只是我一时冲动疯狂的举动。法监对你的兴趣超出了正常范围。我只是不想让他们这么容易得手。”

“还有一件事，就是我的记忆——当我回到长大的地方，找回了一些儿时的记忆。十岁以前我是左撇子，但是变成白板人之后被迫改成了右撇子。我要是再改回来，那些丢失的记忆会不会也跟着回来?”至少斯特拉是这么认为的。这个问题并不是我冒险来这儿的原因，但是我知道我应该问，因为以后我可能不会再有这个机会了。

莱桑德医生又一次陷入思考，最后点头同意。“有这个可能。这些记忆被压制着，条件允许的话可能会被激活。但是这只是推测。据我所知，你身上发生的一切并没有先例可参考，谁知道到底会怎样?”

当我还准备问她更多问题的时候，莱桑德医生的眼神落在了我的腕表上：“凯拉，已经7：59了!”

我一个激灵站起来，跑到来时服务天窗的小门旁，此时时间正好八点!“对不起，我们不能再聊了。”我一边说，一边把小门扭开，开什么玩笑! 那迷你电梯不见了! 这边的门离对面的门之间隔着一道深坑，往下看漆黑一片，深不见底。突然对面的门打开了，一双大手伸了出来。于是我把整个人都甩向那救命稻草。那强有力的臂膀把我拉扯了过去，不过我的一只脚踝硬生生地磕在莱桑德医生房间那边的门上，磕得生疼。

“那个你拍照片的孤儿院在哪里?”莱桑德医生急切地问道。

“坎布里亚。”门关上了，我的回答不知她听见了没有。我也不知道自己该不该说，但是这是交换的原则，一贯如此——她多回答了我一个问题，我也应该如此。

当我好不容易穿过那道门站直了身子的时候，那个迷你电梯才晃晃悠悠地启动，慢慢朝这边驶来。好险！我的脚踝疼得厉害。我弯腰一看，原来破了一个口子。

“你没事吧?”

“没事，划了一个小口子而已。”

我跟着司机回到大厅，一路听着他解释如果有人问该怎么回答。随后我们上了电梯。电梯里还有其他员工，不过他们什么也没说，只是互相点头微笑。他们在另一层都下去了。我和司机最后回到停在原地的货车那里。

“真抱歉，你还得在这里待一会儿，别发出声音。要等到我午餐休息时间才能来接你。座位上有食物。”

他把门打开，我一进去，门就关上了。于是我换回自己原来的衣服，找到了包好的三明治和饼干。我饿了，狼吞虎咽起来，一边回想着我和莱桑德医生的对话。

几个小时之后，货车司机按时回来了，并带我去见了艾登。在回牛津的路上，我把莱桑德医生所说的话都告诉了他，希望他和德朱能够帮我理解其中的意义。

为什么会有某些不知名的高层在幕后干涉着法监的行为，甚至驳回医院董事会的决议，就是因为一个小小的我?我无法回答这个问题，但是内心深处却有一种直觉——这肯定不是什么好事。

莱桑德医生看来并不知道法监在孤儿院的所作所为。我的心变得透凉透凉的。我很害怕，不知道她得知这个秘密后会采取什么行动。她会不会因为我又一次陷入更可怕的困境?

第三十二章

“昨天晚上本来找过你了!”温迪告诉我。“我猜你昨晚没有回来，应该也没和他在一起吧。”

“昨天晚上就我一个人。”

“别激动，我相信你。听我几句话。”

“你想说什么?”

“我们并不熟。我虽不十分清楚你来这儿的原因，但是我知道我不该多问。我只是想对你说，小心一点。”

“小心一点是什么意思?”

温迪递给我一个信封:“小心一点就行了。”

随后她离开了，我把信封撕开。

是本的字迹。那么熟悉的字体，和以前一模一样。

亲爱的凯拉:

告诉你一个好消息:扫描检查后我一切正常，所以我自由啦!再也不用受监视啦!昨晚想来找你庆祝的，不过你去哪里了?

想要安慰我受伤的心灵，只有一个法子。我们圣玛利亚教堂塔楼上见吧。那里的风景一定很美!

这次可别再让我干等了噢。

爱你的本

塔楼见，可是上面没写具体时间呀。也许他已经在那儿等了我一个小时了吧。

我慌忙想找些干净的衣服换上，不过发现竟然没几件可以穿的。只好留了张抱歉的条子给温迪，向她临时借了一件上衣。妥妥地把相机放在外套口袋里，我便溜出了房间。

我从万灵学院的边门出来，很快就找到了通向教堂的入口。按照芙洛伦丝说的那样，我朝守门人出示了学生证，并向他询问了去塔楼的路。

开始爬楼梯了。先是教堂里的楼梯，再是塔楼的楼梯。我越爬越高，最后来到一个狭窄的螺旋式石梯面前。每一层磨损的石梯都充满着时间感。我越往上爬，楼梯就变得越陡峭、狭窄。我多么希望现在就能飞到塔顶和本相聚，不过还是要悠着点，保持好仪态。

我终于到达了最高点！迎着冷风，我走出塔楼的看台，却没有见到本的身影。看台很窄，形状也不规则，周围都是石头砌成的护栏，高耸过头。感觉这个看台像是在塔楼里专门挖凿出来的一样。天气有点冷，我双手环抱着自己取暖。穿过一条条起联通作用的隧道，我在塔楼里转了个遍，直到无路可走。

依旧没有见到本。

他会不会是等了太长时间，失去耐性离开了？还是根本就没有来？我怎么这么笨，没有向温迪问清楚他是什么时候留下字条的。如果他已经走了，我应该回去找他；可是要是他还没有来，等他真的来了，却没看见我怎么办？最后我决定还是再等等，同时打算把塔楼再兜一兜，好好俯瞰下牛津的景色，尤其是那个怪兽状的滴水嘴。夜色中它伸展出去，张开大嘴，彷佛要把下方的建筑都吞没一般。我靠着冰冷的石头，冻得瑟瑟发抖，开始打量万灵学院。从这里可以看见四方庭院的一部分，连那个我和本一起坐下聊天的长凳都可以看见。

得知本的检查没问题，我是非常高兴的。但是转念一想，还是有些不对劲。即使通过检查，芙洛伦丝和艾登又怎么可能放心不再监视本呢？这些检查可能会告诉他们本失去了多少记忆，但是却无法显示本的所思所想啊。真是不明白。我皱着眉头。突然楼下的石梯上传来脚步声，我的这些担心转瞬间便烟消云散了。

本来啦！

脚步声越来越近，我的脸上绽开了花。除了本，不会有别人。他说这是我们俩之间的秘密，我们的专属之地，是我们重新开始的地方！

可是，出现的面庞却不是我所期待的。

"艾登？"

"本在哪儿？"

"我不知道。你怎么来这里了？"

"这正是我要问你的。你怎么在这里？偷偷摸摸地到这里来干什么，你应该比我心里清楚。"

"你这是什么意思？偷偷摸摸？我可没有偷偷摸摸！我只是——"我停住了解释。我一看到本留给我的字条就匆匆忙忙赶来见他，确实也没仔细想过。我靠近艾登，觉得有点不对劲。"出事了，对不对？发生什么事情了？"

"本的看守被发现死在一个橱柜里。我们正在通缉本，但是目前没有任何消息。"

"什么？死了？本发生什么事了？"

"我只知道他杀了他的看守。你来这儿是和他见面吗？"

"胡说！他不可能杀人！你胡说！"

艾登摇摇头。“把你知道的所有事情都告诉我！快，现在！”

我的腿在颤抖，站也站不稳。我靠在石头护栏边。本的看守？死了？那个学生，那个熟睡得天塌下来都不会醒的学生？

“凯拉？”

“本给我留了一个字条。他告诉我他的检查很顺利，没有什么问题。而且你们也解除了对他的监视。”

“他在说谎，凯拉。那个检查结果现在还没有出来！”

我有点不相信自己的耳朵，从口袋里掏出那张字条递给艾登。“我不明白，他为什么要撒谎？”

艾登看完了字条回答：“我也不知道，反正不是什么好事。”

“你是跟踪我到这里来的吗？”

“不是。我是凭直觉——听芙洛说你曾经提过要到塔楼来。这次我们需要拉响警报了——”

砰！

是枪声？从下面的万灵学院传来，院子里有人在四处逃跑，还传来喊叫声。

我飞快地掏出相机，调整焦距看个究竟。“学院里每个出口都有黑衣人。天哪，是法监！”

“录下来，凯拉，做一个合格的证人！”艾登的话坚定而冷酷。

法监们把学生和研究员，还有万灵学院帮忙藏匿的人都从楼里拖拽出来。他们站在院子里，面对一堵墙排开。更可怕的是，法监开枪了！人群中一片混乱，有人尖叫，有人想要逃跑，可是根本无路可逃，每个出口都是法监的人。在这混乱中，有一群人手拉着手，笔直地站立着，从容就义，芙洛伦丝站在他们中间。他们面对法监的扫射毫不畏惧，神情中对法监充满蔑视。地上的尸体越来越多。鲜血飞溅到古老的石块上、冬季的枯草上。不知怎地，我在录制这个惨绝人寰的过程时，居然出奇地冷静。我成了一个麻木的目击者，和院子里的一具具尸体一样冰冷，毫无知觉。

随后，一片死寂。

那个我和本坐着聊天的长凳边，有两个黑衣人把守着出口。其中一人转过身面朝塔楼。他看着塔楼的样子好像知道我在那一样。而另一个把她的手绕在他的腰间，笑了。

本。还有托丽。

第三十三章

我的手终于松懈了下来，不知道是相机重，还是心情沉重。真不敢相信眼前发生的一切。艾登一言不发，他脸上的表情和我心情一样：震惊！还有沉痛。

芙洛伦丝。

温迪。

万灵学院里所有不知名的学生和研究员，这些曾投票帮助我们的善良的人们，都死了。

我盯着手中的相机。所有的证人都死了，多么痛苦的证据。是本吗？不，本不会的——

但是，本就站在那里，是这场大屠杀的一员。我无法否认自己的亲眼所见，但是内心却在呐喊：这一切都不是真的！

这残酷的影像是那些证人留在这世上最后的印记了。

伊迪也是证人之一。本和我一起去过，他知道伊迪的住处。

快跑！

我一想到这点，连忙撒腿跑下螺旋石梯。

艾登在后面跟着，大声嘱咐着我慢一些，小心一些，等一等他，可是我顾不得那么多，慢慢地他落后了。塔楼外空气清新，阳光灿烂——今天怎么会有阳光？我狂奔着，艾登没能追赶上来。圣玛利亚教堂里空无一人，其他学院的人也不见踪影——他们都吓得躲藏在自己的床下。

我以自己最快的速度拼命奔跑着，速度快到双脚似乎就要离地，感觉好像要飞起来一样，飞离这个我不愿意再待一分一秒的世界。不过在离开之前，我还要为一个孩子做一件事。如果我能拯救这个孩子，我可以的。我不去想过去，也不去想未来。现在，就是现在！不然我就会停下脚步，没有丝毫前进的动力了。

一路飞奔终于来到伊迪家门口。

前门开着？

我走进门，大口喘息着。

"有人吗？"我的声音有些惊恐，"伊迪？"

灯是亮着的，桌上还残留着没有吃完的食物。不，不，不……

我疯了一样地从一个房间跑到另一个房间，跑遍了整个屋子。空的，整个屋子空无一人！

泰迪熊默里还在。他在厨房的地板上。我把它捡起来，盯着它微笑的脸，我最不愿意发生的事情还是发生了。

不。这一定是一场噩梦！这一天发生的事情都是噩梦！没有一样是真实的，也不可能是真实的。我应该很快就会醒来的。

我用尽力气朝墙挥拳抡去。墙上出现了裂纹，我的指关节疼痛难忍，白墙上留下了血迹。

可是我还是没有醒，周围的一切还是这样。

我根本没有在做噩梦。

我紧紧抱住默里，瘫软在地上，蜷缩成一团。泪水终于喷涌而出。那撕心裂肺的疼痛把我撕扯成一片一片。

过了许久，我也不知道到底是多久，门外传来脚步声。我整个人依旧蜷缩着，僵硬得一动不动，双眼紧闭，不愿动弹。

"我就知道你会来这里。"

部分直觉告诉我，这是艾登的声音。艾登来了。为什么？这一切都是我的错。他来做什么？

身边有了人气，一双温暖的手触碰到我的头发，轻抚着。

"我们要带你离开。"还有另外一个声音在嘀咕着。然后我感觉有一双臂膀把我环抱起来。

我无法动弹，也无法言语。即使我可以，我又能说些什么？

我被抱着离开了伊迪的家。车门一开一关，有人把我平放在车椅上。身边暖暖的，听见有人在轻声私语，汽车发动机轰鸣起来，车开动了。眼前一片漆黑。

我躺着一动不动，就像墓碑上的雕像一般。没有感觉，冷漠麻木，双眼紧闭。

很长一段时间里，我的身边死寂一片。为什么我还苟活着？为什么不让我也去死？我纵身跃起，多么想为他们挡住子弹，但是我却失败了。

脚步声。越来越逼近。

"她一定就在附近某个地方。"传来一个声音。是本。我趴在冰冷的地上，一动不动。又传来一个声音，多了些动静。突然有人拽住我的头发，把我翻转过来。

我睁开了双眼。

托丽的笑脸映入眼帘。她手中还握着一把明晃晃的刀子。

第三十四章

“可能她还没从打击中恢复过来。我们大家或多或少都有一些。存储在大学里的所有证据都没有了吗?”

“没有了。”

语言具有穿透性，语意却飘忽不定，难以捉摸，而其他的细节开始渐渐浮现出来。已经不在车里了。在沙发上？证据？什么证据？

所有的一切犹如洪水般涌上心头，好痛，就像肚子被人踢中那般生疼。我呻吟着睁开了眼睛。

艾登在房间对面；他走了过来。“哈，你醒了?”

“我想是的。”我低语道。

我坐起来，光线很昏暗，但我知道这个地方——马克的房子。蓝天躺在我身边，靠在沙发上，它抬起头看着我，尾巴温柔地摇来晃去，不过，仿佛知道出了事儿一样，它没有像往常那样跳起来。

我的手一阵生疼，我摊开来查看，好像它属于别人似的。没有骨折；不过是些擦伤，有几处指关节裂开罢了。

“手怎么啦?”马克问。

“我好像捶过墙壁。”

他递给我一杯水，还有药片。“止痛片，你做好形象修整手术后留在这里的。”

我吃了两片，摇了摇包装盒，有几片在里面哗哗作响。“不够了。”

“不够什么?”

“太痛了。不，不是我的手。这一切都是真的吗，真的发生过吗？发生在大学里的事。而且是本干的?”

他们交换了一下眼神。艾登推开蓝天，在我旁边坐下。

“看起来是这样。”

“我不明白。为什么本要留下那张字条，故意支开我呢?”

“或许他不想你受伤。”

“表达方式倒是很有意思。本知道这个地方吗?”我战战兢兢地看着马克。再不要更多。再不要更多朋友遇害了。

“在他的记忆被擦除之前他知道，之后他就不知道了，”艾登说。“暂时应该没事儿。”

“应该还不够好。我们要在他们发现我们之前撤离这里。”

“我们会的。很快，”艾登说。“一切都结束了。”

“你是什么意思?”

他摇了摇头，头垂落在双手里。“觅踪，我们之前所做的一切努力，全都完了。芙洛伦丝和其他人——朋友们，他们当中的每一个人——全都惨遭谋杀。我们的证据被毁，计算机系统遭到破坏。我们被打败了。”他的声音，那么疲惫，饱含痛苦。

“所有的一切都付诸东流了吗?”我的声音很小。**都是我的错**。

“你和我肯定是法监们最想缉拿的要犯。你就要撤离了。”

“你是什么意思?”

“撤离到爱尔兰联合王国。正在安排这件事。”

“不要！你是要我逃跑。我受够逃跑了。”

“我们要努力重振旗鼓。有一天。”他摇了摇头。“我得留下来，做我能做的事情，但是如果你的处境不安全的话，我就没法好好思考。为了我，你不得不这么做。去吧。”

“为什么？在发生了所有的这一切之后？本背叛了我，我不能逃离自己留下的这堆烂摊子。”这些话让人沮丧，不真实。“他背叛了我们大家。要不是因为我，他就不会出现在那里。”

“但我才是把他带到那里的人。蠢蛋！我让感情蒙蔽了自己的判断。是我的错。”

“不是，你们俩都错了。”马克说。“你们是在给他机会，那本来就是觅踪的宗旨，是不是？尝试从法监的魔抓中挽救迷失的灵魂。”

艾登摇头。“那么多人死了。这一切值得吗？”

“稍等。我不明白你之前说的话。你是什么意思——让感情蒙蔽了自己的判断？”

“难道这还不明显吗？”

我从眼角的余光看到马克正在退出房间，把门关上。

艾登吁了一口气，靠在沙发上，半闭着眼睛。他又睁开眼睛，转过来看着我。他看起来很年轻，一脸迷茫，几乎——不是他自己了。艾登一直都很坚强，笃定自己所做的事情以及这么做的原因。这不是他。这感觉就像我脚下仅有的那片坚定的土地正在坍塌。

我拉住他的手，握在我的手中。

“你不能放弃觅踪。你是超级英雄艾登。”

“不是。只是艾登。只是一个男人，没有超能力。而且我搞砸了。真正地，彻头彻尾地，我们完了。就是这样。”

“这是怎么发生的呢？”我咽了下口水。“法监们做的这一切怎么能得逞呢？他们怎么能改变本，使他背叛我们呢，使他变成杀手。”

艾登轻抚我的脸颊。“对不起。法监没拿枪顶着本的脑袋。他所做的事情，是**他自己**做的。他做出选择而后采取行动。他所做的事情出自于他的内心，不论他究竟为何要这么做。”

“不，我不相信是这样。本不是那样的，是他们对他做的事情造成的。”但连我自己都不相信我说的这些话。反抗组织费尽心机想使我变成恐怖分子，使我变成杀手，但到头来我做不到。即使当我确信我应该这么做，而且确信这是唯一的出路时，内心深处的某些东西却阻止我迈出那一步。如果本也是一样的，难道他内心深处的某些东西不会阻止他吗？

艾登叹了口气。“全都怪我。我简直是个傻瓜。要是我坦诚地面对自己就好了。”

“不！你不可能知道本会——”

“我不是这个意思。我原本以为让本回到你身边就会使你感到快乐，而你快乐，我就快乐。但我错了。看到你们两个在一起使我伤心欲绝。”

我目不转睛地凝视着艾登。他现在说的话和他所做所说的其他事情全都开始变得清楚起来，但我无法理解。

“这样一来，我对本的每个怀疑都不算数了。我以为是因为我对你的感觉才造成我质疑他，质疑他的动机。我与芙洛伦丝争辩，而那时我本应该听她的。她对本的判断一直以来都是对的。”

我摇头。“法监干的。他不是我认识的本。他们改变了他。”

“但你真的了解过他吗？”艾登问。“不知道一个人的全部，他们曾经代表的一切，他们曾经做过以及没做过的事情，你又如何能爱对方呢？”

我沉默了一会儿。他的话正在渗入，慢慢定格。“你这么说的意思，真的，是记忆被擦除过的人——没有为人所知的过去的人——不可能爱别人或被爱。我的记忆曾经被擦除过。”

“那么为什么我还爱你呢？”

第三十五章

我在清晨醒来。房子里静悄悄的。艾登的话像止痛药一样令人感到迷糊，但我记得够清楚。几乎就在他话音刚落时我就因为药片的作用晕过去了。

我摇了摇头。他不是他自己。所发生的一切将他割裂，使他敞开心扉。他不是那个意思。

而我不确定他所说的哪件事更令我警觉——他放弃了觅踪？还是他要把我送走？他爱我。所有的这一切染上了一层不真实的色彩，跟昨天发生的一切一样。本的背叛带给我的痛苦，以及随之而来的一切，渐渐向我逼近，彻底击垮了我存在的全部意义。但更糟糕的是，没有艾登的确信当靠山，我感到不知所措。

我起床，好像这样就能逃离这困境似的，而蓝天就在我的脚边。毫无目的地走进厨房，看见本的母亲亲手制作的金属猫头鹰雕像的刹那，我倒吸了一口气，它就摆放在冰箱的顶上。我不能自已，把它拖下来放倒。手指轻抚咬合在一起的翅膀、尖尖的喙和爪子。手指停留在那方纸片上，然后把它抽出来——本的字迹。他的“爱你，本”与他的留言条一模一样，这张字条将我从万灵学院骗走，使我在高高的教堂顶上安然无恙。

我不明白。他为什么要留下那张字条，支使我离开？如果他是艾登嘴里所说的那个由法监创造的冷血杀手，而我昨天亲眼目睹了这一幕，为什么他不让我跟其他人一起被射杀算了呢？那样的疼痛会胜过我现在所遭受的痛苦吗？

或许在内心深处的某个地方，他还是在乎的，尽管他的所作所为如是。仅仅只够救我的命。而我不知道紧紧抓住这一点是让我感到好过一些呢，还是更难过一些。但是若他在乎的话，为什么把我送到牛津的一个地方，在那里我不得不眼睁睁地目睹所发生的一切？

还有托丽。我不寒而栗。为什么她在那里？她现在是个法监，和本一样。上次我见到她时，她正被法监拖走，尖叫着发出威胁。她和本被迫接受了同样的手术吗？但她眼里有种神情，她大笑时流露出某种报复的意味，仿佛她知道我正在观看，而且还记得我。或者这都是我想象的？即便是通过照相机被放大，我真的能从那么远的地方像这样解读她吗？

太多的问题将我湮没。有没有本计划要做的事情的线索？倘若我注意到这些线索并且告诉芙洛伦丝的话，能不能阻止事情发生？

我梦游般地走回前厅，从桌上一把抓起我的照相机，昨天晚上我肯定把它落在这里了。我盯着双手握住的东西，想要知道又不想知道自己能否承受这一切。我深吸一口气，打开照相机，找到测试我的照相机那天给本照的那组镜头的文件。

本微笑着的脸庞投射到墙壁上。我反复地观看，寻找线索，寻找将要来临的一切的蛛丝马迹，但什么也没看到。他还是我以前记得的那个本，不是吗？要说有什么不同的话，就是他比以前更爱开玩笑，不那么像白板人。更勇敢。我按下暂停键，盯着墙壁上他的眼睛，痛苦开始向我扑来，将我卷入万劫不复的漩涡。

我赶紧关上照相机。集中精神吸气呼气，眼睛在屋子里扫来扫去，寻找能转移注意力的什么东西，任何东西。就在这时我看到自己忘记了的东西——默里熊，堆坐在一个书架上。我把他拉下来。

“一切真的都结束了吗？”我轻声对它说。所有我们曾经希望的一切——与伊迪的遭遇一样的故事能够传播出去，能够产生影响、改变局面。伊迪现在在哪里？或许她也会在某个孤儿院变成一个白板人。也许结局更糟糕。

她仍然在我的照相机里。我又拿起照相机，看着文件清单：伊迪还在。还有我录制的另外三个证人。孤儿院里被记忆擦除的孩子们。万灵学院的大屠杀。这些够不够？我目不转睛地看着默里。它那毛茸茸的脸似乎在说话——或者这只是止痛片产生的幻觉？——他在说我们仍然能够做这件事。赶紧做，趁其他一切出差错之前。

我正准备关上照相机，突然皱起了眉头。在文件清单里有一个我没认出来的，我不记得之前注意过。标签是 SC，是在我给阿斯特丽德和尼科拍照之前录制的。

打开文件；点击**播放**：斯特拉出现了。当然了——SC 就是斯特拉·康纳。

我坐下来听她的留言。听完之后，我的胳膊上起了一层鸡皮疙瘩。

“这个以前就有，一直就有？”我对默里说，错愕不已。

然后我跑到房子后面，蓝天跟在我脚后，拼命地拍打卧室门。

“醒来，起来！”蓝天汪汪地叫着，马克和艾登半梦半醒地冲出来，一脸警觉。

“出了什么事儿？”艾登说。

“我们需要谈一谈，我们现在就要做这件事。”

“谈什么？”

“听我说。我不去爱尔兰。”

艾登开始抗议；我举起一只手。“还有更多。别说话，听我说。但首先我有个问题。觅踪的电脑系统怎么样了？我们能把消息发布出去吗?”

“我们本来已经准备十足，要这么干了，但不是通过平常的电脑渠道。”马克回答。“在我们的系统被破坏之前，我们通过爱尔兰计算出一个更好的替代方案。德朱的联系人认为他们能够攻击法监的通讯卫星，在我们准备就绪时通过该卫星向全国和全世界播放。”

“播放什么?”艾登带着怀疑的语气。“我们收集的大多数证据已经毁了——要么从被黑客攻击的系统里被盗走了，要么在大学里被毁掉了。”

我举起我的照相机。“我还有证人的证词——伊迪以及其他三个人。还有孤儿院被记忆擦除的那些孩子的照片，昨天万灵学院的镜头，还有——”

“那不够，”艾登打断我。“我们的观点——芙洛伦丝的父亲的观点，还有芙洛伦丝的观点——一直以来都是我们需要的是妥善保管并能提供证明文件的证据和证人。我们不再拥有这些了。我们无法复制备份。”

“如果我们不把他们的遭遇讲出去，他们就死得毫无价值了。”

房间里一片静寂。

“我们至少得试一试，”马克终于说道。

艾登来回地看着我们。他眼里有什么**改变**吗？然后他摇了摇头。“我一直就没完全同意过谨慎的持久战，但真的有充分的——”

“还有更多。看看这个。”我说着把照相机对着墙壁。

斯特拉的脸填满了整堵墙，她露出不安的微笑。“唔，嗨。我是斯特拉·康纳。我的女儿露西，我会这么称呼你，你将永远是我挚爱的女儿——”然后她笑了——“不久以前，她让我吐露心扉，我以为自己永远都不会对别人说起。她努力使我信服我必须说出这件事，这件事必须传播出去。但我拒绝了。”她叹了口气。“我老了，而且我是个胆小鬼。一直以来我都是个胆小鬼，我才刚刚开始明白自己是多么胆小。不管怎样。我最好继续这么下去。”

“我开始意识到露西又要不得不离开我的生活了，不管我做什么。在我从她那里借来的这部相机上，我找到了她即将离开的原因。是的，露西，你给照片加了密，这样我就看不见它们，但我确实设置了相机，所以有系统管理员的超越管理权限，我窥探了这些照片。里面是这些非常年幼的孩子们，他们的记忆被擦除了。”她不寒而栗，坐得更直了。“所有的事情持续在恶化，所以，现在我不得不勇敢起来，讲述我的经历。”

“我的母亲是阿斯特丽德·康纳——全英国的未成年管制部部长，法监级别正在稳步上升。多年前，我偶然听到她跟一名下属谈到暗杀首相阿姆斯特朗及其夫人灵妮的事情，在此事发生之前。我那时还是个孩子，并没有真正地理解我听到的话。当我问她时，她说他们在媒体获悉之前就知道了这件事，我当时并没有质疑她说的话。但多年后我弄清楚之后找她对质。她承认——事实上是自夸——她所效力的法监强硬派故意向反抗组织泄露消息以促使暗杀事件的发生。我们家和首相家是世交，灵妮曾经向我母亲透露阿姆斯特朗打算辞职，并揭露他早先发现法监实施机构存在滥用暴力的行为。这本来会推翻法监政府。

母亲将我锁起来，防止我透露消息。我那时怀孕了，而我的孩子夭折了。几个月后，她给了我露西——全世界最美丽的宝贝。我不知道她是从哪里把她弄来的。一旦她发现我倾其所有地喜爱上露西之后，母亲把我们放了出来，并且警告我如果我走漏风声，她就会带走露西。

我那么爱你，露西。我很抱歉一开始我没跟你和盘托出。”她的手伸向照相机。录像戛然而止。

我努力保持镇静。斯特拉肯定是在我躲在船屋里的时候录制的，然后让埃丽把照相机和那张加密的字条带给我，那时她不知怎地发现阿斯特丽德正在赶往此地的路上。终于她勇敢地站了出来。我多么希望她平安无事啊。

我艰难地眨了眨眼睛。“好了？这够了吗？”

艾登和马克面面相觑，错愕得一言不发。然后马克咧嘴笑道：“我们抓住这些坏蛋了，是吧！”他向空中举起一只手，伸向艾登。迟疑了片刻之后，艾登也举起自己的手，跟他击掌庆祝。

艾登又露出坚定不移的神情了。“是的！我们能这么干。”他一把抱住我，然后又猛地松开了。“你还是得先撤离。”

“不。你们要复制备份任何东西的话，我可是你们唯一活着的目击证人。我哪儿也不去。”我目不转睛地凝视着艾登，毫不动摇，而他也一样。

“我们吃个早餐，打断这场盯人比赛怎么样？”马克说着给水壶装满水，然后插上电源。“然后，或许你们希望给我录像，说一说巴士爆炸后发生在罗伯特身上的事情。”

艾登举起一只手，若有所思。“还有另一件事。真心愿意帮忙的另一个证人。”他的眼神停留在我的脸上，饱含歉意。

“谁？”

“我们需要阿姆斯特朗的女儿，桑德拉·戴维斯。你这里的母亲。”

“不，不可能。”我惊恐地盯着他。“妈妈和埃米安然无恙是使我能够坚持下来的原因之一。别把这个从我身边夺走。”

“听我说，人们会相信她。他们不知道斯特拉是谁。倘若她看了斯特拉所说的话，然后支持这些话，支持马克讲的情况，那样的话，我们就做到家了。”

马克的一只胳膊搂住我的肩膀。“他说得对，你知道。是时候停止自保，孤注一掷了。”我把他的胳膊抖落下来，坐回沙发里。默里抬头看着我，脸上也写着“他说得对”。我摇头。接下来，蓝天也会说教我一番。看到苗头后它跳起来走到我身边，把头放在我的两膝上，仰望着我。

“好吧。我们可以问问她，但不要逼她。”她不会做这事儿，是不是？我超出了她的保护范围，但如果这意味着拿埃米冒险的话，她是不会这么做的。“我们怎样给她送信？”

前门“砰”地一声打开了。“哈罗！”一个愉快的声音说道。是我熟悉的。我转过身，看见埃米的男朋友：雅茨。

第三十六章

“我真的很不高兴。”雅茨说道，但他咧嘴而笑的样子说明情况正好相反。从他认出来人是我的那一瞬间起，不管我的头发有没有改变，他的双臂就紧紧地抱住了我，似乎要使我永远困在他的怀抱之中。“为什么你不告诉我她还活着?”他逼问表哥马克。

我感到很难为情。“快放开我吧!”

“你真的没事儿?”

“毫发无损。”我说，不能去细想在发生这一切之后我到底怎么个好法。

他松开胳膊，两手分别放在我的两肩上使我站在他的面前。“埃米一直以来那么……我能告诉她吗?”

“需要知道。”艾登突然插嘴。

雅茨愤怒地瞪着他。“是的，好吧，随便——埃米需要知道。”

“为什么不?”我说。“真相很快就会大白于天下。他现在告诉她会有什么伤害呢？她什么都不会说的。”在经历过上一次之后不会。埃米曾经天真地说起过我为反抗组织画过的那些画，一辆黑色的面包车抓人，法监质询和随之而来的敲诈等事情。

“还有你妈妈呢?”雅茨问。

“她已经知道了。”

“不可能。她根本提都没提过。”

“需要知道。”我们异口同声地说，我不经意发现自己和雅茨一起笑开了。竟然还知道怎么笑，我内心某个地方对此感到很惊讶。

“见到你真好，”我说。“现在放开我吧。”他放开一只胳膊，但另一只胳膊却搂着我的肩膀，这感觉真好。埃米的男朋友一直以来都像我的大哥哥一样。

“我们需要安排一次会面，”艾登对雅茨说。“凯拉和她妈妈。而且什么都别跟埃米说，现在还不是时候。”

“好吧，当然。给我个口信，这会提醒我。”他从口袋里拿出个小盒子。“军函派送。”

“那是什么?”我问，一脸迷惑。

马克接住它，正面朝上拿在手里。“德朱寄来的最新信息，我猜。”

我目不转睛地看着雅茨。“你的意思是你也跟这一切有关联?”大哥哥也有自己的小秘密。

他咧嘴笑了起来。“一直是信使男孩，不过最近因为电脑通讯系统故障变得更忙了。我猜，你没必要知道。”我拍了一下他的胳膊。想一想人们生活的表象下所发生的一切，而且就在你的眼皮底下发生，但我根本毫不知情。一点儿也不知道。

马克打开小盒子。“太好了，终于好了。”他摊开手——是个通讯器。就在这个时候，它嗡嗡地响了起来。“我确信这是找你的。”马克对艾登说。艾登挺直肩膀去应答，朝走道走过去，关上门，然后不见了踪影。

马克和我交换了一个眼神。

“德朱已经知道发生的事情了吗?”我问，语气很平静。

“如果他不知道的话，我倒要感到惊讶了。不过他可能想要听到第一手的说法。”

“发生了什么事儿?”雅茨问。

“是需要知道也好，不需要知道也罢，相信我——你不想知道。”我说。

马克和雅茨一起讨论何时何地我们能尝试与妈妈见面的计划，而我则慢慢地在厨房里走来走去烤面包，想知道德朱是否会同意我们的计划。要是他认为我们手头掌握的证据还不够充分，不能公之于众呢?要是他说不行呢?没有他的帮助，我们没法将真相传播出去。

我走出厨房，向里屋走去，敲了一下门，然后走了进去。

艾登仍然在通过通信器与德朱谈话。他看着我的眼睛，示意我保持安静。“在哪个时段那么做?”

“我不确定我们能——”

“我明白了。”

“让我跟他说。”我说。

艾登比划着拉起他的头发。“好。那么跟她谈一谈吧。”他把通讯器递过来给我。

“哈罗?”

“嗨，凯拉。艾登一直在跟我说——”

“德朱，先听我说一下。我们需要尽可能快地进行播放。不能再坐以待毙，等着出状况了。我们需要采取行动，赶在——”

“慢慢说。我同意你的看法。”

“你同意?”

“是的。而且凯拉，我听说你的日子不好过，很痛苦。我很抱歉。”他停顿下来，但这一回是我保持缄默。还有什么可说的呢?“艾登希望我将你偷渡出国。”

我眯着眼睛盯着艾登。“我不去。”

“这才是我的好姑娘。我认为我们需要你参与我们的小影片录制。艾登已经跟我大致说了一下斯特拉的录像，还有你的照相机上的其他内容，以及桑德拉·达维斯参与的可能性。你需要促成这件事情。”

现在我怒气冲冲地瞪着艾登。“我们甚至还没问过她呢。她可能会拒绝。”

“不管怎样，我们需要为明天的播放准备就绪，否则我们不得不再等上数月才能遇到另一个机会。有些难以处理，但一切都在于选择适当的时机在不被察觉的情况下干扰他们的卫星。如果播放与地磁暴同时发生的话，我们可以利用太阳活动给我们的入侵打掩护。并且狂风暴雨以及随之而来的雷暴也预报出来了。如果太阳活动和天气预报都是准确的话，他们的卫星和地面通讯应该会在明天傍晚受到干扰。”

“明天？那么快？”我说，眼睛看着艾登。他抬起肩膀，耸了耸。

“你能做到吗？”

等待可能会让我们有更多内容播出。但看一看等待会发生什么事儿——万灵学院。那就是所发生的事情。“是的，我们要这么做。”

“要的就是这股精气神儿！”

“德朱？我有个问题。”

“什么问题？”

“你听说过莱桑德医生曾经说过的事情吗，高层有人擅自在我的住院记录上动了手脚？”

“听说过。”

“你弄清楚关于我的其他情况了吗？我的DNA？”

是停顿，几乎察觉不到。“还在研究呢。”

第三十七章

我战战兢兢，紧张不安，不能静静地坐着。艾登看着我。

“怎么啦?”

“没什么。都好。”我看了看时间。“她来晚了。”

他扫了一眼钟。“只晚了大概20秒钟。会很顺利的。”

“只是我不希望她发生任何意外。与我太亲密的所有人似乎都要付出代价。我不想她卷进来。”

他握住我的手。“因为你在乎。你希望她远离伤害。”他没说其他话，但我知道他在想。

“我不能离开。”

“我知道。”他叹气道。“你骨子里就是这样的，造就了现在的你。但我得试一试。”

门开了。

“妈妈!”我跳了起来向她跑去。她的胳膊飞快地圈住我，给了我一个紧紧的拥抱。

她从我的肩头望向艾登。“这位是谁?”

他站起身。“很高兴见到您，夫人。我是艾登。”

她转而看着我，摇了摇头。“你为什么回来? 太危险了。”

“我试图告诉她，但她不愿意离开。”艾登说。他们交换了一个眼色。

“她很固执，是不是?”妈妈说。“那么，现在为什么请我来这儿?”

“我们需要你的帮助。”

妈妈坐下来，艾登向她解释我们——觅踪——计划做什么事。

“那么这真的会在全国播放? 还有在其他国家播放?”

她收回视线，若有所思，然后看着我的眼睛，双眼发出兴奋的光芒。“这样行得通。尽管我不确定你们认为我能做什么。”

“我真的很抱歉要给您看这个。”我说。

“什么?”

我拿出照相机。“你认识阿斯特丽德·康纳和斯特拉·康纳吗?”

她皱起眉头。“阿斯特丽德·康纳和我妈妈一起上过学；她们曾经是朋友。斯特拉是她的女儿。我们孩提时代曾经有过联系，不过近来没有。她多年前就不再接听我的电话了。”她耸了耸肩。“她们跟这些有什么关系?”

“她们是我的家人。在我的记忆被擦除以前，我被斯特拉领养；我还是个婴儿时她就抚养了我，直到我十岁。我离开去看的人就是她。”

“什么?”妈妈惊讶地瞪大眼睛。她摇头。“我真不敢相信。但我不明白这跟我有什么关系。”

艾登和我交换了个眼神。我本想提醒她将要发生的是什么，但他认为最好由她自己去看，去听。

“好吧。这是斯特拉的录像。她藏在了我的照相机里，我也是最近才发现的。我很抱歉。”

我把照相机投射到墙壁上，按了播放键。她观看倾听时脸色变得苍白，紧紧地握住我的手。

播放结束后，妈妈看了一会儿别处，然后她直视着我的眼睛。“要是我知道我父母那时正计划做什么就好了。这么多年来，我都弄不明白为什么我父亲建立法监政府，还有它所造成的一切。我总以为他根本不知道正在进行的种种黑幕，但他知道，而且他计划制止这一切。谢谢你告诉我。”

“您瞧，”艾登说，“这就是为什么我们需要您。在我们的播放中介绍斯特拉的录像，这会让人们更易于接受这些信息，使他们听进去。”

“我们也有一个看见过您儿子罗伯特在巴士爆炸后还活着的目击证人，”艾登说。“您也可以谈一谈他至今仍然失踪的事情。”

妈妈点点头。“我从其他消息源得知罗伯特在爆炸中活了下来，但之后就消失了。我一直猜想他是被擦除记忆了。要是我的父母能够说出并做到他们想要做的事，我们的世界会不会是个不一样的地方呢？我是不是还能拥有我的儿子？我想为了他们这么做，说出他们被阻止而无法说出来的话。然而，这不仅仅跟我有关。事情可能会出岔子。我还得考虑埃米的安全。我需要时间考虑一下。”

“对不起。留给我们的时间并不充裕。”艾登说。

“我们什么时候需要做这件事？”

“最晚明天下午。播放必须明天晚上进行，这是有技术原因的。雅茨会带您过来，如果您决定帮助我们的话。”

他们讨论了更多的细节，但我只是紧紧地握着她的手。想象一下她所受的打击——一直以来被告知你父母的死因是这样，然后却发现这根本就是弥天大谎。

“我该走了。”她紧紧地抱着我。“照顾好她。”她命令艾登，然后离开了。

“你认为她会做什么？”艾登问。

这和另一次，另一个决定如此相似。那时，她不得不决定是否在实况录像中告诉全国她认为发生在罗伯特身上的真实情况。然而，她没那么做；她不愿意做任何事情，置埃米或我于危险境地。这一次会不同吗？

“我不知道。”我内心有些希望她明天会来；又有些希望她远离这场是非。

那天晚上，艾登在电脑房里忙活，马克和雅茨出门去为明天做准备，把我照相机里的录像片段和照片复制出来并开始整合起来。德朱希望我做个介绍，解释一下我目睹的事情如何联系在一起。我正努力去想我能说些什么，以免我盯着照相机时俨然像个傻瓜。

有关万灵学院发生的一切我能说些什么，才能在某种程度上有意义地解释发生过的一切？对于本我能说些什么？

关于我的生活——我能说些什么——我**愿意**说些什么？我的疯狂的、迷惑的、被法监败坏了的生活，以及法监曾经破坏过或毁灭过的所有那些人的生活？

我在前厅来回踱步；蓝天跟在我脚后，我差点儿被它绊倒，骂了一句。

艾登的门开了，他走进来。“一切顺利吗？”

“只是有些怯场。”我说着看了看脚下。我没法直视他的眼睛。

“会很顺利的。”

“就像到目前为止所有其他的事情那样很顺利？”而我在颤抖。我不知道为什么。是延迟反应、恐惧、痛苦，还是三者兼而有之？

我抬起头，朝他走近一步；艾登向我走近一步。在中间会合。他的胳膊轻轻地揽住我，很温柔，不是拥抱，而是安慰，就像你会安慰小妹妹或一个孩子那样。我把头依偎在他的肩膀上。我靠在他身边的感觉跟本不一样；本要高一些。他的手摩挲着我的头发，正努力地使我感到好受一些，但还不够，再也没有什么能多得足以到带走那片空虚了。我把他拉得越来越近。他的心跳得更快了，我的也一样。我伸手拉低他的头，吻他。我不知道我在做什么，我也不在乎。我只感觉到冰冷、死亡和空虚；艾登是感觉、温暖和生命。

起初他回吻我。接着慢慢地，温柔地，他把我推开了，摇着头。“不是像这样。”

而我开始哭起来。为什么？另一次失去，另一个寒冷的空间。他把我拉到沙发上，用一条毯子把我裹起来。“别走。”我说。

“我哪儿也不去。再也不去了。只要你不想我走。”但他站了起来。“一会儿就回来。”他走向过道，回来时手里拿了一把吉他。

“我不常弹，但弹吉他总是让我感到好过一些。闭上眼睛，凯拉。明天会是漫长的一天。但是我们会挺过去的。我会守候在你身边。”

然后他开始弹。他弹得很好。有些歌曲是我知道的，有些是我不知道的。不知怎地，我的眼睛闭上了，不知不觉进入到一场漆黑无梦的沉睡之中。

第三十八章

预报的暴风雨天气如期来临。凛冽的风抽打着大树，枝桠断落下来，我奔跑时凋零的落叶随风飞舞盘旋。

我睡到很晚才醒来，并且说我只是想奔跑，然后冲出门，经过昨夜之后我无法直视艾登的眼睛。心里有些期待他露出争辩或者守护的眼神，但他只流露出任由我离去的眼神。

我的脚沿着河道小径疾驰，重重地踏在地上试图赶走所有的一切，但还是没用。我踩得更深想要**更多**——更多力气，更快的速度。数英里飞驰而过，越来越近了。这次奔跑不仅仅是为了逃离和释放。我找得到它吗？

起初不能。我知道我接近它应该在的地方了，在那里这条小径拐了个特别的弯儿，不远处有一棵可以攀爬的树。我放慢脚步开始慢跑，让脚步顺着原路走，直到我终于认为自己看到了要找的那棵树。

我爬上树枝时狂风大作，仿佛大风要把我拖拽下来，将我狠狠地扔到地面上。我眯起眼睛以避免沙子吹进去。在上面多远的地方？我想我走得太远了，然后回头张望。它可能遭遇任何事情：善于发现闪亮东西的鸟或松鼠有可能把它拿走；它所在的树枝很可能遭遇大风的蹂躏；很可能不是这棵树。由于现在没有跑了，我都快冻僵了。我用麻木的双手四处摸索，我的脚几乎失去知觉，站稳都很困难。我正要放弃时，手指头拂过一个冰冷的金属物体。

我扭动身体想要更好地够到它，从挂着的那根树枝上把它拉过来——艾米丽的戒指。我立刻紧紧地把它握在手里，然后开始往下爬。

回到地面后我费力地看着上面刻的字：**艾米丽和大卫，天长地久**。他们死后我从她手上取下来的，他们和其他许多人一样都是法监和记忆擦除的受害者。她怀孕时两人因为违约而被遣返。他们所犯的唯一罪行是相爱。我需要她的戒指，我需要一个抓得住的理由，使我挺过今天不得不完成的事情。我准备把它放进口袋里，但接着就滑到我的手指上了，然后我开始奔向那漫长的回程。

淋浴过后我来到厨房，马克在做三明治。“一切可好?”他问，接着收回刚才说的话。“好吧，愚蠢的问题。有什么不好的事儿我能帮上忙吗?”

“没有，谢谢啦。”我对他微笑。

“终于露出个笑容了。坐下吃光，差不多时间到了。艾登？吃午饭了。”他叫道。

艾登进来，一只手捏了捏我的一侧肩膀，在我对面坐下。他看着我的眼睛，点了下头，坚定的眼神说明一切顺利。我心中焦虑的心结减轻了；尽管只是一点点，但已经足够。

“欢迎来到我们的摄影室。”马克说着打开门，通往一座年久失修的农场外屋。就在离他家几英里的一条小路上，从外面看好像荒废了，不过当我穿过去的时候不禁惊呼。里面俨然是电脑爱好者的阿里巴巴山洞——到处都是电脑配件。

“显然你们不是为了今天才把这里搭建起来的。”我说。

“是的，这里是觅踪隐藏的技术中心之一，已经很多年了；这里有各种各样不同的东西可供使用。摄影是新的。不过我们在这里建好了传送设备以连接上德朱的转播设备，再传到卫星上。而且雅茨和我昨天晚上清理了一个地方进行录像。”

艾登和我跟着他转过一排塞得满满的高书架；后面有一块空地，摆放着一张凳子，还悬挂着一张防水油布，挡住后面的设备。前面架着一台摄像机，还有灯光。

“这看起来比我的小照相机高科技多了。”我说着又摸了摸口袋里放着的照相机，他们昨晚复制好相关的内容后才还给我。

“不是啦，很简单的。我告诉你怎么用，然后我们就来录制我的部分。”

马克开始向我们俩解释控制键，正在这时传来一声响亮的敲门声。

“哈罗？”雅茨的声音。另一个是——妈妈？

我猛地从架子后面绕过去。不仅仅是妈妈，埃米也来这里了。

埃米向我跑过来，紧紧地拥抱住我。“你这个疯狂的丫头。再也别对我做这种事情了!”

“你剪短了头发。”我说，很是错愕。她那华美的浓密头发不见了，剪成了精灵短发。

“呵，如果我知道你在哪儿，找你做做时尚方面的参谋，并且我不需要接受一次治疗的话，我就会这么做。还有，你也看起来有些不一样嘛。”

“你们俩都来这里了?”我对妈妈说，她一直克制地站在后面，此时向我们俩走过来，三个人抱在一起。

妈妈笑了。“我的两个女儿团聚了！我了解这是个家庭决定。我不得不让埃米知道正在发生的事情，然后我们投票表决。”

“然后呢?”艾登问。

“埃米说去做吧。我还是不太确信，但我们有三个人呢。凯拉，你呢?”

所有的眼睛都看着我。

不，别让我这么做。别让我做决定。

我咽了咽口水。“如果出差错，每个牵连进来的人都会被判死刑。”

“包括你自己。”妈妈指出。

我耸了耸肩。我不想说，不想大声地说出来，我不再在乎自己的生命。“我的情况不一样。不管怎么样，他们本来就已经在追捕我了。”

“你以前跟我说过，有时候最重要的事情是做正确的事。”

“问题在于弄清楚什么是正确的，是不是?”埃米说。

我回视妈妈和埃米，她俩挨得很近。埃米是白板人，像我一样分配给她，但这并不改变她们现在对于彼此的意义。对我们的意义。但我们不是唯一的人。“这不仅仅关系到我们。这关系到每一对母女，每一对父子。现在和以后。”

妈妈回看着我，慢慢地点点头。“好吧，那么，让我们付诸实施吧。”

马克是第一个，而我则负责操控摄像机。他讲述了学校旅行出事故的那天——那天射偏的反抗组织的炸弹几乎夺去了一客车的15岁到16岁的学生的生命。他是如何受了轻伤的经过。他的朋友罗比，即罗伯特·阿姆斯特朗被拉走，与他死去的女朋友分开的经过。他当时在尖叫，但并没有受伤，然而晚些时候却出现在死亡名单上。

接着轮到妈妈告诉我们她的儿子罗伯特的事情了。多年来她如何听到各种关于他幸存下来并被记忆擦除的谣言，结果却找不到他的任何踪迹。

她停顿下来，看着摄影机后面我的眼睛。“但那还不是我生命中唯一的悲剧。你们知道我是谁——桑德拉·阿姆斯特朗·戴维斯。我的父亲，威廉姆·亚当·M·阿姆斯特朗首相和我的母亲灵妮·阿姆斯特朗，在我15岁时被反抗组织的炸弹谋杀。但那还不是故事的结局。我的父母准备揭露他们所发现的残暴罪行；我父亲打算辞去法监首相职务并解散政府。我母亲把秘密告诉给学校的一位朋友阿斯特丽德·康纳，后者故意将他们的行踪透露给反抗组织，借其之手将他们谋杀，再也不能揭秘。你们将从斯特拉·康纳那里听到这件事情的经过，她是我儿时的朋友，也是做这件事的法监的女儿。”

她停下来。“怎么样?”

马克又站在摄像机后面了，他竖起了大拇指。“棒极了。谢谢。”

我深深地吸了一口气。“现在轮到我了吗?”

艾登走过来。“我们可以录万灵学院的少许片段，我也在场。”

我摇头。“我是拍下这组镜头的人，我那时正透过照相机的变焦摄影在观看，并且看见了发生的事情，比你知道更多的细节。我不得不讲出来。”

“你确定?”

“是的。而且还有更多我能提供证据的。妈妈，你和埃米能留下来吗?我希望不再有秘密。所有这一切都将说出来，我希望你们从我这里听到。”

我坐在灯光下方的凳子上。埃米拉直了我的头发。“这不是时尚拍照。”我说。她吐了吐舌头，走出镜头。

“等你准备好。”马克说。

我朝下盯着摄像机，假装我正在自言自语。没有其他人在场；伊迪的泰迪熊从镜头后面盯着我，没有其他人会听到只言片语。

“嗨，我想介绍一下我自己，但我做不到——我不知道我是谁。

在我出生以前，你们不久将听到的一个女人是个囚犯。她名叫斯特拉·康纳。她发现她的母亲——未成年管制部的一名法监阿斯特丽德·康纳——一手策划了首相阿姆斯特朗和他夫人的谋杀。斯特拉被她母亲关起来，不让她走漏风声。她那时怀孕了，但她的孩子夭折了。”

“之后阿斯特丽德给了斯特拉另一个婴儿——那就是我。她扬言如果斯特拉胆敢说一个字就把我带走，然后就放了我们。斯特拉和她的丈夫丹尼，丹尼以为我是他的亲生女儿，他们很爱我，把我抚养大。”

“10 岁时我被反抗组织绑架，我被迫接受性格分裂的训练，由反抗组织的恐怖分子尼科训练，然后在我 15 岁时，他布局让我被法监抓捕，并被擦除了记忆。

我的记忆被擦除并被分配到一个新家庭之后，我分裂的性格和记忆开始恢复：尽管我是白板人，但当我的记忆恢复时乐握就停止控制我的行动了。反抗组织的计划成功了。我重新加入反抗组织，但法监威胁我并试图迫使我背叛该组织。”

“在阿姆斯特朗纪念日上我出席了分配给我的母亲桑德拉·阿姆斯特朗·戴维斯的演讲会，你们也会听到她的发言。”我停顿下来，无法说出将要发生的事情，转动着手指上的艾米丽的戒指，挣扎着保持镇静。“我很抱歉。我的胳膊上绑着一支枪。妈妈——桑德拉——就在我旁边，如果她不说出反抗组织要她说的话，我就该杀掉她。”我艰难地眨着眼睛，迫使自己不要看妈妈和埃米，继续说下去。

“我做不到。我没有留下来参加正在进行的第二场仪式。我跑回去试图挽救莱桑德医生，在我背叛她之后她被反抗组织俘获了。后来我发现尼科给我的一个通讯器，就藏在我的乐握下面，那是一个遥控炸弹。他本打算在第二场仪式期间引爆，那时我本应该和我的家人及格雷戈里首相待在一起。”

我呼吸了一会儿，努力克制自己，然后继续。我告诉他们我跟反抗组织在一起做过的所有事情，还有发生在尼科身上的事情。法监编撰的炸死我的炸弹。跑去与斯特拉一起生活并且发现她不是我的母亲，查看孤儿院却看见被记忆擦除的孩子，并且意识到我将不得不再次逃离，将这一消息传递给觅踪。然后却看见阿斯特丽德和尼科在一起。去牛津找到本。本遭受了法监们不为人知的处理手段，他背叛了我们。我描述拍摄到的发生在万灵学院的大屠杀时，声音颤抖了。

然后我盯着摄像机。“我仍然不知道我是谁。或者阿斯特丽德·康纳，法监和未成年管制部跟尼科正在干什么，他是训练我和不计其数的其他人袭击法监的反抗组织的恐怖分子。发生在我身上的所有事情、暗杀我的家人和首相格雷戈里的阴谋，很难想象阿斯特丽德从一开始就与这一切毫无干系。”

“但是有一件事情确实是我知道的——真相必须昭示天下。所有的一切。如果大家都知道真正发生了什么事，法监到底在干什么，失踪的那些人身上发生了什么事，然后他们——你们——将会制止这一切。”

“**每个人**需要知道。”

我说完了。现在我一动不动，没有说话，无法抬起头，无法正视大家的眼睛。我知道马克已经停止录影了，但大家什么都没说。我听到脚步声，是妈妈的。

她向我走过来。

“对不起。”我说道。

她的双臂紧紧地抱着我。隐隐约约我察觉到其他人都走开了。

“你为什么道歉?”

“我差点儿就杀死你，你和埃米。还有其他的许多人。”

“你不知道你身上有炸弹。”

“我知道我有枪。我以为我会用到。我以为我没有选择。”

“但你没有那么做。”

“没有，我做不到。但还有我做过的其他事情。发生在万灵学院的事情，是因为本。是我的错。”

“在乎别人绝不是坏事儿，即使结果并不好。”

“这样很受伤。”我小声说。

“我知道。我也告诉你一件事。”

“什么事?”

“如果现在阿斯特丽德和尼科出现在我眼前，他们两个都死定了。”

我挤出一抹笑容，想到妈妈是持枪报仇的歹徒——这可不是马上就能在脑海里闪现的画面。“我不善于杀人。我更善于使他们被杀。”

艾登走回来，清了清嗓子。“我们现在要开始制作这份录影。如果你想离开的话，就走吧。”

“我应该设法使埃米离开这里。我们要去一个安静的地方与一些朋友待几天，看看会发生什么事，如果——当然，我的意思是——录像传送到电视频道上之后。”妈妈恳求地看着我。“跟我们一起走吧？求你了!”

“不行，对不起。我得把这件事做到底。”

“好吧。”

埃米走过来，她的眼睛泛红。她和妈妈分别和我拥抱，然后离开了。

马克和艾登在电脑上忙活着不同的录影片段，静态照片和我们今天录制的内容。我打起精神走了过去，从他们的肩膀那边观看着。

艾登看着我的眼睛。“谢谢你。”他说。

“为什么？”

“为了有勇气做你刚才做过的事情。”

我耸了耸肩。“很久以来我都是个胆小鬼。你不该为此谢我。”我看向别处，无法正视他的眼睛。

是斯特拉和妈妈最终使我勇敢地讲出真相。她们俩都做到了，那么我怎能做不到呢？正视我曾经的所作所为，挣扎着使自己保持克制，而内心深处却感到一切就像正在破碎的玻璃那般。没有留下墙壁，也没有留下幻象，毫无遁循藏身之处。妈妈知道。艾登知道。不久全世界都会知道。

终于马克宣布完工了。“你想完整地看一遍吗？如果不想也没问题。”

“我想看。”我说。马克将录像投射到墙壁上。一开始，标题出现在屏幕上——**需要知道的事情——觅踪出品。**

我努力不动声色地观看整整 15 分钟的影片。假装我不认识里面的任何一个人，我是乔公①，坐在我的沙发上准备体验晚间电视带来的终生难忘的惊喜。但当我从教堂塔楼上拍摄的影片出现时，我无法观看。我看向别处。一只温暖的胳膊搂住了我的肩膀——艾登。我想抬头看着他，但我害怕在他眼中将要看见的那一切。

砰。

一声巨响把我们全都吓了一跳，当我们意识到这是雷声时，又大笑起来。暴风雨来了。

艾登笑着露出了牙齿。仿佛接到信号一般，他的通讯设备响了起来。“哈罗？是的，准备好了。”他停顿下来，听。“收到，再见。”他按了结束键，然后转向我们。

“我们六点钟开始传送，那时暴风雨应该到达峰值。它会成为晚

① 非正式场合使用的通用名，指英国社会中的普通人。——译者注

间的爆炸新闻!”他说。他和马克击掌庆祝，很兴奋，我心中有一部分也感到兴奋。我们一直为之奋斗的一切终于真的要发生了。

但我心中的另一部分却与所有那些遭受苦难死去的人在一起。芙洛伦丝、温迪，还有所有其他的学生。那些被记忆擦除的小孩子们。

“怎么啦?”艾登问。

“我们怎样庆祝？对那些死去的人以及他们的家人我们什么也做不了。”

艾登用一只胳膊搂住我，我则靠进他怀里。

“我们能记住他们，”他说。“而且通过我们今天所做的事情制止这一切继续发生。使他们失去亲人的痛苦有价值。”

没有讨论，我们三个都保持静默。一分钟，两分钟。然后传来另一声巨大的雷鸣，我再次吓了一跳。我不介意暴风雨，通常我喜欢它们，越大越好。今天不行。我胆战心惊。

我挣脱艾登的怀抱。“蓝天独自待着会害怕暴风雨的。我要回到房子里去。”

“你想我陪你走回去吗?”艾登问。

“不。留在这儿，等待那一刻的到来。我很好。”

“等一等，”马克说着对电脑和我的照相机做了些什么，然后递给我。“我在里面给**需要知道的事情**备份了。以防我们被闪电击中。”

我愠怒地看着他。“别冒不必要的险。”我说着朝门口走去——清新的空气，暴风雨，有没有都无所谓——然后逃离了。

回去大约有 2 英里，而天色正在变暗，不过天空时不时地闪亮，一道道疯狂的锯齿状闪电划破天际。每一次雷声响起，好像就在我的头顶上似的，我都会大吃一惊。这么神经兮兮，我对自己感到很恼火。差不多走到一半时，雨就倾盆而下了。雨点很大，很沉，冷冰冰的。因此，我浑身发冷，衣服全都湿透了——那又怎么样?

我奔跑的时候，不禁怀疑起我的感受。我应该跟他们一起庆祝。相反，我感到像被掏空了一般。

接下来会是什么？我的未来是什么？艾登的感觉会怎样，在他知道我所做的一切之后？

妈妈说在乎别人绝不是坏事儿，即使结果并不好。

我在乎吗？

第三十九章

我差不多走到房子的灯光下时，它们全都熄灭了，四周一片漆黑。

停电了，因为暴风雨？我希望那不会影响到影片传送。我知道马克那边有备用发电机。

现在黑得就像一团墨似的，尽管雨水冰冷刺骨，我还是放慢脚步摸索着走脚下的路。今晚的黑暗令人畏惧，并不像平常那般令人安慰。不去想它，我改成静悄悄地走动，小心翼翼地走好每一步。

另一道使人目眩的光闪过，一切都亮堂起来——仅仅只有一秒钟——就在那里！在房子边，靠近后门，有两个身穿黑衣的人影！

紧接着一切又重新陷入黑暗，恐惧涌遍我的全身。法监！

他们看见我了吗？

惊慌攫住了我的双脚，我盲目地奔跑，不再静悄悄地，一头折回我来时的路。身后响起大叫声——或许是被发现了，或许是被听到了，他们追赶着我。小路出现分叉时，我跑上另一条路，远离马克和艾登。我不能把法监引到那里去；哪里都行，就是不能去那儿。我应该能够甩掉他们。我跑得很快，几乎超过曾经遇到过的任何人。

但我并没有逃脱。我能听到身后紧追不舍的脚步声。现在听起来好像只有一个人在跑，步幅很大，步态轻松。很熟悉的步态，另一道令人炫目的闪光出现时，我忍不住回头望去。

本。

我脚下一颤，接着继续往前跑；再次加快速度，但是没有用。一点点，一点点地他追上来了。我能听见他离我越来越近，我知道是本让我脚步错乱。

接着，突然他纵身一跃飞将过来，我被撞到在地上。在他身下，我喘着气，挣扎着呼吸。他的一只手紧紧抓住我的双手，在我的口袋里摸索。不！我扭动身体，但他拿到了。我的照相机。

他把我拉了起来，用一个冰冷而坚硬的东西顶着我的后背。“走!”

“不要。开枪杀死我吧，如果那是你想要做的。我已经不在乎了。”

他扭着我的胳膊反剪在背后，然后推着我。我绊倒了。现在几点？我得拖延他们。我得阻止他们找到马克和艾登，阻止他们停止六点钟的传送。

我滑了一跤，四脚朝天地朝前摔倒。本恼火地大呼一声，猛地把我拉起来，抱着我往前走，我的胳膊仍然扭在身后。一支枪硬梆梆地顶着我的肚子，好痛。

“你怎么能这么做?”

他没回答。

“每个人，所有的那些学生，就这样靠着墙壁被射杀了。死掉了。”

“他们是叛徒。他们罪有应得。你也会。”

“你才是叛徒，你背叛了我。你过去很爱我，你装作仍然爱我。你怎么能这么做?”我的声音太柔和，太哀伤，为此我讨厌自己。

“啊，对此我很抱歉。**那时**引诱你很难。不过我不得不设法使你睡着。”

“为什么?”

“在你睡着的时候扫描你的身体。你认为我们怎么找到你的?不知为什么你的记录出了问题，我们需要扫描以通过你的大脑芯片追踪你。”

不。莱桑德医生改变了编号;法监们弄明白他们无法追踪我，所以让本负责此事。

现在我满腔怒火，挣扎起来，但尽管我懂得一些反抗组织的技巧，法监们肯定教过他如何抓住别人的伎俩。或许内心的伤痛使我太虚弱而无力反击。

痛苦袭来，我几乎瘫倒。他放掉我，就能在这里追踪到我。而我还以为他内心深处某个地方不会使自己伤害我，但我错了。“你真邪恶。”

“随你怎么讲。”

“而且那个小女孩:你怎么下得了手?”

“什么女孩?”

“伊迪!你知道他们的地址。我跑到那里去过，可他们不见踪影。”

他的肩膀稍稍动了动。在耸肩?“不知道。我没告诉他们她的地址。”他的语气不自在。他本应该向法监如实交代，甚至包括这件事，而且他了解这一点。我所认识的本的某些特质还留在他身上吗?他能触摸得到吗?

现在我们来到马克家的门口。灯又亮了，门被打开。本推门进去，把我扔在厨房的地板上。扔在托丽的脚边。

一片金色条纹奔过来——蓝天。它兴奋地跳到本身上，舔着他的脸。他试图把它推开，但它没领会。

“那是蓝天，你的狗。”我说。

“我的狗?”

蓝天吠起来，仿佛是在说“是的”。

“她还是小狗时你妈妈和爸爸送给你的。瞧，本，你妈妈是位艺术家，她亲手制作了那个猫头鹰雕像。为我做的。”

他的眼睛开始顺着我的姿势看向冰箱上的猫头鹰，但就在那时托丽揪着我的头发一把拉住我，开始拖着我从地板上滑过走进前厅。我尖叫起来，蓝天在四周跳来跳去，咆哮着开始跳起来攻击托丽，但本抓住了它的项圈。“蹲下。”他厉声喝道，蓝天很迷惑。

“放开凯拉，”他对托丽说，她停了下来，一脸惊讶。“等我除掉这条狗。”

托丽松开我的头发，我的头“砰”地一下撞在地板上，很痛。她微笑起来，但眼睛里充满扭曲的憎恨。我是对的，是不是?她记得我。法监会认为报复之心会使她更有利用价值吗?

本把蓝天推进过道里，关上门。它开始在另一边哀嚎想要回到他身边。

“他们还没有来吗?”本对托丽说。

“没，还没有。”托丽说，她眼睛里欢喜的神情背后藏着什么——某个谎言。她想要亲手对付我。

“你们在等待支援吗?”我说。“它根本没叫任何人。他们不会来的。”

本皱起眉头，看着托丽。

“别听她的。”她说着一掌掴在我的一侧脸颊上，泪水在我眼眶里打转。我愤怒地眨了眨眼睛。

“你记得我，是不是，托丽?你想要伤害我，是不是?”

“不仅仅是**想要**，我还准备这么做。”她从口袋里抽出一把刀。“你知道我对刀很在行。”

“你曾经用那把刀杀掉一个法监。我简直不敢相信你能从那一步走到现在这个样子。难道你不记得我们袭击集中营的那天，还有艾米丽，那个死掉的白板人了吗?”我从手指上脱下戒指，把它扔给本。他接住了。“那是艾米丽的戒指，在万灵学院我告诉过你的那个怀孕的女孩。那天我跟你说的全部都是真的，本，托丽知道。她在场。”

托丽看着本在读戒指上刻的字。“她在撒谎。她可能从其他任何地方弄到那个戒指。”

“你恨法监，是不是，托丽?因为他们对你所做的一切——擦除你的记忆，然后把你带到一个集中营。假装救你的那个法监，你还记得他吗，还记得他对你做过什么吗?为他们卖命值得吗，只是为了报复我?或者是为了和本在一起——就是为这个，是吧。你总是想要得到自己无法得到的东西。你就是个爱嫉妒的小姑娘。”

托丽开始拿着刀向我靠近。我畏缩地靠在墙壁上。太过头了?

“托丽，等等，”本说。“让她自个儿呆一会儿。”

“什么?”她绷着脸转身看着他。

“你确实认识她，以前就知道。”是陈述而不是问题。“解释一下。”

她的视线游移在我俩之间——很警觉。被逼到绝境。

这一招有用吗?我的眼睛找到壁炉台上的时钟：晚上6点02分。传播开始了!拖延，分散注意力。我一点儿也不怀疑她会杀掉我，或者，就算她不杀我，最终他们还是会打电话，更多的法监会来，他们会杀掉我。对此我很超然。我不在乎。活着还有什么意义呢?如果传播成功，我会欣然迎接死亡。

“我不知道他们跟你说过什么，本。但托丽到这里是为了报复，不为别的事情。因为法监跟踪我找到她，逮捕了她，把她拽走了。”

“而且你从来没告诉过我!”她说着狠狠地击打我的脸部，这一次是用她手里那把刀的刀背，锋利的刀尖咬进去，刺伤了我的脸颊。

泪如泉水般涌进我的双眼。

“哦，那就是为什么你那么恼火吗？因为我从来没告诉过你本还活着？”

“托丽，这是真的吗？”他问。

“本，我——”

“为什么你以前没告诉过我？”

“本，你自己想一想，”我说。“都是谎言，全都是。法监和托丽一直以来都是用谎言填满了你的大脑，差遣你做他们想要做的事情。所有那些人都死了——都是因为你。”

“不，”本说。“你才是叛徒！是因为你和艾登，他们才死的——你们扭曲了他们的想法，策反了他们。我们没有选择。”

身后传来砰砰声——蓝天正在用自己的身体撞击过道的门。

“就连托丽都不信这个；她只是不在乎。”

他看着她。

“闭嘴！”她大叫道，刀握在手里。她突然向我扑过来，我倒在地上，顶着墙壁，手无寸铁。我已经虚弱无力，毫无生气。我的斗志到哪里去了？就是这样。真的是因为这个。

一只脚踢过来，刀飞开了。本。他踢掉了她手上的刀。

“你让我做了什么？”他尖叫，我不知道他是想要阻止托丽杀死我呢，还是指托丽的谎言以及它们导致的后果。或许就连他也不知道。

托丽愤怒地尖叫起来。她把手伸到身后，摸到手枪皮套，手握住枪。她抬起枪对准本。

哗啦一声响——薄薄的走道门撞开了。

金色的毛从眼前闪过——蓝天——跳到了他们中间。

枪响了，蓝天尖叫了一声，跌落下来，鲜血染红了它那金色的皮毛。托丽目不转睛地看着，不相信眼前发生的一切。

我的斗志回来了。我站起身，抡起拳头用最大的力气朝托丽的脸狠狠揍去。她扔掉枪，跌倒在地上，不省人事。然后枪到了我手上，指着本。

我在开谁的玩笑？我放下枪。

本抱着蓝天，按着在它的皮毛上扩散的殷红。是它的肩膀吗？我一把扯下系在墙壁上的窗帘结，一圈又一圈地紧紧地缠绕在它身上，想要止血。它呜咽着，仍然在舔本的脸。他全身颤抖。

“本？你记得蓝天吗？记得吗！”接着他哭了起来，浑身颤抖，我抱住了他们俩。

就在那时前门被踢开了。一个人走了进来。

是尼科？

第四十章

我转过身，朝托丽的枪猛冲过去，但就在那时传来一阵疼痛：我的头部突然爆发剧痛，疼得那么厉害。我倒在地上，蜷缩成一团。

“这就是为什么我们追踪跟踪仪的原因，”一个女人的声音说道。“他们真的不能受托付做好任何事情。如今的年轻人没有专注力，也没有目标感。”

脚步声走近。他们停了下来。一只手摸了摸我的头发。疼痛那么剧烈，我所能做的仅仅是睁开眼睛，仰视正盯着我的眼睛的那双眼睛——淡蓝色的瞳孔。尼科的眼睛曾经一度使我着迷，像施了催眠术一般地摄人心魄。再也不会了。

“可怜的孩子。你瞧，那边?”他示意正门，我的眼睛跟随他所指的方向。是阿斯特丽德，在她的手里有个装置。“一旦成为白板人，就永远是白板人。只要键入大脑芯片编号，点击按钮，啊——痛苦，直至死亡。”

托丽在地板上慢慢醒了过来。“让我稍微演示给你看一看，”阿斯特丽德说着按了一下那个机器。托丽尖叫起来，浑身颤抖，最后一动不动地躺在那里。

仿佛是要强调这一点，阿斯特丽德又按了一次。又一阵疼痛在我的头脑里炸裂开来。我的视线逐渐模糊。法监们谈论给白板人第二次机会的一切——全都是谎言。我们仍然身处牢狱。他们可以随心所欲地打倒我们。

“现在够了，”尼科说。“她会晕过去的。”他扶起我到沙发上去。本被两个法监架住了，托丽和蓝天一动不动地躺在地板上。

疼痛消退了一点儿，足以让我扭过头，再次用双眼紧盯着尼科。我咽了一口气，试图开口讲话，嘴巴却既干又涩。“你为什么在这里？你憎恨法监。”

“啊，我亲爱的，爱和恨与获胜毫无关系。我之前一直和阿斯特丽德是一起的。站在得势的一边。”他倾身靠近我，我想抽身离他远一些，但我的肌肉不听使唤，毫无反应。他吻了我的脸颊。

我在疼痛中挣扎着思考。尼科跟阿斯特丽德是某种追求私利的盟友呢，还是一直以来他就是法监呢？但当库尔森的法监们跟踪我攻击反抗组织时，尼科逃离了；库尔森一直在追捕尼科。或许那不过是在演戏？如果尼科真的是法监，那或许能够解释为什么尼科和黑刀策划的所有攻击全都以失败收场——蓄意破坏。

壁炉台上的时钟指向晚上 6 点 08 分。传播已经在进行了！我得让他们一直说话，不让他们阻止传播。

我费力地集中精神，成功地把头转向阿斯特丽德。“是你安排他们在我十岁时带走我的，是不是！”

她笑了，颇有祖母那种温柔微笑的味道。一阵冷战传遍我的后背。“当然是的，我亲爱的。你在阿姆斯特朗纪念日曾有一项光荣的使命。你没完成真可耻。”

光荣的使命？那可是当人体炸弹啊！**集中精神；拖延她**。“我被安排到那个家庭也不是偶然，那天我在场也不是巧合。”

“当然不是。安排这一切只不过需要多费一些周折。”

“你怎么能那么对待斯特拉？把我从她身边带走。”

她的脸色变得铁青。“我的女儿胆敢对我有所保留，扬言要泄密：她必须学学乖。然后让你回到凯西克与她团聚，竟然不告诉我？”她厌恶地摆了摆头。

“那么你真的派人谋杀了首相和他的夫人，那么多年前？”

她微笑起来。“政治的第一准则——铲除异己。”

“你怎么知道我在斯特拉那里？”

她耸了耸肩。“很显然斯特拉隐瞒了**什么事**。只要一点点信息，结论就昭然若揭了。”

“从史蒂芬那里得知的。我的绿色眼睛。”

她挑起一根眉毛，被逗乐了。“确实。而且没花多少时间我们就弄清楚那天到孤儿院的也是你和那个芬利。”

不会吧。她竟然知道芬利？她肯定看出我满脸惊恐了。她笑得更开心了。

我心里变得冰凉——如果她知道芬利去过那里，还帮过我的话，他就死定了。她正在跟我说的所有这些事情；我也不会活着离开这里。我们没一个人会。既然我们知道了所有这一切的真相，就不可能活着离开。

不过还有一件事情是我比其他事情更想知道的。

“为什么是我？我是谁？**为什么**？”

阿斯特丽德大笑起来。“这可是十足的家庭团圆时间啊，亲爱的。告诉我，你的照相机在哪儿？”

“我的照相机？”我皱起眉头。“我不知道。”

“这可是不合作的代价。”她的手指移向手里握着的装置，而我振作精神准备迎接疼痛的撞击，但它并没有来临。不过旁边传来一阵叫喊声，我扭头去看。

本蜷缩成一团倒在地上。

“现在回答我的问题。”

我飞快地想着。有关系吗？只不过是备份而已。现在是6点12分，传播应该差不多结束了。

她又抬起手准备按那个盒子。

“等等。本从我身上拿走了；肯定还在他身上。”

她向一个法监点头示意，那个人搜遍了本的口袋，然后举起我的照相机。

后门开了，厨房里传来一阵脚步声。

“啊，你其他的朋友也赶到了，终于来了。”尼科说。厨房的门打开了。更多的法监拖着两个囚犯跟他们一起进来了。他们把他俩推倒在地上。

马克和艾登。他们两个人全身是血，被打得鼻青脸肿。艾登的一只胳膊悬挂的角度也不对头。

“不!”我瘫倒在沙发上。

“是的，我恐怕我们阻止了他们——今夜你们没有电影首映式。我们也会围捕所有出现在你们的小制作上的叛乱者。我们已经监禁了他们当中的一些人。但别担心，他们不会被监禁很久。”

他们会死。

我也会。

拿着我照相机的法监把它递给阿斯特丽德。她放下手里拿着的装置，那个引起痛苦的盒子，准备查看照相机。

已经无所谓了，是不是?

我强打起精神，鼓足勇气，找到内心深处隐藏的每一丝决心，保留的每一份力量，残留的每一个反抗组织训练的片段。在一切结束之前聚集最后一阵肾上腺素。

托丽的刀，本从她手上踢飞的那把刀。它就躺在看不见的地方，在阿斯特丽德附近一把椅子的边缘。

我猛地冲过去，抢过刀，指向她。

第四十一章

我用刀顶着阿斯特丽德的脖子，使她的身体挡在他们和我之间。“放下武器!”我对法监说。他们看着她。

“照她说的做。”她厉声喝道。他们有些犹豫，开始弯下腰，准备把枪放在地板上。

“别麻烦。”尼科说着慢悠悠地朝阿斯特丽德和我走过去，手里仍然握着枪，指着我们俩。

“别再靠近一步!”我说。

他停下来。他微笑起来，被逗乐了。“真的吗?别忘了我了解你，凯拉，雨儿，露西，或者管他妈的今天你想叫什么名字。你杀不了任何人。是不是?”

这一刻仿佛无限延长，每一秒都慢得像永恒。在经历过所有这一切之后，是这一刻吗，这一决定我生命终点的时刻吗?如果我杀了她，我就会死。如果我不杀她，我也会死。她罪有应得，她比我能想象得到的世界上的任何一个人都罪有应得，或许除了尼科。把刀推进她的脖子。割断她的喉咙。看着血从她的身体里喷洒出来——为那么多人报仇雪恨。

我做不到。我不可能像他们一样。

而他了解这一点。

刀从我手里丢掉了。我咽了一下口水。

尼科微笑着走过来；他拾起刀。

阿斯特丽德推开我抽身，脸因为狂怒而扭曲；她把手伸向那个制造疼痛的盒子。“你绝不会做我希望你做的事情，是不是？不会再有机会了。”

“让我到外面了断她，”尼科对她说。“时间差不多了。”

她微笑着又把那个盒子放下来。“随你，不过快一点。我们得离开这里。”

尼科用一只胳膊揽住我的肩膀，轻轻地把我的头发向后拉。他吻了吻我的脸颊。“我们还有没了断的事情呢，你和我。”

尼科身后扭打成一团；一个法监把艾登受伤的胳膊反剪到背后，他大声叫了出来。

尼科打开前门，把我推进黑夜。我在台阶上绊倒了，人仰马翻地趴在泥泞的地面上，倒在冰冷的大雨中。

跑。

我回头看；他站在那里。注视着，等待着。

这是他要我做的事情。他希望我跑，是不是？这样他就能在我背后射杀我。

我站起身，用目光压倒他，就像芙洛伦丝在万灵学院所做的那样。

他耸了耸肩，举起枪。

“再见，雨儿。一直都很有趣。”

而我站在那里，目不转睛地瞪着他。他在等我哭喊，求饶。我才不会这么做。

这是一件很有趣的事情。早先我以为我已经做好死的准备了，但我还没有。尽管经历过那么多事情，我仍然希望留下来，呼吸这样的空气，去**感觉**，哪怕能感觉到的只有疼痛。我强忍住在眼眶里打转的泪水，他慢慢地将枪瞄准我的心脏时，恐惧颤抖着传遍我的全身。他微笑着，就在那时——

砰！

我吓得退缩了，期盼着子弹的威力、疼痛、被推倒在地上，相反我满腹疑惑。

尼科倒下了？紧紧捂住胸口的是尼科，血扩散开来。尼科奄奄一息。

脚步声传来。

是库尔森？手里握着枪，看着尼科躺倒在他的脚下。但库尔森是法监；尼科现在跟法监是一伙儿的。是不是？其他法监跟着他跑了过来。

“我没死。”我说。

“正确。”库尔森说。他打开门，回头看。“来吧，”他说。我茫然地从尼科现在一动不动的身体边绕过，跟着库尔森走进屋里。

阿斯特丽德的眼睛惊慌地骨碌碌打转。她的法监们的脸色也不好看，这在法监身上可是不容易出现的。但库尔森是法监。难道他们不是一伙儿的？

库尔森示意房间里的其他法监。“出去。”他说。他们看着阿斯特丽德。她满脸不确定。

我们身后走进来更多的法监。

“照他说的做。”阿斯特丽德说道，他们被带出去了。

库尔森查看了房间，伸出一只胳膊去开门。

走进来两个人，我根本没想到竟然会见到他们——莱桑德医生？和她在一起的是格雷戈里首相。

莱桑德医生冲向伤员，检查本、艾登和马克。蓝天。还有托丽——但这一次莱桑德医生摇了摇头。她帮托丽闭上眼睛。托丽死了？另一件令人惊愕的事情，我没法接受，也不能相信。“其他人需要医护，”莱桑德医生说。“还要一名兽医。”格雷戈里点头，一名法监对着衣领说话。他们不会被杀，而是获救？

“很高兴您过来，首相；见到您一如既往地令人愉快，”阿斯特丽德对格雷戈里说。“不过事情全在掌控之中。”

格雷戈里挑起一根眉毛。“真的吗？到底是什么在掌控之中？你在我不知情的情况下正在进行什么行动？你对此有所了解吗？”他对库尔森说。

“没有一件事情是经过**官方**渠道了解的。所幸的是，我的非官方消息来源相当可靠。”

“好。如果我的安全局长在官方方面一无所知，我也一无所知，我应该如何看待此事呢？”

阿斯特丽德脸色苍白。“我获悉这场企图用谎言败坏光荣的中央联盟名誉的阴谋。他们正试图劫持我们的电视传播信号，并于今晚向全国播放。我一直在保护您，在需知原则基础上。”

原来法监也使用这个词组。

格雷戈里耸了耸肩。“我或许无需知情，但是如果库尔森不知情，那个决定又怎能做出呢？”

她又开始说话，但他举起一只手。“安静。我会保留判断，直到我了解更多情况。我已经决定我**需要知道**。”他的声音冰冷，阿斯特丽德的脸色变得更苍白了。但尽管我很享受她坐立不安的样子，但这跟我们有什么关系？他们全都是法监。

“你瞧，亲爱的阿斯特丽德，我得知了几件我认为我确实需要了解的事情。这位莱桑德医生——她是我女儿的一个朋友，你知道这件事情吗？——她过来找我，提供了一些非常有趣的信息。她非常**坚持**地想要见我，当她告诉我你负责的一项特别计划的情况时，我就明白为什么了。记忆擦除是一项法律批准的刑罚，仅在经过适当的法律程序后适用，这一点你非常了解。绝不适用于法定责任年龄以下的孤儿。”

“然后我们挖掘出有关你的**非官方**训练营的一些情报。这是他们中的两个?”他指向本，还有托丽的尸体。“根据特殊能力选拔，被迫接受实验性的外科手术。受训并被扭曲。”他摇头。

“所有一切皆在我身为未成年管制部部长的职责范围内。”阿斯特丽德说。

“我怀疑就连你自己也不相信这一点吧。然后我们正在把其他更多的事情串联在一起，弄清楚你对我女儿做过的一些事情，还有我的外孙女。”

格雷戈里转过身。为什么他看着我?他当然是金发，尽管现在出现了一些灰白条纹，但离我那么近，我看到了之前我看电视或照片时没有注意到的东西——他的眼睛。绿色的眼睛。跟我的颜色一样。大家都看着我。

他的外孙女?**我**?不，不可能。

可能吗?

警报声传来；医护进来了。在莱桑德医生的指挥下，他们带走了蓝天和本，还有托丽的尸体。艾登的胳膊断了，但他拒绝离开。他们把他的胳膊用绷带绑在他胸口，检查马克的伤势，然后离开了。

“这很荒唐。”阿斯特丽德说。“他们是叛徒，他们就该这样处理。”

“或许是。我仍然在裁决。此刻，我想要看看你阻止的录像传播。”

“在我的照相机里。”我说。我指向地面上的照相机，我对付阿斯特丽德时掉在那里了。

库尔森拾了起来，检查之后递给格雷戈里。我的**外公**?!

“我们现在准备好了吗?我们开始吧。”他把照相机投射到墙壁上。

我们全都默不作声地观看；这一次，我没看向别处。我目不转睛地看着芙洛伦丝临死前的眼睛，她站在那里，勇敢地藐视他们。她是不是跟我对尼科的感觉一样？

结束时全场静默。格雷戈里终于转身看着阿斯特丽德。

“阿斯特丽德·康纳，你的行为不可接受。必须进行进一步的调查。”他示意库尔森。“把她带走，然后让我们单独谈一谈。”

他们都走后，门在他们身后关上了。格雷戈里转向我。“你能在这个上面录像吗？”他说着拿出手里的照相机。

“能。”

他递给我。“准备好。”

我设置好录像，举起照相机。双手令人惊讶地稳定。

他开始了。

“我是默顿·格雷戈里，你们的首相，中央联盟政府的首脑。我获悉了一些让我极为忧心的信息。你们许多人可能知道在30多年前的大骚乱中，有一个被判处死刑的学生是我的女儿萨曼莎·格雷戈里。那时，我是当时的阿姆斯特朗首相的副手；他主动进行干预并赦免了她。我没有让他挽救她，因为我确信摆脱暴力骚乱对我国的控制并向前迈进的唯一道路就是法律适用于任何情况。这是我遗憾终身的事情，那也是为什么在我自己成为首相后不惜一切代价捍卫法治的部分原因——如果我不那么做，她的死就毫无疑义。而且我有时执拗得视而不见，而现在我对之前的许多做法感到很后悔。

“我最近得知我的女儿并没有被处死，但这并不是因为宽大处理或出于仁慈。关于她被带向何处，或者她是否仍然活着，还有更多细节有待我进一步发掘。但我已经发现我有个外孙女，我对她一无所知，这个女孩唯一的罪行就是跟我有关，而因为这一点她所遭遇的惩罚超越了任何法律所能容许的界限。”

“你们马上就会观看到一些非常难以接受的场景。我很抱歉，但你们需要知道。”

“鉴于你们将要看到的一切，我感到自己别无选择，唯有辞去首相之职务。政府将被解散，选举将会进行。改革迟迟未到。法监在那个时代履行了他们的职责，他们的时代终结了。”

“好吧，就这样。我说完了。”他说。

我按了**停止录像键**，放下照相机。我与艾登四目相对。这真的发生了？

格雷戈里转向马克和艾登。“现在，你们能在我改变主意之前将这个转播出去吗？我们最好使用你们劫持的系统。我不确定这是否会通过法监审查，哪怕有我的直接命令。他们可能会给我定罪。”

那天晚上马克火速检查并修复了他的传送设备所受的损害，那是阿斯特丽德的法监们在逮捕他和艾登时造成的。

莱桑德医生把我拉到一边，给我脸颊上的伤口贴上邦迪。

“告诉我，你是怎么弄清楚我是谁的？”

“推演，还有猜测。”她叹道。“真的，用了那么长的时间我感到很不好意思。”

“告诉我。”

“推演——我一直在思考你的生活中被制造和操纵的一切；在系统中设置加密的DNA，这样就没有人能追踪到它，最终证明是阿斯特丽德设置的。你究竟是谁一定是这个谜团中重要的一部分。然后是猜测——我怎么总觉得自己认识你。”

“你说过我让你想起一个朋友，一个死去的朋友。”

“不仅仅是朋友。”她拉起绕在脖子上的一根链子，从她的衣服里露出一个金盒子。她打开它。“在这里面，一绺头发。是多年前我深爱的一个女孩，她本该在暴乱中被处死。格雷戈里的女儿，萨曼莎。在你上次见我擦伤腿之后，我冲动地用棉花球沾上你留下的血去做DNA检测。后来，我感到这么做很蠢，于是我比对了血样和这绺头发的DNA。无论她是如何活下来的，萨姆是你的母亲。”

“然后你去找格雷戈里并且告诉他我的事情?”

“就是这样。”

“我的妈妈在哪里？她还活着吗?”

“我希望如此。格雷戈里正在调查这件事。”

“但他是如何把我们和阿斯特丽德联系起来的?”

“多亏了你告诉我你查看的那个孤儿院在坎布里亚郡。格雷戈里没用多久就首先想到孤儿院，然后是她女儿的失踪，都与阿斯特丽德有关。她肯定明白在萨姆身上有这个机会——最终使格雷戈里失信于民。在阿姆斯特朗之后他很显然是下一任首相；阿斯特丽德在安排阿姆斯特朗的谋杀案时，尚未处于接管权力的职位。她是个从长计议的人。”

“我不明白。萨姆对阿斯特丽德有什么利用价值呢?”

“很可能她那个时候想到在自己准备好之后就会利用萨姆，造成格雷戈里为了挽救女儿违法的假象。然后晚些时候，当你出现时，她想到了一个更好的计划——假装让格雷戈里自己的外孙女接受记忆擦除手术，并利用她同时谋杀格雷戈里和阿姆斯特朗的女儿。她到底多久以前就在进行这一系列活动我们不得而知；至少肯定是在你10岁以后，那时她通过尼科安排反抗组织劫持了你。”

“如果那天她的计划成功的话，法监们就不会知道要去追究谁——哪个白板人是安全的还是危险的。”

“阿斯特丽德的思想是臭名昭著的强硬路线。她更喜欢死刑而不是记忆擦除。彻底清除现存的白板人不会对她造成困扰，而且如果格雷戈里遇害的话她显然就是下一任首相。但你挫败了她的计划。”

“因为我跑回来去救你。我不在那儿，就在格雷戈里和其他人旁边，那时他们本打算引爆藏在我乐握上的炸弹。”

“是的。从那以后我对格雷戈里有了更多的了解。那时候库尔森怀疑你，怀疑你是谁，他注意到你档案中不同寻常的地方。炸弹在你家的房子里爆炸时，他趁机伪造了你的死亡，以防止在他深入调查此事时有任何可能的反抗组织的干扰。”

“不过你们今天是怎么发现我们在这里的呢？”

“格雷戈里一直派人监视阿斯特丽德。当她带部队来到南部时，我们就知道大事不妙。我们包抄过来。”

“正好及时赶到。”

莱桑德医生笑了。“是的，谢天谢地，正好及时赶到。”

我在心里思来想去，但思绪一直回到两件事情上。当我被从母亲身边带走时还只是个婴儿，而我直到今天才对她有所耳闻。她在哪里？她还活着吗？然后就是本。

“本会怎么样？”

“我不知道。他犯了罪，尽管很可能是被迫。”

“现在他在哪儿？”

“他被带到医院进行评估和观察。”

“什么时候我能见他？”

“我不确定这是否明智。对你们俩都不好。”

马克在**需要知道的真相**中补充了格雷戈里的新介绍。在晚上9点录像传送到本国和其他国家的每个电视视频节目，尽管比计划时间晚了3个小时。在那么短的时间真的会发生那么多事情吗？

电视播出时，我笨拙而又不确定地站在艾登旁边。看他的脸就知道他胳膊有多疼，但他的眼睛闪烁着微光。“我们做到了，凯拉。我们真的做到了。”他在笑，但他的眼神在我和格雷戈里身上扫来扫去。

播放结束后，格雷戈里扫了一眼艾登和马克。“让我们俩单独待一会儿。”他说道，是曾经一贯让人服从的那种语气。

但情况已经改变。他们看着我。

“没事儿。去吧。”我说，他们离开时我盯着格雷戈里。我的外祖父；一个陌生人。过去我的每一次心跳都憎恨的那个人，憎恨他所代表的一切，然而他却出乎意料地救了我的命。救了我们大家的命。

他挑起一根眉毛。“我通过检查了吗？”

我耸了耸肩。“我不知道。有好有坏。”

“而你不确定哪个更多。”

“千真万确。你真的要辞职？”

“难道那不是我说过的话吗？然而你似乎心存怀疑。”他面露喜色。

我耸耸肩。“或许这不过又是个推脱指责的方式。打败阿斯特丽德，把责任推到她身上，改变政党形象，卷土重来。”

“政治偏爱替罪羊。”他耸耸肩。“那样很可能会成功。你的大脑善于怀疑。或许这是你从我身上继承到的。”

“然后呢？”

“不。我结束了。没有我的话国家可以重新开始。以我的政府之名所做的那些事，我并不感到自豪。我自己所做的那些事，我也并不感到自豪。我无法改变过去，但我会做我现在所能做的一切，促进政治变革。但我真正想对你说的是这个——对不起。”

“为什么？具体一些。就算你不考虑阿斯特丽德的所作所为，并不是她派人擦除了我的记忆、打击我，威胁我。并不是她使我学校的孩子无缘无故地失踪。清单已经够长的了，哪怕没有她，但是如果你加上她的话，情况要糟糕得多。她该归谁管？”

他不寒而栗。“别担心。我并不期望拥抱和鲜花的家庭大团圆。

我并不期望你的原谅。但有一件事情我会为你做。为我们俩。”

“那是什么?”他能主动提出为我做什么事情?现在那还有什么意义呢?

“我要对你许下诺言。我会找到我的女儿,你的母亲。不管怎样,我会设法找到她。”

他伸出手,握住我的手,我没有抽走。那么多次我曾想过,这就是我,我全都知道。然后还有另一个真相泄露。但萨姆真的是我的母亲——DNA不会撒谎。莱桑德医生也不会。我忍住夺眶而出的眼泪。不是在这里,也不是现在。

“她在哪里?”

“我会找到她。”

当我回到马克的房子时,艾登在前门等我。一个人。

“难道你不是应该在去医院好好看看那条胳膊的路上吗?”

“我得先见见你。”他伸出没受伤的那只手抚摸我的脸,我倚靠在他身上,从他身上取暖。好开心他还活着,好开心我们俩都还活着。突然之间发生了那么多事情,填补了以前缺少的一切,我哪儿也不想去了。

艾登用那只完好无损的胳膊紧紧地搂着我,在我的头发上轻轻呢喃。“我听见你之前跟莱桑德医生说过的话了。”

“关于什么?”

“关于本。关于问起去见他的事情。”

我推开他。“我不得不去。”

“在看到他的所作所为之后?”

“不是他。他们使他变成那样的。你不了解。”

“那么,拿我试试看。”

“他正在抗拒他们对他做过的一切。”

“你怎么知道?”

“他今晚救了我。他踢掉了托丽手里的刀。”

“那么我会为此感谢他。但一次善行就抵消了其他的一切吗?”

我目不转睛地回视艾登。我无法回答。格雷戈里的一次善行就抵消了他其他的所作所为了吗?但那不是同一件事情。我有自己的自由意志;本没有。

“凯拉,还有一件事情。那天当我对你说我爱你时,我说过,不知道一个人的全部又怎能爱一个人呢?而你说,那么一个记忆被擦除的人又怎能爱或被爱呢?”

“然后呢?”

“我确实了解你的全部。我不是说你失去的每一个记忆;我知道你是谁,你的内心。任凭所有的一切,你绝不会故意地伤害别人。你多么勇敢,多么忠诚到极点,还有所有那些小小的不安全感、恐惧和固执,我爱你的全部。你能对本说出同样的话吗?”

“是的,”我说,但怀疑啃噬着我的心,艾登知道。“我没有选择。我不能抛弃他;他什么亲人都没有了。我们是彼此的全部,之后就没有了。”

他的手抚摸着我的肩膀。

“你们曾经是彼此的全部。那是过去时。让我知道,等你准备好现在,或许乃至未来的时候。”

第四十二章

在录影播出后，一切发生得非常快。

格雷戈里首相正式辞职，兑现了诺言。在公众大声疾呼和国际压力之下，议会被解散，准备进行选举。这种情形几乎就跟艾登嘴边常说的如出一辙——一旦大家真的知道发生的事情，他们就会说，**不，不要再这样**。也不再有法监。

当然，事情并不像说的那样简单。双方都付出了巨大的代价——在像坎布里亚郡那样的一些地方发生大规模冲突，阿斯特丽德在这些地方的追随者们拒绝接受他们已经不再掌权——但代价并不像永远生活在法监统治的恐惧之中那么大。他们做到了——觅踪真的做到了。德朱，艾登还有一个国际议事会组成了一个选举期间的临时政府，新的政治党派正在形成，并选出候选人。

格雷戈里仍然在寻找萨姆，我的母亲，现在好几个月已经过去了，我开始接受他或许再也找不到她的现实。妈妈和埃米安然无恙——她们没被阿斯特丽德的法监找到，我和她们回到新修缮好的房子里生活了一段时间。蓝天活了下来，也在这里，在我们仨的悉心照料下恢复了健康，也被宠坏了。记忆擦除手术被禁止，莱桑德医生一直忙着给包括我在内的白板人摘除乐握和大脑芯片。

但是，尽管我内心深处对所发生的一切和即将发生的一切感到欣喜万分，却感到更多的事情悬而未决。舔舐着我的伤口，等待这一天的到来。

莱桑德医生坐在我和本的对面，中间隔着她的书桌。“没有任何保证——我们不知道记忆擦除之前你是谁。”

“我知道。法监毁掉了我的档案，什么都没找到。”本说。他紧紧地握着我的手。

“我们不知道你是谁，但我们了解的够多吗？”我说。“你不一定非要这么做。”

“我想要做。”

莱桑德医生仔细地查阅了她的注意事项，这不是第一次。记忆调整的结果不能预测；他可能会恢复他不想恢复的记忆，却找不到他想要恢复的记忆；还有大脑损伤、昏厥和死亡的风险。尽管重新调整的简单案例已经很成功，他的情况却不可预测，因为他遭受过多次外科手术。

“就是这些吗？”本问道。

“你确定自己希望继续吗？”她问。

“是的。凯拉能来吗？”

“我不建议这么做，但是如果她希望那么做的话，那是你的选择。”

“我会来。”我说，不愿意松开他的手。尽管他曾做过那些事，是法监——他们的手术和操控——导致他背叛我们的。我不能擦除本做过的事情；我仍然在深夜里尖叫着醒过来，芙洛伦丝和万灵学院的其他人临死前的一幕幕，如鬼魅般经常出现在我的梦境里，挥之不去。我仍然无法撼动那些“要是”。要是艾登没有把本带到那里；要是我更加努力地穿越障碍抵达本的内心；要是我意识到即将发生的一切并且制止他。

要是。

但并不是**本**背叛了我们。是法监的创造物。在我经历了那么多事情之后，在被迫接受或主动选择的所有那些身份之后，我比其他人更能理解。在有任何机会呼唤他回来之前，我不能抛弃他，哪怕我内心要忍受多少撕裂的痛。我不会。

他们让他准备就绪。他躺在那种拥抱病人的床上，跟我做整形手术时的一样；他们在检查各种设备，监视器，电线，静脉注射药品，他的头上还带着一个扫描仪。这段时间他紧紧地抓住我的手。

“要是我打喷嚏呢?”本开起玩笑。他发现显微手术穿过他的鼻子时极为有趣。

“你知道你不能；你会被固定不动。除了说话，近似瘫痪。”

药效起作用时，他的手松弛了。“我仍然握着你的手，”我告诉他，“一切都很顺利。”但我很担心。

这几个月很难熬。本真的了解了加诸在他身上的事情，他如何被迫接受各种外科手术并被操纵，变成法监的间谍，在这之后他就深深地陷入了悲伤之中。我们俩都努力地接受了托丽的角色——她保留了自己的记忆，但仍然选择为法监卖命——还有她的死。就是为了这一希望，本才恢复了生气——实验性的显微手术会把被偷走的东西返还给他。

莱桑德医生看着我的眼睛，下方是一片设备的海洋，她点了一下头。“好了，本。我们开始吗?”

“不，我改变主意了。只是开玩笑！开始干吧。”

“好的。首先我要摘除你的芯片——这是常规动作。”这样一来，就再也不会有人有机会激活它，给他带来痛苦，甚至像杀死托丽那样杀死他；我的几个星期前就被拿出来了。

莱桑德医生仔细地盯着控制器，利用扫描仪和显微机器人工具进行远程手术。时间缓慢地流逝；几秒钟感觉像几分钟那么漫长。

“你的芯片被移除了，”她终于说道。“一切都好吗？”

“我很好，玩儿得很开心。继续吧。”本说。

“现在告诉我你经历着什么。”她曾解释过，当她根据他的反应在其记忆存储区巡航，将割断的神经连接重新接起来的时候，大脑内部不同的神经区域会接受显微刺激。

“好的，是这样，”本说话了。“蓝色，蓝色的大海。柔软的毛，是一只小狗！是蓝天，我想是它。鱼：我闻到鱼和薯条的味道。一个女人，我看见一个女人。我妈妈？”他说着，开始描述她的样子，但从他所说的来判断那不是他白板人时期的妈妈。然后他的声音改变了——“妈咪？妈咪？”——传来一阵惊慌失措的尖叫，是一个孩子的声音。

“没事儿，本，”我说。“我在这里。”

“谁是本？我是奈特。妈咪？”然后，“凯拉？”他说着又恢复了自己的声音。“我记起了我妈妈！”

“那么，这一点比我略胜一筹。”

“这样很好，”莱桑德医生说。“继续描述。”

他安静下来。

“本？”她说。

“我还在这里。事情发展得太快了，我没法告诉你，有时候感觉我在那里，有时候又好像我在看一张照片。”

“记忆可能像那样。好吧，我正在重新连接最后的底部神经；这个很棘手。”

“很高兴知道。”

“描述，本。”

话一股脑儿地迸发出来，人和地方都混在一起，说得很快，然后……

“凯拉?”

“怎么啦?”

“在小组活动上。我迟到了，你坐在那里。新来的女孩。我记得！我第一次见到你，美丽绝伦的女孩。”

我知道他感觉不到，也不会回应地捏我一下，但我把他的手握得更紧了，眼泪就要夺眶而出了——手术起作用了。他记得我。

然后，他开始惊呼。“疼，炙热的疼，在我体内。”

“是的，你有个伤疤，是被一把旧刀捅伤的。”莱桑德医生说。“还有其他什么吗？本？回答我。”

“没有，”他说，他的声音变了，变得更生气。“没有!”

“本?”

“本?”她又说了一遍。

他沉默不语。

“本?”我试着喊他。“奈特？你还好吗?”

“丹迪，我是纨绔子弟，谢谢你问我。”他开口说话我才放心地吸了一口气，但他的口音——是不是变了？变得伦敦腔更浓厚，少了许多乡音。

“我们就快结束了。”莱桑德医生说。

不久，扫描仪被取了下来，显微工具都撤掉了。他鼻子下方留下的一小滴血液被擦掉了；就这样做好了。

他的眼睛闭着，镇静剂的药效更强了；他现在要睡了。

“回家吧，凯拉，”莱桑德医生说。“现在他睡着的时候会进入**恢复状态**进行监控。要过一两天我们才会知道手术到底怎么样。”

但我留了下来，和本或奈特在一起——不管他是谁，他现在记得我了。

尾声

到了夏末。我坚持一个人来，穿过丘陵地带。蓝天蹦蹦跳跳地跟在我身边，仍然有些瘸，但这并没让它放慢速度。我边走边想。很大程度上激励我那么久的就是尽力弄清楚我是谁，我从哪里来。每一次新的揭秘都能推倒我大脑里的墙壁，但都是要付出代价的。今天会盖棺定论、就此结束吗？

每个人都在寻找什么，或寻找某个人。寻找未能使他们完整无缺的那一块。为什么我应该不一样呢？

妈妈的儿子，罗伯特没有找到，但她仍然在觅踪的帮助下寻找——现在觅踪是一个获得政府批准的合法机构了，也是马克和艾登的全职使命。

妈妈拒绝参选首相，尽管所有人都希望她去。格雷戈里，我时不时地去看望他——无论他曾经身居何职，他是我的外祖父，而且事情最终比本身料想得进展要顺利得多，这都要归功于他——他说过那些适合掌权的人不想要，而那些想要掌权的人又不适合。他并没有说自己属于哪一类。不管怎样，某个想要掌权的新家伙现在在负责，一个全新的政府投票产生了，德朱和他的朋友们仍然会留在这里监督一段时间。

现在一切都会好起来吗？时间会证明，但我已经不确定是否一切顺利了。就好像既然现在国界已经开放，新技术从外部大量涌入，所有那些无穷无尽的网络渠道、便携设备和插件，总是让你与外界保持联系。那些从外国来旅游的好奇游客想赶在我们变得跟他们一样之前，来看看我们到底有多么古怪。格雷戈里说那就是为什么世界介入的原因——不是为了挽救别人，而是为了开辟新市场贩卖他们的玩具。

随着《青年法》的废除，我现在跟麦蒂逊住在凯西克的一套公寓里。和伦恩想的那样，她那时在阿斯特丽德的白板人矿山监狱里，后来和其他遭到不合法拘捕的囚犯一起被释放。芬利在我离开凯西克没多久就藏了起来，局势再次安全之后他才出来。麦蒂逊不再是以前的她了，但在芬利的帮助下，她的情况一直在好转。

我每周见斯特拉一到两次；一种脆弱的信任开始在我们俩之间萌生。她慢慢地接受了阿斯特丽德所做的一切，接受了爸爸并不是我失踪的幕后推手，也接受了她自己在多大程度上想错了。我拒绝莱桑德医生试图恢复我的记忆，她曾难以接受，不过我的记忆已经被够多的东西玷污了。从现在开始，除了我自己之外，别人无权干涉我选择记忆什么，选择忘记什么。

现在我在国家公园当山林观察员。伦恩还在失踪者名单上——他在反抗阿斯特丽德的忠实追随者的斗争中遇害。独自一个人，无论什么天气都能待在高地之上俯瞰世界，踩在脚下的山脉，在我逝去之后曾经是，现在是，而且将来也会永远地留在那里，我感到一种在别处从未感受到的释然——这就是我回到凯西克的真正原因，尽管妈妈和埃米那么舍不得。这是唯一一个能让我静下心来思考事情，且不会感到不安的地方。

我仍然可能会回到学校，然后有一天接受教师培训，当一名美术老师，就像贾内利那样，但不是现在。在阿斯特丽德的孤儿院实验中被记忆擦除的小孩子被发现时全都死了，在这之后，那些幸福的小脸蛋对我而言太难以承受。他们被阿斯特丽德的小喽啰杀害，以掩藏他们的残酷行径，但他们还没来得及毁尸灭迹就被抓住了。

至少我知道伊迪活了下来，本从来没有告诉过法监她在哪里——他们的房子那天空无一人是因为他们听说发生在万灵学院的事情之后，急匆匆地躲藏了起来。当他们再次现身时，我去看望过他们。伊迪说我可以留下默里，她还说我比她更孤独。

这是我知道本讲真话的一个地方，在那之后全是谎言。他一直在演戏，一直持续到出院，然后一些真相终于大白了。在我们还没相遇之前，他罪孽深重到要接受记忆擦除手术，后来还加上在万灵学院犯下的滔天大罪。他说他曾经唯一快乐的时光就是当白板人的那段时间。

然后他偷了一辆车，消失得无影无踪。没有人知道他去了哪里。我所知道的全部就是他不想跟我在一起。不管为了什么原因，好的也好，坏的也罢，最终那才是真相。

我本应该预见到这件事的发生吗？我真的永远也不可能伤害别人，不管是不是白板人。本会，而且也这么做了——跟法监们在一起时，他可能是被迫当试验品，被操纵，因为这个原因他逃脱了法律的制裁，但最终仍然是他引起并参与了万灵学院的大屠杀。那在某种程度上说明了他一开始的本质吗？莱桑德医生暗示了许多；她一再警告我们，但把选择留给了本。

有时候，我怀疑他是否曾经真的属于我，或许这一切一开始就是幻觉。就像艾登所说——你不知道他们究竟是谁时又怎能真的爱别人呢？

但大多数时候我知道我们能。回到那段时间，那个地方，我们只是那时的我们，像白板一样。天真无邪。在我的记忆开始恢复之前；在法监操纵并改变他之前；在莱桑德医生恢复他的过去之前。

那些是真实的，至少对我是这样。我的证据是这些经历所留下的痛苦。

芬利和麦蒂逊在一起的样子告诉我，让爱永恒，让爱成长是可能的。不仅仅是为了我，也不仅仅是为了现在。法监教给我的最后一课是这样——没有第二次机会。我选择了本，背弃艾登，但我无法收回。不过艾登是对的，是不是？本是过去时。我没有像思念艾登那样想念他——跟本在一起，为了曾经的一切，我痛苦万分。不是为了可能会发生的一些事。

那本应该会发生的。

最后一次攀爬，我终于来到我的终点——阿斯特丽德的白板人矿山监狱。现在她是那里唯一的囚犯了。后面是没有标记的墓地，那里有鲜花和纪念碑；今天会有一场公共仪式为其揭幕。妈妈在这里，还有斯特拉。格雷戈里和莱桑德医生也在。还有幸存者，与麦蒂逊一起刚刚被释放的妇女，她们带着曾经遭受过的苦难的记号，在不期而至的自由到来时脸上流露出紧张的喜悦。和幸存者在一起的是没能像我们这样活下来的人的家人和朋友。

还有一个惊喜。当艾登向我走过来、拥抱我的时候，我几乎屏住了呼吸。他什么都没说，只是拥抱了我一会儿，我靠在他身上，紧紧地。

仪式开始了。格雷戈里遵守诺言：他找到了自己的女儿。结果表明她在我出生后只过了几个星期就死了——自然原因致死。如果你能把死于生产之后未经处理的感染称为“自然”的话。或许，那是一种解脱？尽管我愿意这么想——如果可以的话，那时候至少我们俩还在一起相依为命。

我和妈妈、斯特拉站在一起默哀了两分钟，但这仿佛还不够，在到点很久之后仍在继续。**所受的惩罚超出所犯的过失**——我盯着刻在纪念碑上面的文字，它高高地耸立在墓碑之上，而墓碑中有一块是我永远也不会认识的母亲，而我却站在两位我认识的母亲中间。

之后，我感觉有人在看我——一个女人，消瘦、驼背，皮肤像纸一样苍白，还有一双幸存者坚毅的眼睛。她把我拉到一边。

“你出生时我在场。萨姆拒绝说出谁是孩子的父亲，但一个男性狱警守卫的女囚室里能有什么选择呢？我知道你妈妈给你取了什么名字。”她说，然后低声地在我耳边私语，仿佛这不能大声说出来似的。

那一天它没有来临，但别的时候，当阳光灿烂，照耀大地，融化前一个冬天的坚冰，以唤醒埋藏在地底下春天的野花之时；当天空突然乌云密布，大雨倾盆而下，太阳还来不及出来之时，我知道生命需要痛苦和喜悦才能成长。当蓝天在我的脚下蹦蹦跳跳，当艾登款款走来陪伴在我身边之时，尽管违背一切逻辑，但我几乎能感觉到它的存在。

我的母亲萨姆肯定是个了不起的女人。那么多事情围绕着她——格雷戈里因为没能原谅她而感到内疚，从而使他大半个人生变成一个墨守成规的法监。莱桑德为她本来会被处决而痛苦不堪，从而使她发明了记忆擦除手术——一种阻止处决未到法定年龄的罪犯的办法，是的，但看一看这导致了怎样的后果？而萨姆，她自己被阿斯特里囚禁了许多年，在那样恐怖的地方。我无法想象她都经历过什么。然而，不知怎的，她的心中仍然拥有它，从而使她给我取了个影响深远，并填补了我们之间失去的那些时光的名字。

我曾经被给予并被剥夺了那么多的身份，但最终我开始栽种属于自己的一个新名字。活下来将会迎接更多，还有时间。现在我的双脚站立；未来艾登将和我一起寻找我们的道路。因为有时候会有第二次机会。

这是我母亲送给我的礼物——

希望。

致谢

撰写并发表三部曲，一年一部，可是相当激烈的过程啊，犹如旋风扫过！

特别感谢我的经纪人卡洛琳·谢尔登，没有她，所有这一切就不可能发生。

感谢位于池塘两畔的出版社里的每个人——特别是英国果园出版社的编辑梅根·拉金和罗莎琳德·特纳，美国的保尔森出版社的南希·保尔森和莎拉·克莱格——谢谢你们所做的一切。

谢谢艾琳·约翰逊带我参观牛津及其下属的各个学院，还带我参观莫德林学院的看守人。从莫德林塔楼看不见另一个学院的四方亭子时我很绝望，他建议另选圣玛丽教堂塔楼和万灵学院

感谢我的第一批读者埃米·布特勒·格林菲尔德和乔·怀顿以及四面八方的创作伙伴们，特别是我在儿童书作家和插图作家协会的朋友们。

而现在……我听说坦白对灵魂有好处。

是时候坦白承认了——关于人物的名字以及他们的来历。有一些你们可能已经知道了。我很纠结怎么给人物命名，纠结之后在《裂变》中出现了黑刀，而在《碎片》中出现了麦蒂逊和芬利。

不过你们可能不知道的是我许多其他的人物名字来自于我的朋友，而且我常常在脸书朋友列表上寻找他们。

首先，宠物。真有一条狗叫蓝天！其主人是我的朋友凯伦·默里。伤心的是蓝天在《重生》出版之前就去世了，但狗的名字和性格则完全取材于我对它的记忆。《重生》中的塞巴斯蒂安也是一只真猫——多年前，我父母养了两只猫达米安和塞巴斯蒂安。《重生》中那只猫更像达米安，我起初使用的是那个名字，但在我创作过程中的某个时候我改成了塞巴斯蒂安。而在《碎片》中呢？抓抓是我妹妹的一只猫的名字。

现在谈谈人物。真人除了名字之外跟小说中的人物毫无共同之处，除非另外声明。本的名字来自本杰明·斯考特，因为他总是挂着微笑。哈腾——尼科在《重生》中当老师时的姓——来自卡洛琳·胡腾，因为这个名字使我想起猫头鹰；拼写在创作过程中发生了改变。尼科来自尼克·克洛斯。分配给凯拉的母亲桑德拉来自我的妹妹——她的性格中也有许多她的影子。在《碎片》中，斯特拉来自斯特拉·怀斯曼，阿斯特丽德来自阿斯特丽德·霍尔姆。

当然啦，我不会忘记默里——他是我自己的爱睡觉的泰迪熊！

所以，你的名字出现在我的某一本书中有不止一种的途径。我的脸书是 TeriTerryAuthor：和它一样，你们只是不知道……

你们也能在推特和汤博乐的 TeriTerryWrites 以及我的网站 teriterry. com 上找到我。

感谢《重生》书迷们——《重生》的粉丝还有来自各地的读者、博主和评论家们，你们对《重生》三部曲的支持和热情简直棒极了。

还要感谢最富有耐心、最善解人意的那个人——与一个作家一起生活可是很磨练人的，不过格雷厄姆总是我生命里坚如磐石的中心。

最后，感谢本洛克、默里和每个地方的缪斯女神们——欢呼！

关于作者

特莉·特里曾在法国、加拿大、澳大利亚和英国生活过，住过的地方多得连她自己也数不清，她获得过四个学位，一路上有许多可供选择的护照，还有一个不同寻常的名字。她过去的职业包括科学家、律师、验光师，在英国时曾在学校、图书馆和一家有声读物慈善机构从事过各种工作。她现在居住在白金汉郡奇尔特恩区，那里的足迹和运河边的道路使她获得了《重生》这个故事的背景的灵感。她讨厌花椰菜，喜欢猫，长大后终于搞清楚自己想要做什么。

在推特：@TeriTerry Writes 上留言

访问她的脸书网页：TeriTerry Author

网站：http：//teriterry. com/